Philippa L. Andersson

TEASE & PLEASE

entdeckt und erweckt

Über das Buch

Catherine Malone ist es gewohnt zu kriegen, was sie will. Nur eine spezielle Sache bleibt ihr verwehrt. Frustriert will sie deshalb ihre Mitgliedschaft im Tease & Please, dem exklusivsten BDSM-Klub der Stadt, kündigen. Doch das gestaltet sich schwieriger als gedacht. Denn der Besitzer Reece Randall schaltet seinen Bruder und Firmenanwalt Ian ein, um sich der Sache anzunehmen. Und der lässt Catherine nicht einfach so aus dem Vertrag raus, sondern greift zu sehr unorthodoxen Methoden, die ihre Welt urplötzlich auf den Kopf stellen …

Über Philippa L. Andersson

Nach ihrem Studium in Bamberg sowie Stationen in Spanien, Hamburg und Berlin veröffentlichte Philippa L. Andersson 2012 ihre erste Kurzgeschichte. 2013 folgte ihr erster Roman „In deinen Armen". 2017 erschien ihr erstes Hörbuch zu ihrem Roman „Romance Love – Vollkommen dir ergeben". Im gleichen Jahr war sie mit „You Can't Escape Love – Begehren . Vertrauen . Lieben" erstmals in der BILD-Bestsellerliste.

www.philippalandersson.de
www.facebook.com/PhilippaLAndersson
philippa@philippalandersson.de

Philippa L. Andersson

TEASE & PLEASE

ENTDECKT UND ERWECKT

Originalausgabe
Juli 2018

Tease & Please - entdeckt und erweckt
Philippa L. Andersson

Umschlagfotos: © iStock.com/BlackJack3D
Umschlaggestaltung: Philippa L. Andersson
Lektorat: Mona Gabriel, Leipzig, Deutschland
Korrektorat: Laura Gosemann, Berlin, Deutschland

Philippa L. Andersson vertreten durch:
Sowade, Plantagenstraße 13, 13347 Berlin, Deutschland
philippa@philippalandersson.de
www.facebook.com/PhilippaLAndersson
www.philippalandersson.de

ISBN: 978-3-96111-683-6

Bestellung und Vertrieb: Nova MD GmbH, Vachendorf, Deutschland
Druck: Sowa Sp. z o.o., ul. Raszynska 13, 05-500 Piaseczno, Polska

SEI VORSICHTIG,
WAS DU DIR WÜNSCHST.
ES KÖNNTE WAHR WERDEN.

Prolog

Von: Tease & Please – Vertragsmanagement
Betreff: Ihre Mitgliedschaft
Datum: 12. März 2018, 10:47 Uhr
An: Catherine Malone

Sehr geehrte Miss Malone,
dem Tease & Please liegen das Wohlergehen und die Zufriedenheit seiner Gäste am Herzen. Wir bedauern daher, dass Sie Ihre Mitgliedschaft bei uns kündigen möchten.

- *Kundennummer 834793CaMa*
- *Start: 01. Januar 2018*
- *Mitgliedschaft: Brillant Deluxe*
- *Zahlweise: monatlich*
- *Betrag: 10.000 $*

Hiermit bestätigen wir Ihnen die Kündigung Ihrer Mitgliedschaft zum nächstmöglichen Termin: 31. Dezember 2018.
Die von Ihnen gewünschte sofortige Kündigung müssen wir jedoch ablehnen. Wie Sie Ihrem Vertrag entnehmen können, ist diese nur unter bestimmten Bedingungen zulässig. Keine ist nach eingehender Prüfung Ihres Schreibens gegeben.

Wir sind stetig bemüht, das Angebot für unsere Kunden so passgenau wie möglich zu gestalten. Sollten Sie Wünsche betreffend der noch verbleibenden Nutzung Ihrer Mitgliedschaft im Tease & Please haben, so zögern Sie bitte nicht, uns anzusprechen.

Mit freundlichem Gruß

Ian Randall	*Reece Randall*
Leiter Rechtsabteilung	*Geschäftsführung*

1. Kapitel

CATHERINE

»Argh!«

Frustriert schleudere ich meinen Laptop vom Tisch. Die Worte tanzen dennoch vor meinen Augen. *Die von Ihnen gewünschte sofortige Kündigung müssen wir jedoch ablehnen.*

Fuck!

Sekunden später fliegt die Tür zu meinem teuer eingerichteten Eckbüro auf, und meine Assistentin Nora Fraser steckt ihren blonden Kopf rein, sieht zu meinem am Boden liegenden Laptop mit dem nun dunklen Bildschirm und dann zu mir, Catherine Malone, Vorstandsvorsitzende der Immobiliengesellschaft Blue Sky Real Estates.

Mit meinen High Heels komme ich auf knappe ein Meter achtzig. Das akkurat sitzende Designerkostüm betont meine weibliche Figur. Meine dunkelbraunen Haare mit den hellen Lichtreflexen sind streng nach hinten frisiert. Und dank guter Gene, gesunder Ernährung und ausreichend Schlaf habe ich einen makellosen Teint, sodass das einzige Make-up, das ich benutze, etwas Lidschatten und Rouge ist. Alles an mir schreit, dass ich mein Leben unter

Kontrolle habe. Nur diese eine Sache, *diese eine*, die kriege ich nicht.

»Was ist passiert?«, fragt Nora.

Ich bin bereits aufgestanden und hebe meinen Laptop wieder auf. »Mir ist das Gerät aus der Hand gefallen«, sage ich so, als würde das jedem mal passieren.

»Deshalb der Lärm?«, hakt sie nach.

»Ich kann ja Ihr Handy hier aus dem dreißigsten Stockwerk auf die Straße fallen lassen. Mal sehen, was Sie dann für ein Geräusch von sich geben«, gifte ich sie an, obwohl wir uns eigentlich gut verstehen.

»Ich dachte, es gäbe vielleicht schlechte Neuigkeiten, aber wenn es nur der Laptop ist …«

»Ist es«, sage ich. »Alles halb so schlimm. Die Daten sind gespeichert.«

»Soll ich Ihnen ein neues Gerät besorgen?«

»Das wäre nett.«

»Kann ich sonst noch was für Sie tun?«

Eine Armee zu den Randalls führen und sie zwingen, meine Kündigung zu akzeptieren? Die Vorstellung, wie Nora in ihrem biederen Outfit beim besten BDSM-Klub der Stadt an die Tür klopft, entlockt mir ein Lächeln, das ich mir schnell verkneife. »Nein, nichts, danke.«

Ich warte, bis meine Assistentin die Tür hinter sich geschlossen hat und ich wieder allein bin. Doch dann setze ich mich nicht an meinen Schreibtisch zurück und arbeite auf meinem Tablet weiter, sondern gehe zur bodentiefen Fensterfront, schaue nach draußen und frage mich, was ich jetzt tun soll.

Die Sache ist die: Nicht die Antwort des Tease & Please lässt mich vor Wut zittern, sondern die Tatsache, dass sie mir nicht bei meinem Problem weiterhelfen konnten. Dass es niemand kann. Dass ich gefühlt schon alles probiert habe und dass ich, Miss Stets-alles-unter-Kontrolle, kurz davor stehe durchzudrehen, weil mir die Optionen ausgehen. Ich hatte wirklich große Hoffnungen auf das Tease & Please gesetzt, und die ersten Wochen dort sind recht vielversprechend verlaufen. Es hat sich gut angefühlt.

Bis sich erneut die Ernüchterung eingestellt hat.

Na gut … und es ärgert mich auch, dass man mich nicht aus dem Vertrag rauslässt. Ja, ich weiß, dass kein außerordentlicher Kündigungsgrund vorliegt. Ich bin nämlich weder schwer erkrankt noch umgezogen oder das Eigentum eines psychopathischen Doms geworden, der es mir verbietet, mich in exklusiven Klubs wie dem Tease & Please herumzutreiben. Trotzdem erfüllt die Mitgliedschaft für mich nicht mehr ihren Zweck. Und dafür zehntausend Dollar pro Monat hinzublättern, erscheint mir etwas üppig.

Hätte das Tease & Please mir dagegen geholfen, wäre das für mich ein verdammt kleiner Preis für eine für mich sehr große Sache. Ich hatte nämlich noch nie einen Orgasmus, und ich würde alles geben, um einmal einen zu erleben. Denn ich liebe Sex, ich werde feucht, meine Haut wird heiß, mein Atem geht flacher. Doch dann – nichts! *Sehr frustrierend!*

Wenn ich so zurückdenke … Als Teenager dachte ich jahrelang, ich würde etwas falsch machen und hätte den Dreh nur nicht raus. Für jeden Mist gibt es Tutorials, aber dafür … na ja, auch welche, nur leider schlechte!

Egal mit welchem Mann ich bisher zusammen war, es hat nicht geklappt, und mein Standardspruch ist: »Es ist okay, dass ich nicht gekommen bin.«

Aber es ist keineswegs okay. Wenn es *mal* vorkommt, vielleicht. Doch immer?

Die letzten Jahre habe ich alles Mögliche versucht. Ich war bei Ärzten, Sexualtherapeuten, habe mich mit Meditation und Tantra beschäftigt, weil ich befürchtet habe, mein stressiger Job würde mir dieses Tor verbauen. Ich habe allerlei Spielzeuge ausprobiert und mich mit meiner Ernährung und meinem ansonsten, wie ich jetzt weiß, perfekten Hormonhaushalt auseinandergesetzt.

Leider hat nichts davon etwas gebracht. Außer dass ich, wenn es um meine Sexualität geht, inzwischen unglaublich aufgeklärt bin. *Vielen Dank!*

Der letzte Schritt war für mich, mich in die Welt der Dominanz und Unterwerfung zu begeben. Dort habe ich entdeckt, dass mich die unterwürfige Rolle sehr erregt. So bin ich auf das Tease & Please gestoßen. Ich hab mir den Klub angeschaut, weiß die Exklusivität zu schätzen und liebe die Doms, mit denen ich dort bisher zu tun hatte. Alles sehr gut aussehende, niveauvolle und obendrein sensible Männer. Doch bei keinem hatte ich einen Orgasmus.

Tja, und was jetzt, Catherine?

Mein Kopf ist absolut leer, während mein Körper glüht, sich nach etwas sehnt, das er nicht kennt. Mittlerweile ist es so schlimm, dass ich mich immer schlechter auf meinen Job konzentrieren kann. Was ungünstig ist, wenn man der Kopf eines börsennotierten Unternehmens ist, das plant, noch in diesem Jahr ein weiteres Unternehmen aufzukaufen. Ich kann mir keine Fehler erlauben. Denn es ist nur eine Frage der Zeit, bis Tag X kommt – und sich dann ein Schleimer wie Richard Westwood, der Leiter der Finanzabteilung, meinen Chefposten sichert.

Was für prickelnde Aussichten!

Ich denke wieder an meine Mitgliedschaft im Tease & Please und an die monatlich folgenden Abbuchungen, die mich bis zum Jahresende an meine Niederlage erinnern werden.

Augenblicklich nimmt die Wut, die gerade am Verebben ist, wieder zu. Ich bin auf mich und meinen Körper sauer, aber auch auf Ian und Reece Randall. Männer, die wahrscheinlich schon so viele Orgasmen hatten, dass sie mit ihrem Sperma ganze Badewannen füllen könnten! Und ich weiß, ich kann das Schreiben nicht einfach so hinnehmen. Sie brauchen einen außerordentlichen Grund für eine außerordentliche Kündigung? Den können sie haben!

IAN

»Abbauen!«, befehle ich angepisst.

»Dranlassen!«, sagt Reece zu den Arbeitern.

Zwei Hilfskräfte plus mein Bruder Reece, seine süße Freundin Audrey und ich stehen um eine von drei Liebesschaukeln, die es im Klub gibt, seit er vor Jahren eröffnet worden ist. Es ist wenig, aber nie nichts los. Ab und an dringt aus einem der Spielzimmer ein Stöhnen, Lachen oder das Klatschen, wenn ein Paddle sein Ziel trifft.

»Entweder ihr baut das Teil ab, oder ich hole mir Werkzeug und schlage es eigenhändig aus der Wand«, knurre ich.

»Die Seile hängen felsenfest an der Decke. Komm mal runter, Ian!«, beschwert sich mein Bruder und Besitzer des Tease & Please und zieht kurz am Gehänge, wie um mir die Sicherheit des Geräts zu beweisen.

Soll mich das beeindrucken?

Es gibt Dinge, über die diskutiere ich, und es gibt Dinge, bei denen spar ich mir die Luft. Jetzt ist Letzteres der Fall. Heute Morgen stand in der Presse, dass bei dem Liebesschaukelmodell, das wir haben, Materialermüdungen aufgetreten sind, die zu einem Unfall geführt haben. Als Anwalt ist es meine Pflicht, meinen Bruder darauf hinzuweisen und die Teile abnehmen zu lassen. Ich wollte es gleich am Vormittag erledigen, da ist im Klub am wenigsten los – und Reece schlummert selig an der Seite seiner kleinen Sub –, aber was ist passiert?

Sobald ich zwei Arbeiter auftreiben konnte, die das Zeug demontieren können, kommt mein Bruder angestürmt und will mich aufhalten.

Da ich mit Worten offensichtlich nicht weiterkomme, ziehe ich mir mein Designerjackett aus, löse meine Manschettenknöpfe, krempele die Ärmel meines Hemdes hoch und mache mich selbst an die Arbeit. Er glaubt, ich meine das nicht ernst? *Pech gehabt!*

»Seit wann bist du so eine Spaßbremse!«, versucht Reece, an meinem Ego zu kratzen.

»Seit wann gilt: safety last? Sicherheit zuletzt? Ihr Spinner seid doch sonst immer so darauf bedacht, dass alles sicher ist. Aber bei eurem Equipment hört es auf?«

»Gelb, Ian!«, sagt er warnend.

»Willst du mir sonst eine reinhauen, oder was? Seit wann haben wir ein Safeword?«, gebe ich belustigt zurück und kämpfe weiter mit der Halterung. Die Schrauben sitzen fest, und mit noch einem Mann wäre es leichter, sie zu lösen.

»Gibt es denn alternative Modelle?«, versucht Audrey zu vermitteln.

»Das ist nicht mein Job, die rauszusuchen.« Ich lege eine Verschnaufpause ein und wische mir den Schweiß von der Stirn.

»Untervögelt?«, knurrt Reece und schlingt den Arm um Audrey, als hätte ich seine Prinzessin angegriffen, dabei war meine Antwort einigermaßen höflich in Anbetracht der

Probleme, die uns drohen, sollte mit Gästen auf einer dieser Schaukeln was schieflaufen.

»Gelb«, gebe ich nun zurück, sehe kurz zu ihm und mache weiter. »Beziehungsweise rot. Lass mich meinen Job erledigen.«

»Vielleicht solltest du die Schaukel mal ausprobieren«, witzelt Audrey.

Dumme Frau! Sonst ist Audrey so klug, allerdings gerade total dämlich.

Wütend lasse ich das Werkzeug fallen, packe sie, reiße sie meinem Bruder aus den Armen und drücke sie an die mit Leder gepolsterte Wand. »Ja, vielleicht sollte ich das, Audrey. Wenn ich eine Freiwillige finde. Wie wäre es mit dir?«

Sie atmet hektisch, sieht mir unverwandt ins Gesicht. Und ich erkenne Angst – aber auch Lust. *Gott, wie mich diese Perversen manchmal nerven!*

»Lass sie los!«, grollt Reece hinter mir in der Tonlage, die er aufsetzt, kurz bevor er dir eine reinhaut.

»Es gefällt deiner süßen Freundin. Ich wette, sie ist schon ganz feucht.«

Reece legt mir eine Hand auf die Schulter und drückt schmerzhaft zu. »Finger. Weg. Von. Ihr. Und du –« Er wendet sich an Audrey. »Sorry, Kleines, aber das wird Konsequenzen haben. Er hat Rot gesagt.«

»Ich dachte, es wäre ein Scherz«, piepst sie – immer noch erregt.

Angewidert weiche ich zurück. »Wenn es dich beruhigt: Deine Freundin hat *mich* kein bisschen angemacht.«

Tatsächlich würde ich ihr gerade genauso gerne den Hals umdrehen wie er. Der Unterschied zwischen Reece und mir ist, dass mich das null kicken würde. Er ist derjenige von uns beiden, der darauf steht, Frauen kleinzumachen. Nicht ich. Mein Ego ist stark genug für eine Partnerin auf Augenhöhe. Plus: Ich kann Frauen nicht wehtun. Ja, ich ficke gerne. Auch hart. Doch das Einzige, was ich dabei liebe, sind Lustschreie. Der restliche perverse Scheiß ist mir zu viel.

Ich lese das Werkzeug wieder auf und drücke es den Arbeitern in die Hand. »Machen Sie weiter!«

»Können wir wenigstens eine von den Dreien montiert lassen?«, fragt mich Reece nun ruhiger.

Versucht er es jetzt mit Diplomatie? Ich zupfe an meinem versifften Hemd und mustere ihn genervt. Die Rechnung für die Reinigung geht an ihn. So viel ist mal klar.

»Ich habe Buchungen«, rückt er plötzlich raus, was den Fall tatsächlich verändert. »Und es wäre nur so lange, bis wir die Schaukeln mit neuen sicheren Modellen ersetzen können.« Er stellt sich neben mich und sieht den Arbeitern zu. »Oder sind dir komplett abmontierte Schaukeln und Klagen von Mitgliedern, weil wir ihnen nicht das bieten, was wir versprochen haben, lieber?«

»Blödmann!«, knurre ich zustimmend. So betrachtet ist das nämlich ein Kompromiss, mit dem ich leben könnte.

Er legt mir den Arm um die Schulter. »Hab dich auch lieb, Bruderherz.«

»Schön, dass wir das klären konnten«, sage ich, rolle die Ärmel meines Hemdes runter und lege mir die Manschettenknöpfe wieder an, als wäre nichts gewesen. »Sagt dir der Name Catherine Malone übrigens was?«, frage ich, weil ich plötzlich an die erste Person denken muss, die ihre Klubmitgliedschaft vorzeitig kündigen wollte.

»Sollte er?«, fragt Reece zurück.

»Sie ist seit Anfang des Jahres hier Gast.«

Mein Bruder fährt sich über das Gesicht. »Du weißt ja, was die letzten Monate los war …«

»Du hast Audrey den Verstand rausgevögelt und sie dir?«, scherze ich, korrigiere mich aber sofort, als ich seinen angepissten Blick bemerke. »Schon gut, ich hab nicht vergessen, was passiert ist.« Erst das Leck, wodurch Infos aus dem Klub an die Öffentlichkeit gelangt sind, dann die Erkenntnis, dass wir einen Psychopathen unter uns hatten. Nicht die beste Zeit für den Klub und für mein Arbeitspensum. Zum Glück ist inzwischen wieder Ruhe eingekehrt.

»Was ist mit ihr?«, fragt mich Reece. »Mit dieser Catherine Irgendwas? Stehst du plötzlich doch auf Schweinekram?«

Mein Bruder! Herrgott! Es gibt kein Gespräch, das sich nicht um Sex dreht. »Nur ein Gast«, sage ich, ohne auf seine erneute Anspielung einzugehen. »Sie fand deinen Klub nicht so megatoll, wie du immer tust.«

»Ehrlich?« Jetzt ist Reece ganz Business. Endlich. »Hat sie sich beschwert? Ist was passiert? Hat sich einer unserer Mitarbeiter nicht korrekt benommen?«

»Das nicht. Sie war einfach nur unzufrieden und wollte die Mitgliedschaft kündigen.«

»Soll ich mich mal umhören, ob was vorgefallen ist?«, fragt Reece.

»Kümmere dich lieber darum, dass sie bei ihrem nächsten Besuch auf ihre Kosten kommt. Ich denke, du hast den besten Klub weit und breit? Dann sorg dafür, dass das so bleibt.«

2. Kapitel

CATHERINE

Wütend steuere ich den Empfangstresen im Randall Tower an, wo das Tease & Please seinen Geschäftssitz hat. Ich muss diese Sache aus der Welt schaffen, um nach vorne schauen zu können. Und das werde ich.

Unverzüglich.

»Zur Rechtsabteilung, bitte«, sage ich und kann nur mit Mühe das Zittern in meiner Stimme unterdrücken.

»Haben Sie einen Termin, Mrs …?«, antwortet die junge, dezent geschminkte Frau, an deren Blazer der Name Anna prangt.

»*Miss* Malone!«, korrigiere ich sie schneidend. »Und nein, habe ich nicht. Die Angelegenheit ist jedoch äußerst dringend.«

»Bedauere, wenn Sie keinen Termin haben, darf ich Sie nicht durchlassen.«

Ganz schön resolut für so ein junges Ding!

»Sie wissen wohl nicht, wer ich bin?!«, empöre ich mich.

»Selbst wenn Sie die Präsidentin der Vereinigten Staaten wären … Es tut mir leid.«

Und hyperfrech!

Gleich explodiere ich. Ich bin Catherine Malone, Kopf eines Immobilienimperiums, und man lässt mich nicht einfach stehen.

»Auch nicht, wenn man die Brillant-Deluxe-Mitgliedschaft besitzt?«, fauche ich, wedele mit der schimmernden schwarzen Klubkarte herum und nehme in Kauf, dass ich mich damit im Foyer, also quasi in der Öffentlichkeit als Besucherin des Klubs oute. »Ich denke, hiermit genießt man Sonderrechte und darf in jeden Raum?«

»Das gilt für den Klub, aber nicht hier«, lässt mich eine dunkle, tiefe Stimme zusammenzucken.

Wer auch immer aufgetaucht ist, muss zum Tease & Please gehören und ist damit genau derjenige, den ich suche.

»Also im Vertrag steht –«, beginne ich, während ich mich umdrehe.

Doch sobald ich den Mann, der sich eingemischt hat, sehe, ist mein Kopf wie leer gefegt. Ich habe keine Ahnung, was ich gerade noch sagen wollte. Das Brennen in mir – dieses verfluchte Brennen, das mich seit Jahren quält – nimmt nie da gewesene Ausmaße an. Alles in mir will vor diesem Mann auf die Knie gehen, den Blick senken und ihn anbetteln mit mir zu tun, was immer er für richtig hält. *Wie unpassend!*

Obwohl ich dank der High Heels fast so groß bin wie der Typ vor mir, fühle ich mich auf eine seltsame Weise klein, zerbrechlich und feminin.

Sein intensiver Blick aus unglaublich dunklen Augen mit hellen Sprenkeln bohrt sich in meinen. Seine Gesichtszüge sind markant, wie bei diesen Männern, die wissen, dass sie gut aussehen und jede haben können. Seine Haare sind gerade lang genug, dass man mit den Fingern hindurchfahren kann. Seine Lippen sind weder dünn noch voll, einfach nur perfekt. Seine Schultern sind breit, die Hüften schmal, jede Falte des Anzugs sitzt so, wie sie es sollte. Und dazu kommt der Duftcocktail von ihm plus einem teuren Aftershave, der meine Sinne überwältigt. Ich werde feucht, binnen Sekunden. Was nicht unbedingt die Art ist, wie ich hier auftreten wollte.

»Im Vertrag steht, dass Sie Klauseln nicht in der Öffentlichkeit diskutieren dürfen«, beendet der Mann vor mir meinen Satz ganz anders, als ich es wollte.

»Wird Zuwiderhandlung damit bestraft, dass ich aus dem Klub rausgeworfen werde?«, feuere ich spitzzüngig zurück, sobald ich mich etwas gefangen habe. Denn dann zettele ich einen Riesenaufstand an, um zu kriegen, was ich will.

Er tritt näher, legt seine Hand auf meinen Rücken, beugt sich an mein Ohr – und Funken schießen durch meinen Körper. »Ich habe da einen gewissen Ermessensspielraum. Manche Gäste werden rausgeworfen …« Ich kann kaum atmen. »Andere werden von der Polizei in Handschellen abgeführt, was in Ihrem Fall vielleicht keine gute Idee ist, denn was wäre das für eine Strafe, wenn die Sie erregt …« Ich schnappe nach Luft. »Und andere müssen wohl im Klub bleiben. Denn Vertrag ist Vertrag.«

Auch wenn der Mann sich nicht vorgestellt hat, das muss der Anwalt des Tease & Please sein. Ian Arschloch Randall, der mir die Absage geschrieben hat. Heute scheint mein Glückstag zu sein!

»Vertrag ist also Vertrag?«, frage ich scharf nach, ohne meine Abneigung gegen ihn zu verbergen. Er scheint gemerkt zu haben, welche Wirkung er auf mich ausübt, und erlaubt sich den Spaß, mich aufzuziehen. Weil er Leute wie mich offensichtlich nicht leiden kann. Dabei hat er keine Ahnung … »Stimmt, was wären Sie für ein Anwalt, wenn Sie nicht Ihre Machtposition ausnutzen würden und sich nachher darauf, dass Sie es der sexy Brünetten so richtig gezeigt haben, ordentlich einen von der Palme wedeln?!«, rufe ich.

In seinem Blick flackert es gefährlich. Statt abzurücken, streicht er mir jedoch eine Haarsträhne hinters Ohr und beugt sich vor, bis ich seinen Atem heiß in meinem Gesicht spüre. »Erwischt, Miss Malone. Und wissen Sie, was mir dabei einen ganz besonderen Kick verschafft? Zu wissen, dass Sie meinen Schwanz tief in sich haben wollen, ihn allerdings nicht bekommen werden.« Jetzt berühren seine Lippen verboten intim mein Ohr. Er ist so nah, dass er das Blut in meinen Adern rauschen hören muss, und ich wünschte, er wäre taub. »Niemals, Honey.«

Honey?

Der Punkt geht an ihn. Aber so was von!

Ich bin nach wie vor wütend, aber noch mehr durcheinander wegen der Richtung, die diese Unterhaltung eingeschlagen hat – und wegen der Tatsache, dass alles in mir vor Erregung kribbelt.

Randall weicht zurück, und instinktiv greife ich nach seinem gestärkten, faltenfreien Designerhemd, halte ihn auf. Jedoch nicht, um weiter zu diskutieren, sondern weil ich mehr von diesem Mann will, brauche, haben muss.

»Ja?«, fragt er und grinst so überheblich, dass ich ihm am liebsten mein Knie in die Eier rammen will, nur um dieses Lächeln bröckeln zu sehen. Was er zu wissen scheint, denn sein Grinsen wird breiter. Schließlich werde ich das nicht tun und verletzen, was ich begehre. »Ich warte, Miss Malone.«

»Wenn Sie das hier genug genossen haben, können wir uns dann unterhalten?« Ich schlucke. »Bitte!« *Wie ich es hasse, außerhalb von Spielzimmern um etwas zu betteln!*

»Da gibt es nichts zu besprechen«, sagt Randall und befreit sich von mir. »Sie sollten gehen.« Mit einem Nicken verabschiedet er sich und steuert die Fahrstühle an.

Für eine Sekunde bin ich durcheinander. Sein Testosteron oder was auch immer es ist, das er ausströmt, hat mich kalt erwischt. Ich will so gerne einen Orgasmus. Aber da der nicht zu haben ist, möchte ich wenigstens das Kapitel Tease & Please abschließen.

Angriff, Catherine!, sage ich mir selbst. *Lass ihn nicht entkommen. Er ist ein von sich überzeugtes Arschloch. Doch die Karte kannst du genauso spielen.*

Ohne die Aktion bis zum Ende zu durchdenken, laufe ich los, Randall hinterher, und hechte in den Fahrstuhl, kurz bevor sich die Türen schließen. *Perfekt!*

Randall steht hinten in der Kabine. Fünf andere Leute sind mit uns drin. Ich schiebe mich zu ihm durch und stelle mich neben ihn.

»Sie sind hartnäckig, Miss Malone«, kommentiert er meinen Sprint, und dieses Mal schwingt Anerkennung in seiner Stimme mit. Was mich noch mehr leiden lässt, meinen Puls beschleunigt und mir ein leises Stöhnen entlockt.

Ungünstig!

»Das ergibt sich so, wenn man ständig mit hartnäckigen Männern zu tun hat«, bleibe ich möglichst tough, weil Randall die starke Frau offensichtlich eher akzeptiert als die ihn anhimmelnde.

Eindringlich mustert er mich. Erneut anerkennend. Was erneut mein Gehirn aussetzen lässt. »Das wird Ihnen nur nicht helfen«, sagt er.

Wir stehen Seite an Seite. Unsere Schultern berühren sich, und sein Geruch – Himmel! –, der macht mich ganz verrückt. »Was würde denn helfen?«, hake ich nach und bohre meine Nägel in die Handflächen, um konzentriert zu bleiben.

»Wird das hier ein unmoralisches Angebot?«, fragt er amüsiert.

»Würden Sie es etwa ablehnen?«, gebe ich überrascht zurück, denn Randall wirkt wie ein Mann, der nichts gegen solche Angebote hat. Außerdem sehe ich verdammt gut aus.

Vor uns drehen sich Leute um, mustern uns mit einem Anflug von Rot im Gesicht, und ich starre provokativ und kein bisschen beschämt zurück. »Ja, wir reden über Sex. Die natürlichste Sache auf Erden. Oder was glauben Sie, wie Sie auf die Welt gekommen sind?« Wie ich diese prüde Gesellschaft manchmal hasse! Halb nackte Models – männlich und weiblich – rekeln sich ständig lasziv auf Zeitschriftencovern, aber wehe, man ist daraufhin angeturnt. Dann folgt ein Aufschrei.

Die Leute drehen sich wieder nach vorne. Wie zu erwarten! Erst meckern, doch wenn man sie angreift, sofort klein beigeben.

Randall dagegen lacht leise neben mir.

»Was ist so lustig?«, frage ich.

»Sie.«

»Ich?«

»Sie glauben wirklich, Sie kriegen mich umgestimmt?«, sagt er. »Miss Malone, falls es eben im Foyer nicht deutlich genug war: Ich meinte jedes Wort ernst. Ihr Antrag bleibt abgelehnt. Sie können gerne jeden Tag vorbeikommen und mir einen blasen, und ich könnte so tun, als würde das meine

Meinung ändern. Aber Sie sind clever. Sie wissen, dass das nicht passieren wird. Meine Entscheidung steht. Sie kannten die Bedingungen. Es tut mir leid. Es ist, wie es ist.«

»Dann verklage ich Sie«, platze ich heraus.

»Tun Sie das!«, entgegnet er entspannt.

Der Fahrstuhl hält, er drängt sich an den anderen Leuten vorbei nach draußen und lässt mich erneut stehen – so wie schon im Foyer.

Doch ich folge ihm.

»Ich glaube, Sie haben mich nicht richtig verstanden«, rufe ich ihm über den Gang hinterher. »Ja, ich darf vielleicht laut Vertrag keine Interna des Tease & Please öffentlich machen, aber darüber hinaus kann ich tun und lassen, was ich will. Ich könnte den Klub vor Gericht zerren und Sie und die Geschäftsführung diskreditieren. Wer wird dann noch dort verkehren? Na? Sie werden sich wünschen, das nicht getan zu haben. Ich werde Ihr persönlicher Albtraum! Ihr Pickel am Hintern. Ihr –«

Er dreht sich endlich, endlich, endlich um. »So wütend auf den Klub, Miss Malone?«, sagt er ruhig, doch sein Blick feuert Blitze in meine Richtung ab, weil er begreift, dass das hier kein Spiel für mich ist.

»Sie haben ja keine Ahnung, Mr Randall.«

»Sie werden nicht aufhören, mir Probleme zu bereiten?«

»Kein bisschen. Bis Sie meine Kündigung akzeptieren.«

»Also gut …« Nahtlos wechselt er vom Arschloch- in den Business-Modus. Was ich irritierenderweise noch heißer finde. »Reden wir, Miss Malone.«

IAN

So wie ich mich plötzlich zusammenreiße und vernünftig benehme, tut es auch Catherine Malone. Was gut ist. Weil ich keine Amok laufende Kundin gebrauchen kann. Geschweige denn einen Gerichtsprozess, der das Tease & Please in den Mittelpunkt der öffentlichen Aufmerksamkeit bringt. Ich bin froh, dass das Drama vom Jahresanfang vorbei ist, und brauche keine Wiederholung.

Einladend halte ich ihr die Tür zu meinem Büro auf und lasse sie nicht aus den Augen, als sie an mir vorbeigeht und sich umsieht.

Catherine Malone ist die selbstbewussteste, attraktivste und frechste Frau, die mir je untergekommen ist. Egal was ich zu ihr sage, sie hat immer eine Antwort parat und lässt sich durch nichts von dem, was sie will, abbringen. Was ich bewundere. Schade, dass sie devot ist und laut ihrer Akte darauf steht, versohlt zu werden. Ansonsten wäre sie meine Traumfrau.

Ich nehme mir einen Moment, sie richtig zu würdigen. Die High Heels machen sie größer, als sie ist, wir sind fast auf Augenhöhe. Sie ist schlank, aber der liebe Gott hat dieser Frau einen herrlichen Hintern und einen ordentlichen Busen geschenkt. *Gepriesen sei der Herr!* Dazu sinnliche Lippen, über die vorhin ein sexy Stöhnen entwichen ist, und diese sündhaft grünen Augen.

Außerdem riecht sie gut.

Damit meine ich nicht nur ihr Parfüm – irgendein angenehmer, teurer Duft, den ich zum ersten Mal rieche –, sondern sie selbst. Aus jeder Pore. Als würde sie Lockstoffe verströmen, die eigens für meine Sinne gedacht sind. Was es mir nahezu unmöglich macht, in ihrer Nähe nicht an Sex zu denken.

Wie in allen Büros des Tease & Please gibt es auch in meinem einen Besprechungstisch, auf dem Softdrinks und Wasser stehen.

»Setzen Sie sich«, sage ich und zeige auf einen der Stühle. Ich nehme mein Tablet vom Tisch und lade ihre Kundenakte, in der neben der Überprüfung ihrer Person sämtliche Korrespondenz inklusive ihres Kündigungsschreibens hinterlegt ist.

Sie nimmt Platz, fühlt sich scheinbar unbeobachtet und fährt sich über das Gesicht. Für einen Moment wirkt sie ungewohnt verletzlich. So als hätte sie die Konfrontation mit mir ausgelaugt. Und ich verspüre den Wunsch, für sie da zu sein.

Bist du bescheuert, Randall, nicht weich werden! Bei dieser Frau könnte das zum Theater dazugehören, damit sie kriegt, was sie will!

Sobald ich mich seitlich zu ihr setze, strafft sie die Schultern – und die kämpferische Miene vom Beginn unserer Begegnung ist zurück.

»Also, Miss Malone, Sie möchten Ihre Mitgliedschaft kündigen?«, eröffne ich das Gespräch noch mal neu.

»Ganz genau. Der Klub ist nichts für mich.«

Ich überfliege ihre protokollierten Sessions. »Schwer vorstellbar. Sie haben so ziemlich alles genutzt, was man nutzen kann.« Keine Untertreibung. Jedes Zimmer, jeden Dom, jedes Spielzeug und das jeden Tag, beziehungsweise jeden Abend. Nur von Kerzenwachs und Nadeln hat sie sich laut meinen Unterlagen ferngehalten.

»Es ist aber so. Ich werde den Klub nicht länger nutzen. Es wäre daher nur fair, auch nicht mehr dafür zahlen zu müssen.«

Das verstehe ich, doch ich sitze hier nicht als ihr Anwalt, sondern als der meines Bruders. »Mit Verlaub: Sie haben das Tease & Please in drei Monaten intensiver genutzt, als die meisten es in einem ganzen Jahr tun.«

»Mir war nicht klar, dass es ein Limit pro Monat gibt.«

»Das gibt es auch nicht. Was ich sagen will, ist –«

»Dass ich weiter bezahlen soll, weil ich so hohe Kosten verursacht habe?« Sie schnaubt empört. »Ich habe die Brillant-Deluxe-Mitgliedschaft. Damit hätte ich dort praktisch wohnen können. Das habe ich aber nicht getan. Versuchen Sie also gar nicht erst, mir ein schlechtes Gewissen einzureden. Ich kenne den Vertrag, den ich unterzeichnet habe, so gut wie Sie.«

So kommen wir nicht weiter. Ich verstehe ihre Seite, dennoch kann ich den Vertrag nicht einfach auflösen. Nicht ohne triftigen Grund. »Ich könnte Sie für die nächsten Monate downgraden«, denke ich laut nach. Ein Preisnachlass wäre ungewöhnlich, aber vertretbar.

»Nein«, sagt sie unkooperativ, stur, sexy … »Ich will kündigen.«

»Sicher? Ja, Sie würden immer noch zahlen, aber immerhin deutlich weniger. Sie müssen zugeben, das ist ein fairer Kompromiss.«

Ihre blitzenden Augen widersprechen. »Was ist an einer Kündigung nicht zu verstehen?«

»Was ist an meiner Absage nicht zu verstehen?«, gebe ich nun im gleichen Ton zurück. *Was mache ich mir überhaupt die Mühe, ihr entgegenzukommen, wenn sie kein bisschen lösungsorientiert ist?* »Sie wissen, wie man verhandelt, oder? Der eine macht ein Angebot, der andere ein Gegenangebot. Man nähert sich an. Genau das versuche ich hier gerade. Was Sie dagegen tun, ist, einfach alles abzublocken.«

Verärgert presst sie ihre herrlich vollen Lippen zu einer schmalen Linie zusammen. »Das könnte daran liegen, dass es für mich keine Option ist, im Klub zu bleiben.«

Catherines Verhalten kommt mir immer merkwürdiger vor. »Warum nicht? Ist etwas vorgefallen?«, frage ich nach und überfliege ihre Akte, entdecke jedoch nichts, das mir erklärt, wieso sie so stur auf die Kündigung besteht.

»Nichts.« Sie schnaubt, als wäre genau das das Problem.

»Lügen Sie mich nicht an! Ich kann Ihnen nicht helfen, wenn Sie nicht ehrlich zu mir sind.«

»Ich lüge nicht.« Sie atmet tief durch, fährt sich erneut über die Haare, versucht, sich zu beruhigen, aber das Thema ist emotional für sie. »Es ist absolut *nichts* vorgefallen.«

Die Art, wie sie ›nichts‹ betont, lässt mich aufhorchen.

»Miss Malone, wenn es einen Grund gibt, einen wirklich guten Grund, um nicht mehr in den Klub zu gehen, kann ich eventuell etwas für Sie tun. Also? Gibt es einen? Denn wenn nicht, sind mir die Hände gebunden.«

»Dann verklage ich Sie«, sagt sie wieder.

Das ist alles, was ihr dazu einfällt?! Diese Frau sorgt bei mir noch für graue Haare. Ich spüre sie förmlich wachsen. Da ist etwas. Sie rückt nicht mit dem Grund raus, und doch erwartet sie ein Wunder von mir.

»Gut, tun Sie, was Sie nicht lassen können«, ändere ich meine Strategie. »Dann hole ich mir eben vor Gericht die Antworten, die ich brauche. Wenn Sie unbedingt wollen, dass die ganze Welt den Grund erfährt, bitte! Meinetwegen, verklagen Sie uns!« Ja, die Publicity würde dem Klub kurzfristig schaden, ist mir aber langfristig deutlich lieber, als erneut ein Problem zu haben, das dann erst viel zu spät auffällt. Wie dieses Datenleck, das wir hatten.

»Und jetzt schwingen Sie Ihren süßen Hintern hier raus und lassen mich meinen Job erledigen.«

Statt zu gehen, bleibt sie sitzen. *Na, immerhin ein Schritt nach vorne. Oder zumindest eine Schuhlänge.*

»Sie wissen, dass ich nichts von dem, was Sie mir im Vertrauen sagen, weitergeben darf?«, bearbeite ich sie weiter.

»Ha, ha«, macht sie nur und ringt mit sich. »Sie sind zwar Anwalt, aber nicht *mein* Anwalt. Natürlich dürfen Sie das.«

»Ich verspreche Ihnen, es bleibt unter uns.« Das meine ich ernst.

»Sie werden mir nicht glauben«, windet sie sich.

»Das müssen Sie schon mir überlassen.« Seit ich für Reece arbeite, hat sich mein Weltbild definitiv erweitert.

»Sie werden es für eine Ausrede halten.«

Mit Schwung steht sie auf, verlässt jedoch nicht das Büro, sondern geht zum Fenster und sieht nach draußen.

Verdammt, was ist los?

Ich kann ihr Gesicht nicht sehen, aber ich bemerke die Anspannung in ihren Schultern. Sie hat einen Grund, einen guten. Doch mir sind die Hände gebunden, solange sie ihn nicht nennt. Ich bin Reece Rechenschaft schuldig, außerdem der Buchhaltung. Ich kann keine Ausnahmen machen, nur weil mir die Person sympathisch ist. Oder – wie in ihrem Fall – jemand, der mein feuchter Traum ist.

»Liegt es am Geld?«, frage ich nach. »Können Sie sich die Mitgliedschaft nicht länger leisten? Weder das Premium- noch das Standard-Angebot? Falls ja, so könnte ich Ihnen unter gewissen Umständen einen Kredit einräumen.« Sie sieht nicht so aus, als bräuchte sie Geld. Sie trumpft zwar nicht mit protzigem Schmuck auf, dafür jedoch mit ausgesuchter Qualität, Designerschuhen und maßgeschneiderten Sachen. Blue Sky floriert außerdem. Aber klar, man weiß nie, was die Leute für Probleme haben.

»Ich würde alles, was ich besitze, sofort hergeben, wenn …«, murmelt sie, dreht sich um, räuspert sich. »Der Klub bringt es eben nicht für mich.«

Ich runzele die Stirn. Schon wieder dieses Argument. Wir haben neueste Gerätschaften, erstklassige Mitarbeiter. Was will sie mir damit sagen? »Fehlt es an Equipment?«

Sie schüttelt den Kopf.

»Gibt es eine Spielart, die Sie vermissen?«

»Gott, nein!«, stöhnt sie und fährt sich erneut über das Gesicht. Sie kommt zurück zum Tisch, setzt sich allerdings nur auf die Tischkante statt auf den Stuhl, so als wäre sie auf dem Sprung.

»Was dann, verdammt noch mal?!«, werde ich lauter – weil wir uns im Kreis drehen, weil mir die Hände gebunden sind und weil mich etwas an ihr dazu bringt, ihr unbedingt helfen zu wollen. Was verfickt untypisch für mich ist. Ich bin Anwalt, kein Samariter.

»Reicht das nicht, wenn ich sage, dass der Klub es nicht für mich bringt?«, faucht sie. »Der *beste* BDSM-Klub der Stadt! *Des Landes!* Was weiß ich! Es heißt, man kann sich ausleben. Richtig? Jeder kommt auf seine Kosten. Steht das nicht in einem der Flyer? Ha, ha, dass ich nicht lache! Nur ich eben nicht, okay? Für mich ist der Klub einen Scheiß wert. Ja, ich hab alles durchprobiert, weil auch ich auf meine Kosten kommen wollte. Aber das bin ich nicht. Sie haben tolle Leute, erstklassiges Equipment, doch das alles ist nicht gut genug für mich, denn ich, ich komme nicht. Zufrieden? Das sollte ja wohl ausreichen, um zu kündigen.«

Wieder springt sie auf, kann mir nicht länger ins Gesicht schauen und läuft zum Fenster, wo sie die Arme verschränkt, als hätte sie Angst, sonst was kaputt zu schlagen.

Okay, damit hätte ich nie im Leben gerechnet. Ja, das ist scheiße. Dennoch kein Grund. Der Klub gibt keine Orgasmusgarantie.

»Es tut mir leid, Miss Malone, doch ich fürchte –«

»Wehe, Sie bleiben bei Ihrem Nein!«, unterbricht sie mich, während sie sich zu mir umdreht. Tränen schimmern in ihren Augen, aber ich kann nicht einschätzen, ob vor Wut oder weil das Thema sie so mitnimmt. »Sie wollten einen Grund, und nun haben Sie einen. Einen extrem guten, einen verdammt persönlichen. Ich kann nicht im Klub bleiben, wenn ich dort nicht finde, was ich brauche.«

Da steht sie, die attraktivste Frau, die ich je gesehen habe. Ihre harten Nippel zeichnen sich deutlich unter ihrer Bluse ab. Sie ist erregt, reagiert auf mich. Aber sie will mir ernsthaft weismachen, dass sie noch nie einen Orgasmus hatte?

»Ich bedauere, doch die Story kaufe ich Ihnen nicht ab. Ja, es wäre ein Kündigungsgrund, ich würde ihn akzeptieren, aber bei Ihnen … Tut mir leid.«

Entschlossen stehe ich auf, will zur Tür und sie hinauskomplimentieren. Für mich ist das Gespräch beendet. Es war eine amüsante Abwechslung in meinem Büroalltag, nun habe ich jedoch Wichtigeres zu tun.

»Nein!«, ruft sie empört und kommt wütend auf mich zugeschossen. »Sie schmeißen mich nicht raus. Sie wollten einen Grund, jetzt haben Sie ihn. Akzeptieren Sie ihn, oder es geht doch vor Gericht. Mir ist die Sache peinlich, aber wie unangenehm wird es erst für den Klub, wenn sich herumspricht, dass die vollmundigen Versprechungen nichts wert sind?«

Extrem scheiße wäre das! Ich packe sie an den Armen, halte sie fest. »Sie wollen mir also erzählen, *Sie* hätten wirklich noch nie einen Orgasmus gehabt?« *Das wäre, als würde ein Katholik sagen, er glaube nicht an Gott.*

»Noch nie«, bleibt sie dabei.

»Das würden Sie auch unter Eid aussagen?«

»Ja.«

Wetten, bei mir hättest du einen?, schießt mir durch den Kopf, doch schnell verdränge ich den Gedanken. *Randall, das ist unpassend ohne Ende.*

»Würden Sie mich das nachprüfen lassen?«, frage ich wieder ganz in meiner Rolle als Anwalt, lockere meinen Griff aber nur leicht.

Spöttisch hebt sie die Augenbrauen. »Wie soll das denn gehen? Soll ich mich vor eine Fickmaschine legen, und Sie stoppen die Zeit, in der nichts passiert?«

Geiles Kopfkino!

»Ha!«, macht sie triumphierend.

Vorsicht, sie provoziert dich nur, Randall. »Nein, ich möchte, dass Sie sich von unserem Klubarzt Collins untersuchen lassen«, sage ich.

»Was für ein Klubarzt?«

»Da BDSM-Praktiken teilweise recht üble Spuren hinterlassen, die jeden normalen Mediziner alarmieren würden, arbeiten wir mit einem vertrauenswürdigen Arzt zusammen, der sich mit der Szene auskennt.«

»Ich bin gesund. Was soll er bitte feststellen?«

»Angst vor Ärzten, Miss Malone? Oder Angst, dass ich Sie doch dabei ertappe, dass Sie mir was vorspielen?«

»Ich bin gesund«, wiederholt sie.

»Meine Bedingung«, sage ich, denn laut meiner Akte ist sie psychisch gesund, also muss es was Körperliches sein – oder sie lügt.

»Und danach darf ich kündigen?«, fragt sie zähneknirschend und mit einem Blick, der mich förmlich grillt.

»Danach sehen wir weiter«, antworte ich vage, schließlich habe ich keine Ahnung, was die Untersuchung ergeben wird.

»Spielen Sie etwa Spielchen?«, faucht sie.

»Nein. Sie?«

Ein stummes Kräftemessen folgt.

Ihr passt das Ganze nicht, aber für mich stehen die Interessen des Klubs an erster Stelle. Ich bin ihr entgegengekommen, sehr weit, jetzt ist sie dran.

»Geben Sie mir die Adresse!«, faucht sie schließlich.

Na bitte! »Mit dem allergrößten Vergnügen, Miss Malone«, sage ich und lächele breit.

3. Kapitel

CATHERINE

Von wegen ›mit dem allergrößten Vergnügen‹! Dieses Lächeln hätte er sich sparen können!

Mit wehenden Fahnen verlasse ich das Büro mit Collins‘ Visitenkarte in der Hand.

Ich verrate Ian Randall mein intimstes Geheimnis, und der Kerl grinst, als wäre mir ein besonders guter Scherz gelungen. Als hätte ich einen Oscar für die kreativste Ausrede verdient.

Dazu kommt, dass die Untersuchung nichts bringen wird. Das ist nicht der erste Arztbesuch, den ich wegen meines kleinen Problems über mich ergehen lasse. Ich kenne bereits das Ergebnis: Ich bin organisch gesehen in Topform. Aber davon wollte Mister Oberschlau ja nichts wissen. Ich muss erst einmal zur Visite und ›danach sehen wir weiter‹. Schönen Dank auch!

Und obendrein finde ich diesen Kerl unheimlich attraktiv. Er scheint mit den Praktiken des Klubs nichts am Hut zu haben, dennoch hat er diese mächtige Präsenz. Schon sein erstes Wort hat für feuchte Wärme in meinem Schritt gesorgt.

Klasse, Catherine, genau so was hat dir jetzt gefehlt! Ein Typ, der dich mehr reizt als jeder andere vor ihm. Als hättest du nicht genug Probleme.

Ich will zu den Fahrstühlen, aber meine Knie werden auf einmal so weich, dass ich strauchele. Instinktiv suche ich an der Wand Halt, stütze mich ab, atme tief durch. Noch nie habe ich so bereut, High Heels zu tragen, die plötzlich selbst Stehen zu einer wackeligen Angelegenheit machen.

»Hey, alles okay?«

Eine dunkle Stimme lässt mich aufschauen. Vor mir steht ein Mann, der Ian Randall sehr, sehr ähnlich sieht. Im ersten Moment denke ich, mein Gehirn spielt mir einen Streich und er ist es sogar. Dann fällt mir als plausiblere Erklärung ein, dass das Reece Randall sein muss, sein Bruder, der Chef von all dem hier, und damit der absolut letzte Mensch, dem ich gerade begegnen will.

»Sicher, es geht«, bringe ich ruhiger hervor, als ich mich fühle.

Er mustert mich prüfend. Ungefragt und so, dass ich nichts dagegen tun kann. Das scheint den Randalls in den Genen zu liegen.

»Nur der Kreislauf«, schiebe ich hinterher und ringe mir ein Lächeln ab.

Wut breitet sich auf seinen Gesichtszügen aus, die ich nicht ganz verstehe.

Wundervoll, noch ein Randall-Mann, den ich verärgere.

»Nur der Kreislauf?«, hakt er nach, und mir wird klar, dass die sich nicht gegen mich richtet, sondern sehr wahrscheinlich gegen denjenigen, der mich mit diesen wackeligen Knien hat gehen lassen.

Ich nicke.

»Kommen Sie, Sie sollten sich hinsetzen.« Er legt den Arm um mich und dirigiert mich zu einer offen stehenden Tür. »Peach, kannst du bitte Wasser und eine Banane bringen?«

»Alles okay?«, fragt mich eine brünette Frau, die ihren Kopf in den Gang steckt.

»Peach? Sofort!«

»Sicher, Reece.«

Er lotst mich in ein helles Büro, das mich an das von Ian Randall – und das Gespräch, das wir dort geführt haben – erinnert. Noch bevor er mir einen Platz anbietet, lasse ich mich auf das Sofa fallen, weil der Boden unter meinen Füßen schwankt.

Was für ein Tag!

Tief durchatmend lehne ich mich vor und stütze mich auf den Knien ab. Dabei gibt es nur eine Sache, die mir jetzt helfen würde. Fängt mit Or an und hört mit gasmus auf.

Reece Randall setzt sich neben mich, reicht mir ein Wasserglas und reibt mir über den Rücken. Was ich erst verhindern will, weil meine Haut von der Begegnung mit seinem Bruder so brennt, was aber merkwürdigerweise bei ihm unglaublich guttut.

»Alles ist in Ordnung. Trinken Sie das!«, sagt er.

Dankbar nehme ich das Glas und leere es in einem Zug.

»Sehr gut.«

Sein Lob durchdringt jede Faser von mir, und – wie merkwürdig! – es sorgt dafür, dass das Zittern nachlässt und ich mich etwas beruhige.

Als Nächstes reicht er mir eine Banane und wartet, bis ich sie gegessen habe. Ich frage mich, wie das helfen soll, doch langsam kriegt sich mein Körper ein, bis er sich wieder normal anfühlt. Also ein bisschen angespannt, ein bisschen untervögelt, aber mir vertraut.

»Danke«, sage ich und will aufstehen. »Ich weiß gar nicht, was gerade mit mir los war.« Das meine ich ernst. So verrückt hat mein Körper bisher nie gespielt.

»Nein, bleiben Sie noch einen Moment sitzen!«

»Ich sollte gehen.«

»Sagen Sie mir davor, was passiert ist?«

Ich sehe ihn verwirrt an. *Das ist die Eine-Million-Dollar-Frage!* »Nichts.«

»Sie können mir vertrauen.«

»Aha«, mache ich nur, weil ich nicht verstehe, worauf er hinauswill.

»Miss Malone?« Sorge blitzt in seinen Augen auf. Er gießt Wasser nach und reicht mir erneut das Glas.

»Ja?« Ich bin überrascht, dass er weiß, wer ich bin, trinke wieder was und frage mich, was er von mir will. »Ich muss wirklich los«, wiederhole ich. »Keine Ahnung, was das eben war. Aber danke für das Wasser und die Banane. Die haben geholfen.«

»Sie haben das bisher noch nie erlebt?«

Ich erinnere mich an ähnliche Situationen, allesamt im Klub, und plötzlich ist das Ganze mir peinlich. »Nein, nicht so.«

»Wissen Sie, genau dafür gibt es das Safeword.«

Jetzt bin ich vollends verwirrt. *Wovon redet er? Was glaubt er, was ich hier getan habe? Warum hätte ich das benutzen sollen?*

Er seufzt. »Bei wem waren Sie gerade?«

Ihrem Bruder, denke ich sofort, aber kriege das nicht über die Lippen.

»Ian?«, rät er leider erstaunlich treffsicher.

Ich schlucke – und verrate mich dadurch.

»Also, Ian. Dieser Vollidiot!«

Wieder ist er wütend, und ich verstehe nicht, wieso.

»Was hat er angestellt?«

Die Frage ist wohl eher, was er nicht getan hat. Denn plötzlich denke ich an seine Lippen und frage mich, wie sie sich auf meiner Haut anfühlen würden. Ich erinnere mich an seinen festen Händedruck und träume davon, wie mich diese Hände berühren. Und erneut wird mir ganz seltsam.

»Hey, ruhig atmen!«, meint Reece ernst und reibt mir über den Rücken.

»Er hat nichts gemacht, okay?«, sage ich. Das Letzte, was ich gebrauchen kann, ist, dass die Brüder sich streiten. Das wäre garantiert zu meinem Nachteil.

»Das kann ich kaum glauben«, sagt der Chef des Tease & Please.

»Es ist aber so.« Ja, Ian Randall war ein Arschloch, doch er hat sich den Umständen entsprechend korrekt verhalten.

»Kein Fick? Kein Blowjob? Keine Gefälligkeit?«, hakt der Mann vor mir nach.

»Gott, nein!« Sofort wird mir noch übler. *Seltsam!*

»Er hat so seine Art«, meint Reece.

»Das kann man laut sagen.«

»Und eigentlich kennt er die Regeln«, murmelt er weiter.

Wieder bin ich verwirrt. *Was denn für Regeln?*

»Warum waren Sie bei ihm?«, will er wissen.

Ich spüre seinen forschenden Blick auf mir. Doch ich kann es ihm nicht erzählen. Die Stimme der Vernunft sagt mir, dass der Mann vor mir seinen Bruder bestimmt überstimmen könnte – schließlich ist er der Klubbesitzer. Aber meine Zunge fühlt sich an wie ein Fremdkörper. Sie weigert sich, die entsprechenden Silben zu artikulieren. Ich habe mein intimstes Geheimnis heute bereits ein Mal verraten, ein zweites Mal schaffe ich nicht.

Randall seufzt und reibt mir weiter über den Rücken, eine total simple Geste, die jedoch irgendwas in mir wiederherstellt.

»Geht es denn jetzt?«, fragt er.

»Ja, danke.«

»Wirklich?«

»Wirklich.«

Ohne dass er mich ermuntern muss, erhebe ich mich und stehe erstaunlich sicher auf meinen High Heels, fühle mich fast wie sonst auch. Normal bedeutet bei mir, dass meine Haut immer ein bisschen unter Strom steht.

»Kann *ich* Ihnen vielleicht weiterhelfen?«, fragt er noch.

Mir liegt es auf der Zunge, doch bei ihm kann ich nicht darüber reden. »Nein, danke«, sage ich und umklammere Collins' Visitenkarte fester. »Es ist schon alles geklärt. Ich sollte gehen.«

»Wie Sie meinen. Passen Sie auf sich auf.«

Ich verlasse sein Büro, verlasse die Firma, verlasse das Gebäude und atme auf, als ich endlich draußen an der Luft bin. Nie würde ich es zugeben, doch Ian Randall ist mir unter die Haut gegangen. Was furchtbar ist, weil er ein Vollidiot ist.

Zeit, das Kapitel zu beenden!

Ohne zu warten, bis ich in meinem Büro bin, rufe ich die Nummer auf der Visitenkarte an und vereinbare einen Termin bei Dr. Collins, dem Arzt des Tease & Please.

IAN

Eigentlich will ich arbeiten. Einige Verträge müssen verlängert werden, und ich will mehr über die Probleme mit den

Liebesschaukeln recherchieren, um vorbereitet zu sein, falls tatsächlich bei uns was schiefläuft. Stattdessen denke ich an Catherine Malone.

So eine starke, selbstbewusste Frau.

Genau mein Typ.

Leider devot.

Mir geht ihre Bitte nicht aus dem Kopf, den Vertrag zu kündigen, weil sie keinen Orgasmus haben kann. Wenn dem wirklich so ist, dann bin ich bereit, eine Ausnahme zu machen. Doch nach wie vor kann ich das nicht glauben. Diese Frau sieht aus wie jemand, der heftig kommt und dabei schreit und stöhnt und um mehr bettelt.

Sexy Kopfkino, Randall!

Bevor ich mich in Fantasien zu Catherine verliere, reiße ich mich zusammen, öffne auf dem Computer einen Ordner und setze eine Vertragsverlängerung auf. Doch der produktivste Tag wird das heute wohl nicht, denn keine fünf Minuten später fliegt meine Tür auf und mein Bruder stürmt in mein Büro, mit einem Blick, als wollte er mich als Sandsack benutzen.

»Womit habe ich dich jetzt schon wieder verärgert?«, frage ich locker und bin mir keiner Schuld bewusst. »Du hast eine von drei Liebesschaukeln noch. Darauf hatten wir uns geeinigt.«

»Liebesschaukeln?«, wiederholt er, und Überraschung blitzt in seinen Augen auf. Offenbar geht es gar nicht darum. »War Catherine Malone gerade bei dir?«

Mein Schwanz zuckt bei der Erwähnung ihres Namens. »Ja, wieso?«

»Was hast du mit ihr angestellt?«

»Nichts«, sage ich.

Zumindest nicht das, was ich tun wollte.

»Lüg mich nicht an.«

»Nichts«, wiederhole ich, nun ebenfalls eine Spur aggressiver. Ja, ich bin kein Musterknabe. Manchmal lasse ich mir einen blasen, aber doch nicht von so einer.

»Du weißt, dass sie devot ist?«, knurrt mein Bruder.

»Danke für die Erinnerung, warum ich die Finger von ihr gelassen habe. Sag mal, was ist eigentlich los?« Ich zeige auf einen Stuhl mir gegenüber. »Willst du dich vielleicht setzen und mir mal zivilisiert erklären, warum du hier bist?«

»Hast du es wirklich nicht bemerkt? Ich weiß, du kannst mit dem BDSM-Zeug nichts anfangen, aber eine Jungfrau in Sachen Sex bist du nun auch nicht gerade.«

»Was bemerkt?«, frage ich alarmiert nach. Viel zu alarmiert dafür, dass mir diese Frau egal sein sollte.

»Geweitete Pupillen zum Beispiel.«

»Und?« Ja, die sind mir aufgefallen. Und ich weiß, was das heißt. Dass Miss Malone einen feuchten Schlüpfer hatte. Kein Grund zur Panik.

»Also hast du es bemerkt und sie weggeschickt?«

Warum zum Henker wird er immer lauter? »Ja, hab ich. Wo ist das Problem?«

»Wo das Problem ist?!« Mein Bruder muss ein Mal tief Luft holen, als müsste er sich sammeln. »Ian, du weißt, wie Sessions ablaufen. Ich hab dir schon hunderttausend Mal erklärt, wie wichtig es ist, auf seinen Partner zu achten und dass man jemanden, wenn es heftig geworden ist, nicht einfach wegschickt.«

Was hat die Fürsorge eines Doms nach einer Session mit Catherine Malones Besuch bei mir zu tun? Vom feuchten Schlüpfer mal abgesehen.

»Reg dich ab, Bruderherz. Ich hab mir jede deiner Predigten brav angehört und kein Wort vergessen. Aber was auch immer du denkst, was in meinem Büro vor sich gegangen ist, du liegst falsch. Madame war hier, weil ich sie aus dem Vertrag entlassen sollte. Standardmäßig ist das nicht möglich, doch es könnte einen Ausnahmefall geben. Den haben wir besprochen. Das war alles. Was glaubst du, was ich sonst mit ihr angestellt habe? Nachdem ich dir etliche Male versichert habe, dass ich nicht auf euren Mist stehe, warte ich darauf, dass eine sexy Frau ahnungslos in mein Büro stolpert, damit ich endlich meine verkannte Dom-Ader ausleben kann? Komm mal runter! Ich bin kein Musterknabe, aber bis auf ein paar derbe Worte ist nichts gelaufen, wofür ich mich entschuldigen müsste.«

»Ihr hattet keine Session?!«

»Gott, nein! Bist du irre? Sie ist devot. Du weißt, was für ein Abtörner das für mich ist. Ich will keine Frau, der ich sagen muss, was sie tun soll.«

»Aber irgendwas ist hier vorgefallen«, sagt er nur.

»Fuck, Reece, entweder du sagst jetzt, was los ist, oder du verpisst dich und lässt mich meine Arbeit machen.«

»Was los ist?« Er mustert mich kühl. »Eine unserer Premiumkundinnen ist vorhin auf dem Gang fast zusammengebrochen. Das ist los.«

Was? Scheiße! Schuldgefühle übermannen mich.

»So wie du mich gerade anschaust, muss ja doch was vorgefallen sein«, knurrt er.

Ich fahre mir über die Haare, bis mir klar wird, wie zerzaust sie dadurch abstehen. Schnell ordne ich sie wieder.

»Es war vielleicht ein Flirt«, gebe ich zu. »Aber ich schwöre, mein Schwanz ist in meiner Hose geblieben. Ich bin ihrer Pussy in keinster Weise nahe gekommen.«

»Ein Flirt?« Randall kneift die Augen zusammen. »Wie lief der ab?«

»Es gibt kein Protokoll«, gebe ich schnippisch zurück. Denn was unterstellt er mir hier eigentlich? »Ein Flirt ist ein Flirt. Keine große Sache.«

»Manchmal ist auch das, was man nicht tut, etwas, das man tut.«

Macht er jetzt auf Dalai Lama? Ich schnaufe. *Diese Weisheiten kann er sich sparen!* »Genau deshalb hasse ich euren Scheiß so. Was man tut, ist falsch. Was man nicht tut, ist auch falsch.«

Wut steigt in mir auf. Allerdings nicht auf Reece oder auf Catherine, sondern auf mich selbst. Mir schießt durch den Kopf, was sie gesagt hat. Dass sie noch nie einen Orgasmus gehabt hat …

Ich glaube ihr immer noch nicht. Natürlich gibt es Frauen, die damit Probleme haben, und kaum eine kommt so ekstatisch wie in den Mainstream-Pornos. Leider! Aber dass jemand wirklich noch nie gekommen ist? *Unvorstellbar!*

Doch falls das stimmt, wie muss sich Catherine nach dem Gespräch mit mir gefühlt haben? Sie war erregt. *Sehr sogar.*

»Was ist passiert?«, frage ich nun umgekehrt meinen Bruder.

»Sie ist beinahe ohnmächtig geworden. Ich hab ihr ein bisschen Wasser und eine Banane gegeben, damit ihr Blutzucker steigt. Dann ging es.« Sein Blick durchdringt mich. »*Ich* war für sie da.«

»Gut gemacht«, sage ich ruhiger, als ich mich fühle, dabei bin ich eifersüchtig, denn ich wäre gerne für sie da gewesen. *Wie abgefuckt ist das denn?!*

»Ich bin auch für dich da, wenn was ist«, meint Reece.

Ernsthaft?! »Keine Sorge, falls ich eine Banane brauche, kann ich mir selbst eine holen.«

Endlich geht er. Doch sobald ich allein bin, kreisen meine Gedanken erneut um Catherine. Es beunruhigt mich, dass es ihr schlecht ging, als sie mein Büro verlassen hat, und dass ich das nicht bemerkt habe.

Bevor ich analysiere, was ich da eigentlich tue, schlage ich ihre Akte auf, suche nach ihrer Handynummer und rufe sie an.

»Ja?«, meldet sie sich knapp.

»Hier ist Ian Randall.«

»Ein Ergebnis vom Arzt liegt noch nicht vor. Weil man keinen Termin innerhalb einer Stunde kriegt«, schnauzt sie.

Ich muss grinsen, weil mir gefällt, dass sie wieder so Kontra gibt. »Ich wollte nur hören, ob es Ihnen gut geht.«

»Ob es mir –?« Sie stutzt. »Sie haben mit Ihrem Bruder geredet.«

»Eher er mit mir«, stelle ich klar.

»Und jetzt machen Sie mir Ärger, weil Sie Ärger gekriegt haben?«

Ich muss lachen. *So schätzt sie mich ein?* »Jetzt rufe ich bloß an, weil ich wissen will, ob Sie in Ordnung sind.«

»Angst, dass ich Sie verklage?«

»Einfach nur besorgt, dass es Ihnen nicht gut geht.«

Sie holt hörbar Luft. »Warum?«

»Manchmal bin ich ein Arschloch, manchmal ein Gentleman. Also: Geht es Ihnen gut, Miss Malone?«

»Es geht mir zumindest nicht schlecht«, sagt sie ehrlich. »War es das?«

»Wann haben Sie den Termin bei Dr. Collins?«

»In drei Tagen.«

»Gut. Dann war es das. Passen Sie auf sich auf!«

4. Kapitel

CATHERINE

Das ist nur eine weitere Untersuchung, beruhige ich mich, als ich drei Tage später die Luxuspraxis von Dr. Collins, dem Arzt des Tease & Please, betrete. *Deine Fahrkarte, um den Klub und gewisse Personen hinter dir zu lassen.*

Die Räume sind hell, modern und sauber. Üppige Blumenarrangements erinnern eher an ein Hotel statt an eine Arztpraxis. Die Sprechstundenhilfe empfängt mich freundlich lächelnd. Als ich meine Versichertenkarte zeige, winkt sie ab.

»Das ist alles schon bezahlt, Miss Malone. Wenn Sie im Wartezimmer kurz Platz nehmen würden? Ich gebe Dr. Collins Bescheid, dass Sie da sind, und dann kann es losgehen.«

Ich nicke, steuere den Warteraum an und stutze, als ich Ian Randall dort sitzen sehe. Wieder in einem dieser gut sitzenden, dunklen Anzüge und mit einem Tablet in der Hand, auf dem er entweder arbeitet oder – der Fingerbewegung nach – Candy Crush spielt. Sofort klopft mein Herz. Heftig.

Nein!

Die letzten Tage waren aufreibend. Ich habe mehr gearbeitet als sonst, weil ich jedes Mal, wenn ich die Augen geschlossen habe, diesen Mann vor mir gesehen habe – der Leute mit meinen Neigungen verachtet. Also bin ich lieber wach geblieben. So lange wie möglich. Doch irgendwann habe auch ich schlafen müssen und dabei von ihm geträumt. Ich habe mir vorgestellt, wie er mich gegen die Wand drückt, verführt, berührt … Nur um am Morgen völlig fertig, feucht und unbefriedigt aufzuwachen. Und genauso kaputt in den nächsten Tag zu starten, wie der vorherige aufgehört hat. Was schlecht ist, weil ich bei Blue Sky gerade so viel auf dem Tisch habe, dass ich es mir nicht leisten kann, unkonzentriert zu sein.

»Was machen Sie hier?«, frage ich ihn gereizt.

Ian Randall mustert mich von Kopf bis Fuß in meinem eleganten Geschäftsoutfit, würdigt jeden Zentimeter von mir, lässt mich spüren, wie sehr ihm gefällt, was er sieht. Und ich beginne zu zerfließen. Von quasi gar nichts. *Scheiße!*

»Ist heute nicht Ihr Arzttermin?«, gibt er mit einer unschuldigen Miene zurück und leckt sich über seine verdammt sinnlichen Lippen. Was mich ebenso meine Lippen befeuchten lässt.

»Ja, und?«, krächze ich.

»Meine Aufgabe als Anwalt ist es, Schaden vom Klub abzuwenden.«

»Noch mal: und?«

»Ich überwache die Untersuchung. Hatte ich das nicht erwähnt?«

»Nein!«, rufe ich sofort. Nicht aus Überraschung, sondern aus Protest.

»Doch, Miss Malone. Es sei denn, Sie bleiben weiterhin Mitglied des Klubs. Dann können wir uns das hier sparen.«

Das ist eine Provokation. Er will, dass ich kneife, aber ich kneife nie.

Kämpferisch recke ich das Kinn. »Bitte, schauen Sie ruhig zu, wie ich gleich die Beine vor einem anderen Mann breit mache und er in meiner Vagina herumtastet. Jedem die Wichsvorlage, die er mag.«

»Heute so kooperativ?«, fragt er zurück, ohne mich aus den Augen zu lassen, obwohl ich genauso garstig wie bei unserem ersten Gespräch bin. »Was, wenn ich selbst nachprüfen will, ob mit Ihnen alles in Ordnung ist?«

»Sie meinen, Sie wollen Ihre Finger in mich stecken?«, frage ich provokant nach und muss mich zwingen, die Vorstellung nicht zu anregend zu finden. »Nur wenn Sie mir zeigen, dass Sie Medizin studiert haben. Wer weiß, ob Sie sonst das, was Sie ertasten, auch richtig interpretieren?«

Statt darauf etwas zu sagen, lacht er. Schallend.

Total irritierend.

Und heiß.

»Hallo, ich bin Dr. Collins. Sind Sie so weit?«, erlöst mich der Arzt, als er den Raum betritt und sich vorstellt, mir die Hand reicht, Randall jedoch nur zunickt. Er hat bereits graue Schläfen, wirkt aber ansonsten recht jung. »Dann wollen wir Sie mal durchchecken. Ich überprüfe erst ihre Vitalfunktionen. Danach kommt die gynäkologische Untersuchung, und abschließend wird Ihnen noch Blut abgenommen. Bis hierhin Fragen?«

»Keine«, sage ich. »Wo soll ich hin?«

Collins zeigt auf ein Behandlungszimmer, und ich gehe los, spüre allerdings, wie mir Ian Randall wie ein Schatten folgt. *Klasse!*

»Würden Sie sich obenrum frei machen?«, bittet mich der Arzt.

Nervös lege ich meinen Blazer ab, hänge ihn auf einen Bügel und knöpfe meine Bluse auf.

Ich habe diese Art Untersuchung schon mehrfach machen lassen. Von jeder Menge Experten. Alle paar Jahre, da sich die Medizin ständig weiterentwickelt. Eigentlich weiß ich, dass Dr. Collins nichts finden wird. Aber dennoch bin ich angespannt. Denn was, wenn doch? Sosehr ich mir Hilfe wünsche, so wenig will ich krank sein. Was, wenn es eine Ursache gibt, warum ich keine Orgasmen haben kann? Irgendeine Anomalie? Eine Wucherung? Einen Nervenschaden? Oder was, wenn es eine Lösung für mein Problem gibt? Ich hätte zu Hause Sekt zum Betrinken oder Feiern kalt stellen sollen!

Tief durchatmend stelle ich mich mit freiem Oberkörper vor Dr. Collins. Ian Randalls Anwesenheit versuche ich, so gut es geht, auszublenden. Trotzdem bin ich mir seiner überdeutlich bewusst, so wie man Sonne warm auf der Haut spürt.

»Sie müssen nicht nervös sein«, meint der Arzt, als er mein Herz abhört, das rast – so sehr, dass mir das Blut in den Ohren rauscht. »Keiner will Ihnen hier Böses.«

Ich nicke, aber schaffe es nicht, mich zu beruhigen. In einer Session liebe ich es, die Kontrolle abzugeben, doch gerade fühle ich mich wie ein Fisch auf dem Trockenen. Zu wissen, dass Ian Randall mich so erlebt, sorgt für einen weiteren Adrenalinschub.

»Miss Malone«, ermahnt mich Collins strenger.

»Ja doch, ich weiß …« *Entspann dich, Catherine!*

Gleichmäßig atme ich ein und aus. Doch der Effekt ist gleich null. Mein Puls verlangsamt sich kein bisschen.

»Lassen Sie die Messung aus«, sagt Ian, dem mein Theater nicht entgangen ist.

»Dann kann ich erst mal nichts Auffälliges feststellen«, meint Collins und tastet nun meinen Rücken ab, eine Methode, die mir neu ist – mich einerseits neugierig macht, ob hier die Ursache für mein Leiden liegt, meine Anspannung andererseits wieder erhöht. Denn was, wenn ja? »Haben Sie Schmerzen?«, fragt er.

»Nein.«

»Nachweislich können sich Verletzungen am Rückenmark, Bandscheibenvorfälle und Ähnliches auf die Orgasmusfähigkeit auswirken«, erklärt er.

Wirklich?! »Ich hatte nie einen Unfall und habe auch keine Beschwerden«, sage ich, während er mich Wirbel für Wirbel abtastet.

»Ich fühle keine Abweichungen. Um allerdings ganz sicherzugehen, sollten wir noch eine Röntgenaufnahme machen«, meint er, richtet sich damit jedoch nicht an mich, sondern an Ian.

Was zum Henker?

»Nein«, sage ich sofort. Ja, das Verfahren ist Standard. Aber man sollte nie vergessen, dass der Körper dabei kurz bestrahlt wird. Was wiederum krebserregend sein kann. Nur zum Spaß legt man sich nicht unter ein Röntgengerät.

»Es wäre für eine endgültige Diagnose wichtig«, erklärt Dr. Collins.

»Nein!«, beharre ich vehementer, fahre herum und funkele den Anwalt an, der mir all das hier eingebrockt hat. *Das ist mein Körper!* Mir ist verdammt egal, dass ich nur in Rock und BH vor ihm stehe – einem hauchzarten sexy Spitzen-BH, um genau zu sein – ja, er darf diese Untersuchung anordnen, aber das geht zu weit.

»Ich hab das außerdem schon mal machen lassen, ohne Befund«, schiebe ich hinterher.

»Es könnte sich etwas verändert haben«, meint Dr. Collins.

»Oder auch nicht«, entgegne ich.

Nachdenklich mustert Ian mich – mit einem Blick, den ich nicht recht deuten kann. Schließlich steht er wortlos auf, und für eine Sekunde befürchte ich, dass er mich zu der Untersuchung zwingen wird. Stattdessen nimmt er meine Bluse vom Haken und hält sie mir hin. So gentlemanlike, dass ich total verwirrt bin. *Ist das ein Friedensangebot?*

»Danke«, murmele ich, was so ziemlich das erste nette Wort ist, das ich ihm entgegenbringe, und schlüpfe in die Bluse. Beim Zuknöpfen zittern meine Finger jedoch so heftig, dass ich allein für den ersten Knopf locker fünf Minuten brauche. In dem Tempo bin ich in hundert Jahren nicht fertig. *Himmel, krieg dich ein, Catherine!*

»Lassen Sie mich das machen«, sagt Ian – ebenfalls das erste Mal richtig nett zu mir.

Wie verwirrend!

Ich ziehe meine Hände zurück und versteife mich, als er näher kommt, wir fast Nase an Nase stehen. Einerseits ist mir das Ganze peinlich, andererseits genieße ich die Situation, mag, wie seine Hände meine Haut streifen, und inhaliere den Geruch, der ihn umgibt.

»Okay, kein Röntgen«, sagt er, dabei habe ich mir das bereits gedacht. Sonst hätte er mir wohl kaum in die Bluse geholfen.

»Angst, dass ich Sie wegen Körperverletzung verklage?«, versuche ich es mit einem Scherz.

Er streicht mir das Haar aus dem Gesicht, und die Stellen, die von seinen Fingern berührt werden, kribbeln. »Würden Sie das denn?«, fragt er nachdenklich, als versuchte er, schlau aus mir zu werden. »Mich verklagen?«

»Sie hätten einfach lachen können.«

»Ich nehme meinen Job eben ernst.«

Sein Tonfall bringt mich aus dem Konzept. Ich schüttele den Kopf. »Nein, würde ich vermutlich nicht.« Ich kann nicht fassen, dass ich zurückrudere. Das passiert quasi nie. »Bleiben Sie trotzdem dabei?«, frage ich.

Er lächelt. »Ja, kein Röntgen.«

»Seit wann so nachgiebig?«

»Sie schweben auf diesen High Heels durch die Gegend, als wäre das nichts. Das würden Sie nicht, wenn Sie einen Unfall gehabt hätten.« Wieder fährt er durch meine Haare, räuspert sich, als würde er seinen Fehler bemerken, und zieht seine Hand zurück. Sofort fehlt mir etwas. »Bereit für den zweiten Teil der Untersuchung, Miss Malone?«

»Mit Ihnen im Nacken?«, frage ich ihn.

»Mit mir im Nacken.«

»So bereit, wie man nur sein kann.«

»Na dann!«

Mit zittrigen Fingern greife ich zum Reißverschluss meines Rockes. Er klemmt. *Toll!*

»Brauchen Sie Hilfe?«, fragt er.

»Es geht schon«, sage ich. Ich finde die Vorstellung, seine Hände erneut auf mir zu spüren, unglaublich anregend, Stoff zum Träumen, bis mir wieder einfällt, wo ich hier bin. In einer Arztpraxis.

Ich benötige zwei Anläufe, schwöre mir, diesen Rock am Ende des Tages zu verbrennen, verfluche den Hersteller, formuliere in Gedanken Beschwerdebriefe, aber schließlich schaffe ich es, den Reißverschluss aufzuziehen. *Endlich!*

Erleichtert streife ich mir den Rock ab, lege ihn möglichst faltenfrei auf einen Stuhl und ziehe dann meinen Slip aus. Der von meiner Erregung bereits ganz feucht im Zwickel ist.

Wie unangenehm!

Keine Ahnung, ob Randall das bemerkt. Ich wage nicht, zu ihm zu schauen. Falls ja, ist er so klug, das nicht zu kommentieren.

Tief durchatmend nehme ich auf dem Untersuchungsstuhl Platz und versuche, mich zu entspannen. Schon unter normalen Umständen fällt mir das schwer. Mit Ian Randall im Raum ist es ein Ding der Unmöglichkeit. Oder welches Häschen entspannt sich, wenn es in der Höhle des Löwen ausgesetzt wird?

»Alles gut?«, frage ich Dr. Collins gepresst, sobald er Teil eins der üblichen Untersuchung beendet.

»So weit ja, keine Sorge«, sagt er.

Da nun der zweite Teil folgt, steigt meine Anspannung jedoch.

Collins befestigt Sensoren an mir und erklärt mir, dass ich Reize erhalten werde und ein Gerät meine Durchblutung und meine Reaktion im erregten Zustand messen wird.

»Aber zunächst: Entspannen Sie sich, Miss Malone«, ermahnt er mich. »Ich muss die Basislinie bestimmen.«

Leichter gesagt als getan! Weil es auch so toll ist, sich wie eine Laborratte zu fühlen!

Um die Praxis auszublenden, schließe ich die Augen. Ich beruhige mich etwas, doch als Collins mir erklärt, dass er mich nun erregen wird, schlägt mein Herz wieder schneller.

Sobald ich die Hände des Arztes spüre, versuche ich, mir einzubilden, am Strand zu liegen, von einem heißen Masseur verwöhnt zu werden …

Einem verstörend gut aussehenden Mann, mit perfekten Händen, breiten Schultern und diesem Funkeln in den Augen …

Der Ian ähnlich sieht …

Das klappt ja besser als gedacht! Wow!

Unwillkürlich kommt mir ein Stöhnen über die Lippen, und ich schrecke aus meinem Tagtraum hoch.

»Nein, bleiben Sie ruhig«, meint Dr. Collins. »Sie machen das sehr gut.«

Ich drehe den Kopf zur Seite und sehe auf einem Monitor, wie die Berührungen des Arztes mein Empfinden widerspiegeln. Er umkreist meinen Kitzler und ein verräterisches Zittern durchfährt mich. Dann schiebt er seinen Finger in mich und berührt diesen einen Punkt.

»Gott, ist das gut!«, murmele ich, obwohl ich das gar nicht will. Ich brenne. Wie so oft. Doch ich komme nicht. Meine Bluse klebt auf meiner verschwitzten Haut. Ich atme flacher. Sterne tanzen vor meinen Augen. Und ich bin so nah. *Vielleicht klappt es ja. Bitte, bitte, bitte!*

»Hm, wie ist das?«, fragt der Arzt und legt einen kleinen Vibrator auf meine Klit. Für den letzen Kick. *Und quälend.*

Erstickt kreische ich auf. Denn der Reiz ist richtig und falsch zugleich. Zu schwach und zu heftig. Zu wenig und zu viel.

»Brechen Sie ab!«, höre ich Randall über meinen rasselnden Atem und das in meinen Ohren rauschende Blut hinweg.

»Aber –«

»Sofort!«

Sämtliche Berührungen hören auf, und ich wimmere erneut, dieses Mal, weil es so wehtut, nichts zu spüren.

Scheiße!

Randall kommt zu mir, hebt meine Füße aus den Halterungen des Stuhls und legt eine Decke über meine Beine. Umsichtig, aber das ist mir egal. Meine Schamgrenze ist längst überschritten, weil er überhaupt hier ist.

»Hey, alles in Ordnung?«, fragt er sanft, berührt mich am Arm und sucht meinen Blick.

Nein, kein bisschen. Das, was ich will, das, was ich dringender als alles andere brauche, ist erneut komplett außer Reichweite – und ich fühle mich elend und schwach, habe nicht mal Kraft für eine gepfefferte Antwort, die ich ihm an den Kopf knallen könnte.

Stattdessen, so als hätte jemand ein Ventil geöffnet, löst sich etwas in mir, und all die aufgestauten Gefühle überwältigen mich. Ich heule los. Vor Ian Randall. Dabei heule ich sonst nie!

Da man vor Scham leider nicht im Boden versinken kann, will ich einfach weg. Doch jede Bewegung fühlt sich an, als würde ich gegen eine Betonwand ankämpfen.

»Catherine?«

›Lass mich!‹, schreie ich ihm in Gedanken zu. Was auch immer Randall will, das muss warten.

Stattdessen hebt er mich aus dem Stuhl und trägt mich zu einem Sofa, wo er mich absetzt und hält.

Ich rieche den Geruch von Waschmittel und ihm, spüre den feinen Baumwollstoff seines Hemdes an meiner Wange und wie behutsam und gleichzeitig stark seine Arme mich umschlingen. *Und wie gut gebaut der Herr Anwalt ist!*

Ein rationaler Teil von mir schreit mich an, mich zusammenzunehmen und wieder die taffe Catherine Malone zu sein. Ein anderer Teil braucht genau diese Nähe. Braucht ihn. Weil ich etwas spüre, das ich bisher nicht kannte. Keine Ahnung, was es ist, aber ich will mehr davon.

IAN

Das Bedürfnis, Collins zu feuern, ist verdammt groß.

Hat er nicht ständig Patienten, die in der BDSM-Szene unterwegs sind? Wie kann er Catherine so quälen und nicht merken, wann es zu heftig geworden ist? Ja, sie ist erregt, und ich hätte zu gerne gesehen, dass sie kommt, dann wäre ihr Fall nämlich abgeschlossen. Allerdings nicht auf Teufel komm raus!

»Sind wir hier fertig?«, frage ich Collins, während ich gar nicht oft genug vorsichtig mit meinen Händen über Catherines Rücken streichen kann. Um sie zu beruhigen – und dieses miese Gefühl in meiner eigenen Magengegend loszuwerden.

Schuld.

»Ich muss noch Blut abnehmen, aber dann ja.«

Ihre Schluchzer sind leiser geworden, und anders als bei unseren bisherigen Begegnungen lehnt sie zahm wie ein Kätzchen an mir. Was schön ist; was ich genieße. *Sehr.*

»Ist das okay?«, frage ich sie, bin mal kein Arschloch.

»Mmh«, macht sie erschöpft, ein Laut, der weit von der Powerfrau entfernt ist, die mir so gefällt.

»Ist das ein Ja oder ein Nein, Honey?« Ich beiße mir auf die Lippen, aber gesagt ist gesagt.

Honey.

Sie blinzelt, und ihr Blick begegnet meinem. Sie hat es also gehört. Aber es scheint sie nicht zu stören. Im Gegenteil. Etwas verändert sich zwischen uns.

»Ja«, wispert sie. »Ja, das ist okay.« Sie schluckt. »Nur –«

Ich weiß genau, was sie sagen will. »Keine Sorge, ich lass dich nicht los.«

Selbst wenn ich wollte, ich kann nicht.

Mit einem Nicken gebe ich Collins zu verstehen, dass er anfangen soll, und sehe zu, wie er den Ärmel ihrer Bluse hochkrempelt.

»Faust machen, bitte«, sagt er.

Catherine hört es und ihre Finger zucken. Sanft umfasse ich ihre Hand und drücke sie, mag es, ihr ein bisschen von meiner Kraft abzugeben. Was sie zulässt.

Ich verfolge, wie Collins die Vene sucht, dann das Blut abnimmt.

»Und jetzt locker lassen«, sagt er.

Sofort löse ich meinen Griff und fahre über Catherines Finger, bis sie sich ebenfalls entspannt.

Seltsam, wie sehr wir plötzlich im Einklang miteinander sind. Und schön.

Dann ist Collins fertig und klebt ein Pflaster auf die Einstichstelle, das ich für sie andrücke.

»Ich sollte mich anziehen«, sagt sie schließlich leise und will sich lösen.

»Lass dir Zeit. Oder hast du es eilig?«

Sie fasst sich an die Stirn, als würde sie überlegen, ist für meinen Geschmack noch viel zu erschöpft, um jetzt zu gehen. »Wie spät ist es denn?«

Ich schaue auf mein Handy. »Fast acht.«

Sie nickt und lehnt sich wieder an mich. Und es fühlt sich unerwartet schön an, diese sonst so starke Frau einfach nur zu halten, für sie da zu sein, dafür zu sorgen, dass sie alles hat, was sie braucht – selbst wenn das im Augenblick nur etwas Nähe ist.

Du mutierst zum Weichspüler, Randall!

Ich denke an das letzte Mal, als sie bei mir war. Wie anders die Situation war. Und doch ähnlich. Wenn ich Reece glauben darf.

Ja, ich habe Catherine aufgezogen. Aber nur, weil ich dachte, dass sie das verkraften kann, und weil ihre Augen dabei so sexy gefunkelt haben.

»War es so auch nach unserer letzten Begegnung?«, frage ich sie leise. Wenn ja, dann rechne ich Reece hoch an, dass er sich beherrscht und mir keine reingehauen hat. Umgekehrt hätte ich das getan.

»Was meinst du?«, fragt sie.

»Dass du so überreizt warst.«

»Ich war doch nicht –!«

Ich muss grinsen, weil die Wildkatze langsam wieder ihre Krallen ausfährt.

»Schon vergessen? Mein Bruder war bei mir, kurz nachdem du weg warst«, unterbreche ich sie. »Er hat mir erzählt, in was für einem Zustand du warst.« *Lügen ist zwecklos.*

»Oh«, macht sie nur. *Erwischt!*

Ich drücke sie an mich, brauche ihre Nähe und die Gewissheit, dass sie in Ordnung ist.

»Ich mag den BDSM-Lifestyle nicht ausleben, aber ich kenne die Regeln und respektiere sie«, setze ich zu einer Erklärung Schrägstrich Entschuldigung an. »Ja, ich finde dich unglaublich attraktiv. Ich bin mir sicher, das hast du längst bemerkt. Da ist was zwischen uns. Doch hätte ich gewusst, dass es dir so schlecht geht, dann hätte ich dich nicht gehen lassen. Das ist dir hoffentlich klar?«

»Weil du Angst gehabt hättest, dass man dich wegen Belästigung belangt?«

Freches Ding! Ich kneife ihr in die Seite, und sie kreischt und gluckst gleichzeitig. »Nein, weil auch ich Grenzen habe. Jeder Mensch hat welche. Ich schätze eine Herausforderung, genauso jedoch, dass zwei Menschen sich auf Augenhöhe begegnen. Ja, vielleicht wollte ich dich aus der

Reserve locken, doch ich wollte deine Grenzen nicht überschreiten.«

»Es war nicht so schlimm«, sagt sie nach einer Weile. »Mir war nur schwindelig und heiß und kalt.« Sie lacht freudlos. »Damit komme ich meist ganz gut klar, aber das eben …«

»Du weißt, dass ich dich nun nicht aus dem Vertrag rauslassen kann? Collins hat nichts gefunden. Eventuell bringt die Blutuntersuchung noch was, doch irgendwie ahne ich, dass sie ohne Befund sein wird.«

»Hab ich das nicht gleich gesagt?«

»Aber ich musste sichergehen.«

»Und jetzt?«, sagt sie patzig, schmiegt sich jedoch dabei enger an mich. »Was soll ich als Nächstes tun, damit ich kündigen kann?«

Sie gibt nicht auf?

Fieberhaft überlege ich, wie der nächste Schritt aussehen könnte.

Und mir fällt nur einer ein …

»Du hast eine weitere Session.«

»Nein«, knurrt sie und schüttelt an meiner Brust den Kopf. »Wozu? Ich hatte bereits Dutzende, und die haben nichts gebracht. Da kannst du jeden im Klub fragen.«

»Und ich schaue zu«, fahre ich unbeirrt fort.

»Was? NEIN!« Aufgebracht will sie sich lösen, aber ich halte sie fest, ich bin stärker als sie, auch wenn sie das nicht wahrhaben will, und spiele es aus. »Lass mich, Ian! Das kann nicht dein Ernst sein. Das ist eine Scheißidee. Ich will das nicht.«

Sie zappelt immer heftiger, doch ich nagele sie auf dem Sofa unter mir fest. Nur eine dünne Decke trennt uns. Darunter ist sie heiß und feucht und bereit. Ich kann sie riechen, kann sehen, wie erregt sie ist. Und mein Schwanz will in ihr sein, was ziemlich schwer zu ignorieren ist. *Mist! Falsches Timing!*

Glaubt sie, ich denke mir das zum Spaß aus? So ungewöhnlich die Situation auch ist, ich erledige meinen Job.

»Ich bin bei einer Session dabei«, wiederhole ich. »Wie soll ich sonst deine Aussage überprüfen?«

»Gibt es keine Videos?«, keucht sie. »Ich müsste da drauf sein, und man müsste sehen, dass ich nicht komme. Mindestens ein Dutzend Mal.«

Gibt es. In schlechter Auflösung und mit teilweise unbrauchbaren Winkeln. Schließlich handelt es sich um normale Überwachungskameras.

»Wovor hast du Angst?«, frage ich sie und verlagere mein Gewicht, woraufhin sie die Luft einzieht, als sie spürt, wie hart ich bin. »Wovor?«, bedränge ich sie. Scham kann es wohl kaum sein, wenn ich daran denke, was sie im Klub alles ausprobiert hat.

»Ich hab keine Angst«, zischt sie.

Wusste ich doch, dass ich sie damit rumkriege …

»Also einverstanden?«, frage ich.

»Ich darf ein Safeword benutzen, oder?«, hakt sie nach.

»Natürlich.« Glaubt sie, ich will sie leiden sehen? Das hier ist mein Job. Auch wenn er mir mit ihr besonders viel Spaß macht. Sie ist in erster Linie Kundin des Tease & Please, und ihr soll nichts passieren.

»Also dann! Spezielle Wünsche, welche Session ich machen soll, Herr Anwalt?«, fragt sie kühl und hat wieder die Oberhand, obwohl sie unter mir liegt. »Angekettet ans Andreaskreuz? Gefesselt an eines der schönen Vierpfostenbetten? Über den Bock gelegt?«

Mit jedem Wort tauchen neue Bilder vor meinem inneren Auge auf. Sie will mich provozieren, ärgern, weil sie denkt, dass mich das abstößt. Doch statt ihr den Gefallen zu tun, grinse ich und streiche ihr eine Haarsträhne aus dem Gesicht.

Schnaufend dreht sie den Kopf zur Seite, um mich abzuschütteln, aber dadurch entkommt sie meinen Fingern nicht, und grinsend mache ich einfach weiter.

»Dumme kleine Sub«, sage ich und registriere, wie sie plötzlich innehält, schwer atmet, zugleich jedoch ruhiger wird, ihren Widerstand aufgibt, sich mir ergibt. Und mir gefällt, dass sie so auf mich reagiert.

Das ist neu, Randall.

»Von mir aus kannst du dir deinen Hintern grün und blau schlagen lassen, Honey. Hauptsache, du kommst. Dann spar ich mir den Papierkram für die Kündigung.« Ich grinse noch breiter. »Und vielleicht als persönliche Information hinzugefügt, das kommt mir nämlich nur fair vor, wenn ich in deinem Intimbereich herumgrabe, dass du auch was aus meinem erfährst …«

Ich beuge mich an ihr Ohr, weiß, dass ich dünnes Eis betrete, aber es ist mir egal. Ihr unterwürfiger und gleichzeitig provozierender Blick reizt mich zu sehr.

»Nur weil ich kein Dom bin und keine Peitsche schwinge, heißt das nicht, dass ich mit Frauen, die mich interessieren, nicht gerne spiele. Ich liebe es zum Beispiel, Analplugs bei meinen Partnerinnen zu benutzen. Erst ziert ihr euch. ›Mein Hintern gehört mir.‹ ›Nein, das tut mir weh.‹ Bla, bla, bla. Und dann schiebt man ihn euch vorsichtig rein, und ihr werdet Simsalabim ganz still. Immer, Honey. Bis ich euch ficke, in euch dringe, genieße, wie eng ihr seid. Dann auf einmal schreit ihr, weil ihr nicht genug bekommt.«

Fuck, wie heftig ich sie plötzlich will! Und nicht nur mich hat diese kleine plastische Szene angemacht. Catherine ist ebenso erregt. Sie zittert unter mir und schließt schwer atmend die Augen.

»Gelb«, keucht sie.

Mein Schwanz zuckt, als mir klar wird, dass sie ihr Safeword sagt.

Sie sieht mich wieder an. »Bitte.«

»Was denn? Aufhören oder weitermachen?«, reize ich sie.

»Weitermachen.«

»Auf einmal!«

Es wäre so einfach, sie hier und jetzt zu nehmen. Nur eine Stofflage trennt uns. Doch ein paar meiner Gehirnzellen sind noch aktiv. Ich werde die Situation nicht ausnutzen. Sie hat Gelb gesagt, erst dann ihre Worte zurückgenommen. Ich weiß, was das heißt. Zeit für uns beide runterzukommen.

»Kann ich dich kurz allein lassen?«, frage ich sie, rücke von ihr ab und drücke meine Erektion.

Sie atmet schwer, könnte sich jetzt aufrappeln und das Weite suchen, aber sie lehnt sich nur erschöpft zurück. »Sicher.«

Ich gehe zu den Toiletten, hole meinen Schwanz raus und stöhne, sobald ich über meine harte Länge reibe.

Mich hat noch nie eine Frau aus dem Klub so angemacht. Wie sie sonst auf allen vieren mit ihren Halsbändern durch die Räume kriechen, nach ihren Orgasmen betteln, so willig sind … Das finde ich extrem abtörnend. Doch während ich wichse, sehe ich nun Catherine vor mir. Mit ihren funkelnden Augen und diesem frechen, neckischen Lächeln. Wie sie meinen Schwanz in sich spüren will. *Weil nur der sie dazu bringt zu kommen, weil –*

»Fuck!«

Ich spritze ins Becken ab. Mir wird kurz schwindelig, und ich muss mich an den Fliesen abstützen. *Heftig!*

Sobald sich mein Puls beruhigt hat, sind meine Gedanken sofort wieder bei Catherine – und ich merke, dass es nicht lange dauern wird, bis ich erneut hart und bereit für sie bin.

Klasse, diese Frau ist stärker als jedes Potenzmittel. Nicht dass ich damit bereits Erfahrungen hätte. Aber ich kenne die Storys von einigen Männern aus dem Klub, die sich was einwerfen, um die ganze Nacht durchficken zu können.

Kopfschüttelnd wasche ich mir die Hände und gehe zurück in die Praxisräume. Und sie ist weg.

»Collins!«, rufe ich, sobald ich das leere Sofa sehe.

Sofort taucht der Arzt auf.

»Wo ist Miss Malone?«

»Gerade gegangen.«

»Wie bitte? In ihrem Zustand?«

»Sie war extrem stur«, verteidigt er sich.

Fuck! Ich lasse Collins stehen und rufe Catherine auf ihrem Handy an. Zunächst höre ich ein Freizeichen, dann folgt Stille.

Sie hat mich weggedrückt?!

Ist das ein gutes oder ein schlechtes Zeichen?

Besorgt gebe ich in der Karten-App meines Smartphones ihre Adresse ein. Eine Markierungsnadel erscheint. Ich tippe auf ›Route berechnen‹, werde die Sache nicht gut sein lassen, sondern muss sie noch mal sehen.

Diese Frau hat gerade eine Überdosis an Hormonen intus. Und ich könnte ihr den Hals dafür umdrehen, dass sie sich ohne ein Wort davongestohlen hat. Ich bin Anwalt des Tease & Please, und wenn ihr jetzt was passiert, ist der Klub dafür verantwortlich – und sie kann uns verklagen!

Falls das geschieht, wird mir Reece so kräftig in den Arsch treten, dass ich von hier bis nach China fliege. Und das völlig zu Recht.

Hoffentlich ist sie in Ordnung.

5. Kapitel

CATHERINE

»Hi, Cat. Ich dachte, wir hätten unseren Termin erst übermorgen.«

»Das stimmt«, begrüße ich Ryan, meinen Sparringspartner beim Boxen, am Tresen des Sportstudios. »Aber heute war ein absoluter Scheißtag. Hast du Zeit für mich?«

»Für dich doch immer, meine Schöne!«

Anders als bei Ian Randall treibt sein Geflirte meinen Puls nicht nach oben, sondern nur meine Mundwinkel, weil ich lächeln muss.

Nach dem Termin bei Collins war ich joggen. Da das jedoch dieses Mal nicht gereicht hat, um meine Anspannung abzubauen, habe ich beschlossen, mich weiter auszupowern.

Während Ryan meine Boxhandschuhe holt, gehe ich mich umziehen. Dabei fühlen sich meine Beine wie Gummi an, mein Puls rast unverändert, und ich bin feucht. Immer noch. Denn Ian Randall geht mir nicht aus dem Kopf. *Verdammt!*

Der Mann verwirrt mich. Er ist kein Dom, aber er hat diese Art … Er mag es schmutzig und ist dennoch fürsorglich. Er zieht mich ständig auf, merkt dabei jedoch, wann er an meine Grenzen stößt.

Und du hast ihn hart gemacht.

Entweder das, oder er steht auf Doktorspiele.

Nein, du hast ihn hart gemacht.

Vorhin in der Praxis konnte ich für einen Moment nur noch daran denken, ihn in mir zu spüren, seine Lippen nicht nur am Ohr, sondern auf meinen Lippen zu haben und von diesem Mann genommen, befreit zu werden.

Sei nicht albern, Catherine! Wie soll er das schaffen, wenn es dir selbst nicht gelingt?

Trotzdem bleibt der Gedanke. Hartnäckig wie eingebranntes Fett, das man nur mit der Chemiekeule und wildem Schrubben abkriegt …

Umgezogen steige ich in den Ring und stelle mich auf.

»Dann leg mal los!«, sagt Ryan, hält den gepolsterten Block und wartet auf meine Schläge.

Ich hole aus und lande einen Treffer. Meine Muskeln streiken, doch ich zwinge mich zum zweiten Schlag. *Pech, lieber Körper. Wenn du mir nicht gibst, was ich will, geb ich dir auch nicht, was du willst.*

»Das ist alles, was du heute drauf hast? Selbst meine Großmutter hat mehr Muckis«, reizt mich Ryan.

Wieder hole ich aus. »Ha! Wie ist das?«

Er grinst provokativ. »Langsam erinnerst du mich an meine Großmutter, wenn sie sauer ist.«

»He!« Erneut boxe ich, erst ein Schlag, dann eine ganze Serie, bei der Ryan schließlich einen Schritt zurückweicht.

»Erinnere ich dich immer noch an deine Oma, Ryan?«

»Jetzt hast du so viel Wumms wie zwei meiner Omas«, sagt er grinsend.

»Na warte!«

Er stichelt nur, damit ich mein Bestes gebe, und es funktioniert. Mit einer weiteren Serie powere ich mich richtig aus, bin nur im Hier und Jetzt. Statt meiner brennenden Körpermitte spüre ich meine Schultern, meine Arme, meine Beine. Doch Ian Randall spukt mir nach wie vor durch den Kopf.

»Noch nicht genug?«, fragt Ryan, weil wir länger trainieren als üblich.

»Auf keinen Fall.« Ich will den Mann, der mir das Leben so schwer macht, aus meinen Gedanken vertreiben, ein für alle Mal.

»Dann lass uns mit dem Sandsack weitertrainieren, meine Schöne.«

»Okay.«

Wir wechseln zum Bereich für das Krafttraining, ich wische mir mit einem Handtuch den Schweiß vom Gesicht und bringe mich in Position.

»Stell dir deinen ärgsten Feind vor, das Arschloch, das dir heute den Tag so vermiest hat, und leg los!«

Ich attackiere den Sandsack, als ginge es um mein Leben. Mein eben bereits angeschwitztes Shirt klebt binnen Minuten komplett auf meiner Haut.

»Dem Kerl möchte ich nicht begegnen«, murmelt Ryan.

»Keine Sorge!« Wird er nicht. Denn noch wütender als auf Ian Randall bin ich auf mich und meinen Körper, der nicht so funktioniert, wie er sollte.

Was stimmt nicht mit mir? Ich weiß, es gibt Fälle wie mich, und die Ursache liegt meist in zu viel Stress begründet. Frauen ticken in dieser Hinsicht deutlich anders als Männer. Wenn uns zu viel durch den Kopf schwirrt, blockiert uns das. Eine schöne Theorie, leider keine, die erklärt, warum ich selbst als Teenager keinen Orgasmus hatte.

Nie, nie, nie …

Im Rhythmus meiner Gedanken schlage ich erneut zu, ein Hieb kräftiger als der andere. Ich spüre, wie meine Kraft mich allmählich verlässt. Aber ich werde erst aufhören, wenn ich nicht mehr stehen kann. Denn dann werde ich, sobald ich zu Hause bin, einfach ins Bett fallen und einschlafen. Also mache ich weiter, lasse alles raus, reagiere mich an diesem dämlichen Sandsack ab – und weiß die ganze Zeit, dass mir das nur hilft, mit meinem Problem zu leben, nicht, es zu lösen.

Wieder hole ich aus, tänzele dabei ungünstig auf der Matte herum und rutsche aus. Binnen Sekunden lande ich auf dem Rücken. »Verdammt!«, brülle ich wütend die Decke über mir an und schlage auf den Boden neben mir.

»Alles okay, Champion?«

Ryan ist sofort bei mir und reicht mir die Hand. Ich lasse mir hochhelfen, schwanke jedoch ein wenig.

»Klar, kann weitergehen«, sage ich.

»Ich glaube, du hast genug für heute.«

»Nein, noch eine Runde!«

»Hol ich mir eine blutige Nase, wenn ich versuche, dich davon abzubringen?«, meint er scherzhaft und legt einen Arm um meine Schultern. Vorsichtig lotst er mich von der Matte weg und beginnt, meine Handschuhe zu lösen.

»Hey, ich kann noch«, protestiere ich.

»Klar, bis du mir auf der Matte umkippst und ich einen Notarzt rufen muss. Kommt nicht infrage. Das Wichtigste beim Sport ist, seine Limits zu kennen. Deines ist erreicht.«

Ich gebe einen Laut zwischen Knurren und Schnauben von mir.

»Danke, dass du mir zustimmst.« Lachend zieht er mir auch den zweiten Handschuh aus. »Willst du darüber reden, was los ist?«

»Wollte ich das je?«

»Manchmal hilft es.«

»Wenn ich jemanden zum Reden bräuchte, hätte ich mir einen Therapeuten gesucht. Aber wo bin ich? In einem Sportstudio.«

»Das ist nicht das Gleiche.«

»Oder ich hätte mich einem Kaffeekränzchen angeschlossen.«

»Du? Zwischen lauter Tussis, die sich über Nagellack, ihren Fitnesstrainer und die neuesten Designertrends unterhalten? Schwer vorstellbar.« Er grinst. »Mein Angebot steht.«

Ich schüttele den Kopf. Ich mag Ryan und will nicht, dass sich unsere Sportbeziehung ändert, weil ich ihm mein Herz ausschütte. Er soll weiter glauben, dass ich Superwoman bin. »Sorry, du musst für jemand anderen den Softie spielen«, lehne ich deshalb cool ab.

»Weißt du, ich vögele dir auch gern den Verstand raus. Das hilft manchmal mehr als jeder Sport.«

Ich bin keine Spur beleidigt, sondern grinse, weil er das nicht zum ersten Mal anbietet. Normalerweise denkt zumindest eine meiner Gehirnzellen darüber nach, darauf einzugehen. Ryan ist muskulös, sieht gut aus und würde sich mächtig ins Zeug legen, um mich zufriedenzustellen. Doch dieses Mal denke ich an Ian, und meine Haut kribbelt vor Verlangen.

Ryan bemerkt die Veränderung an mir und grinst. »Ist das etwa Zustimmung, meine Liebe? Oder hast du endlich jemanden gefunden, der deinen Ansprüchen genügt?«

»Weder noch«, sage ich, will einen Witz hinterherschieben, aber verkneife ihn mir, denn Ian, den ich erfolgreich aus meinem Kopf verbannt hatte, ist zurück.

»Ach komm, wir kennen uns schon so lange, Cat! Mich musst du nicht anlügen.«

»Wenn du nicht willst, dass ich gleich wieder in diesen Ring steige und bis zur Besinnungslosigkeit diesen Sandsack vermöbele, dann halt die Klappe.«

Abwehrend hebt er die Hände. »Sorry, ich wollte dir nicht zu nahe treten, meine Liebe. Nur helfen.«

»Das hast du schon, glaub mir.« Zumindest ein bisschen. Denn das Glühen in mir war immerhin kurz weg, auch wenn es nun zurück ist. Aber Ryan hat recht, ich kann nicht noch eine Runde boxen. Ich bin total erledigt. Wenn ich weitermache, riskiere ich ernsthafte Verletzungen.

»Es bleibt trotzdem bei übermorgen?«, fragt er nach.

Ich grinse. »Klar, ein Date ist ein Date.«

»Cool.«

Ich sammele meine Sachen zusammen und fahre nach Hause. Wieder mit Ian Randall in meinem Kopf.

***

So geht das nicht!

Obwohl meine Muskeln jetzt ein heißes Bad gebrauchen könnten, stelle ich mich unter die Dusche und drehe das Wasser kalt auf. Ich zwinge mein Gehirn, an den morgigen Tag zu denken. Ich stecke mitten in der Vorbereitung für die Firmenübernahme und hab Termine mit meinem Finanzchef und Matthew, dem Firmenanwalt von Blue Sky …

Die Kälte kriecht immer tiefer unter meine Haut, fräst sich rein, fühlt sich an wie tausend Nadelstiche, tötet das Verlangen in mir ab. *Endlich!*

Halb erfroren drehe ich das Wasser ab, wickele mich in ein Handtuch, stelle den Handywecker und falle ins Bett.

Für einen Moment ist mein Körper komplett ruhig, fühlt sich erschöpft, aber normal an. *Herrlich!*

Dann muss ich erneut an Ian Randall denken. Und eine Sehnsucht, die ich selbst nicht verstehe, durchdringt mich. Der Mann ist überhaupt nicht mein Typ. In so vielerlei Hinsicht. Und dann ist er es doch, denn wenn er mich so intensiv anschaut, berührt, mir Dinge ins Ohr flüstert …

Ich schlafe ein.

IAN

Catherine ist nicht zu Hause. Immerhin war sie kurz da, ist wenig später aber wieder weggegangen. Das hat mir ihr Concierge verraten, nachdem ich ihn mit fünf Hundertern bestochen habe. Und ich mache mir Sorgen.

Ich warte einen Moment, ob sich was tut. Wo auch immer sie ist, vielleicht kommt sie jeden Augenblick zurück. Leider bleibt alles ruhig.

Besorgt rücke ich noch mal fünfhundert Dollar raus, damit der Typ mir Bescheid gibt, sobald sie nach Hause kommt. Ich brauche die Gewissheit, dass sie in Ordnung ist.

Dann fahre ich ins Tease & Please. Nicht um zu ficken, sondern weil die Bar im Klub eine der besten der Stadt ist und ich heute Abend einen guten Drink gebrauchen kann.

***

»Schon wieder hier?«, zieht mich Reece auf.

Das Gleiche könnte ich auch ihn fragen. »Seit wann arbeitest du rund um die Uhr und spielst nicht mit deiner kleinen Sub?«

»Hast du deine Tage?«, kontert er.

»Fick dich!«, ist meine wenig eloquente Antwort.

»Du hast deine Tage! Mein Beileid!« Er klopft mir lachend auf die Schulter. »Also, wenn du dich vergnügen willst: Mein Klub ist dein Klub. Ich bin mir sicher, wir finden für dich eine willige Sub, die nichts gegen einen guten alten Fick hätte.«

Ich schüttele seine Hand ab. »Verpiss dich! Wenn ich einen Fick will, krieg ich den auch ohne die Hilfe meines Bruders organisiert.«

Reece macht das Gegenteil, hätte ich mir denken können. So als hätte er alle Zeit der Welt, zieht er sich einen Barhocker ran, bestellt einen Gin Tonic und setzt sich zu mir. »Warum bist du dann hier?«

Ich schwenke meinen Whisky im Glas. »Ihr habt exzellente Drinks.«

»Wir sind nicht die einzige Bar in der Stadt, auf die das zutrifft.«

»Bei euch krieg ich sie gratis«, schmeichele ich mich ein.

»Was egal ist, weil du nicht sparen musst.« Sein Gin Tonic kommt, er nimmt einen Schluck und wartet, ob ich was sage. Tue ich aber nicht. »Also, was ist los?« Er schaut mich schräg von der Seite an, spürt, dass etwas nicht in Ordnung ist. »Willst du doch mal die Peitsche schwingen? Ist es das?«

»Gott, nein!« *Wie kommt er auf den Mist?* Im Hintergrund höre ich ab und zu das Klatschen, wenn Leder auf Haut trifft, und ich frage mich wie so oft, wie das jemanden antörnen kann. Ich bin null erregt.

»Wie viele Whiskey muss dir Frank noch ausschenken, bis du mir sagst, was es dann ist?«

Ich schaue auf mein Glas. Halb leer. *Oder halb voll, für all die Optimisten da draußen.* »Musst du den Scheißtherapeuten spielen?«

»Wenn du einen brauchst.«

Fabelhaft! Warum ist er manchmal so eine Klette? Hab ich ihm als Kind ein Mal zu oft sein Spielzeug weggenommen?

Seufzend fahre mir durch die Haare. »Es geht um Catherine«, sage ich, weil er mich nicht eher in Ruhe lassen wird, bis ich mit der Sprache rausrücke.

»Catherine?!«

Erinnert er sich jetzt echt nicht an diese sexy Frau? »Du hast sie neulich erst getröstet, schon vergessen?«, zische ich.

»Ach, *die* Catherine!«

Er hat genau gewusst, wen ich meine, und wollte mich nur weiter aus der Reserve locken. *Arschloch!*

»Heute war die Untersuchung«, sage ich.

»Und?« Nun ist Reece ernst. Schließlich ist das Business.

»Sie ist völlig gesund, gesünder geht es kaum.«

»Also ist sie gekommen?«

Ich schüttele den Kopf.

»Und jetzt? Hast du ihr gekündigt?«

»Nein, ich will das noch weiter prüfen.«

»Klingt gut. Warum ziehst du dann so ein Gesicht?«

Ich seufze, nehme einen weiteren Schluck und genieße das warme Brennen des Alkohols. »Du weißt doch, was neulich los war. Nun, heute war es schlimmer.«

»Und das beschäftigt dich, weil …?«

Das ist die Preisfrage. Ich habe keine Antwort darauf. Keine, die mich zufriedenstellt, und schon gar keine, die meinen Bruder davon abhalten könnte, mich weiter zu nerven.

Statt einer Antwort gönne ich mir noch einen Schluck.

»Was hast du jetzt vor?«, fragt Reece.

»Ich dachte an eine Session am Montag, wenn am wenigsten im Klub los ist. Die müsste zeigen, ob an ihrer Behauptung was dran ist.«

Er grinst. »Also willst du doch endlich mal deine dominante Seite ausleben?«

Ich boxe ihm in die Seite. So hart, dass es wehtun muss. »Ich werde nur dabei sein. Die Peitsche, oder womit auch immer sie sich gerne verhauen lässt, darf jemand anderer schwingen.«

»Hey, es war einen Versuch wert«, meint er keine Spur angegriffen.

»Dein hundertster.«

»Gut, keine Peitschen, Paddles oder Rohrstöcke für meinen Bruder. Ist notiert.« Er wird wieder ernst, öffnet auf seinem Tablet das Programm, in dem die Buchungen für die Privatlounges im Klub verwaltet werden. »Ich könnte euch für die Session den Little Black Room reservieren. Reicht der dir?«

Ich nicke. *Hört sich gut an.*

»Kann ich dir sonst noch helfen?«

»Tatsächlich bei einer Sache. Hast du Tipps für die Session?« Schließlich will ich, dass Catherine kommt und wir sie als glückliches Klubmitglied behalten.

Reece nippt nachdenklich an seinem Glas und schaut dann etwas auf seinem Tablet nach. »Ich könnte Jace fragen. Er hatte laut den Aufzeichnungen die meisten Termine mit ihr, auch den letzten.« Er sieht mich an. »Er arbeitet gerade. Willst du ihn sprechen?«

Prompt verschlucke ich mich an meinem Whiskey, Tränen brennen in meinen Augen, und ich huste wie blöd.

Ob ich mit dem Kerl reden will, der Catherine an Stellen betatscht hat, die für mich tabu sind?

Nicht unbedingt.

Möchte ich dagegen, dass die Session erfolgreich abläuft, sprich dass Catherine kommt?

Ja, auf jeden Fall.

»Wenn er gerade frei ist, wäre das gut«, sage ich mühsam gefasst.

»In zehn Minuten ginge es.«

»Perfekt.« *Am Arsch! Aber wer liebt seinen Job schon jede Sekunde?*

Eigentlich will ich nur meinen Drink zu Ende genießen, doch ich spüre Reeces Laserblick weiter auf mir. Weil er wie ein guter Babysitter nicht abhaut. »Was noch? Hab ich ne Fliege im Haar?«, witzele ich.

Nachdenklich reibt er sich das Kinn. »Du warst bisher nie bei einer Session von Anfang bis Ende dabei.«

»Und? Ich weiß, wie ich mich zu verhalten habe. Schließlich hab ich die Regeln für den Klub mitentwickelt. Willst du mich abfragen?«

»Yeah! Dann hättest du Teil eins der Prüfung zum Klub-Dom schon absolviert.«

»Vorsicht«, knurre ich und schwenke mein Glas. »Könnte sein, dass die restliche Whiskeypfütze gleich in deinem Gesicht landet.« *Denn Herrgott, wie oft muss ich ihm noch sagen, dass ich nicht daran interessiert bin, sein Sidekick zu werden? Soll ich es ihm irgendwohin tätowieren, damit er es sich merkt?*

»Sorry, die Vorlage war zu gut«, sagt er.

Mürrisch leere ich mein Glas. »Ich werde mich ganz sicher nicht in die Beziehung zwischen Catherine und ihrem Dom einmischen. Schließlich will ich sie nicht in Gefahr bringen.«

»Du weißt, dass es ein Unterschied ist, ob man Dinge in der Theorie kennt oder in der Praxis sieht?«

Ich rolle mit den Augen. »Sag mal, wenn ich nicht bei der Session dabei sein darf, sag es einfach!«

»Das ist es nicht.« Er trinkt seinen Gin Tonic ebenfalls aus. »Es könnte heftig werden.«

»Brauche ich etwa auch ein Safeword?«, ziehe ich ihn auf. »Du musst dir keine Gedanken machen.«

Er will noch was sagen, doch in dem Augenblick kommt Jace zu uns. Der Dom, der die Frau, die mir den Kopf verdreht, kennt wie kein Zweiter.

»Was gibt es?«, fragt er locker.

»Es geht um Catherine Malone«, sage ich und muss mich bemühen, ihm nicht wie ein eifersüchtiger Ex-Freund an den Kragen zu gehen.

»Was ist mit ihr? Ist was passiert? Sie war eine Weile nicht mehr hier.«

»Drei Tage«, sage ich, was keine Zeit ist.

»Für ihre Verhältnisse lange.«

»Nein, es ist nichts passiert. Sie will kündigen.« Ich sehe ihn fest an. »Weil wir ihr keinen Orgasmus beschert haben. Stimmt das?«

Er schaut etwas betreten zwischen Reece und mir hin und her. »Na ja …«

»Ja oder nein«, sagt Reece, der so ein Herumgedruckse genauso wenig mag wie ich.

»Nein, bedauere.«

»Wie lief denn eine Session normalerweise ab?«, frage ich.

»Wie üblich. Ich lass mir die Grenzen bestätigen, und dann mache ich, worauf ich Lust habe. Sie macht mit, findet alles gut, wird feucht.«

»Aber?«, hake ich nach.

»Sie kommt nicht. Ich hab schon einiges probiert. Leider ohne Erfolg.«

Eigentlich wollte ich nur einen Whiskey, aber ich bestelle noch einen. Mir gefällt nicht, was Jace erzählt. Und ich spüre noch etwas. Sorge um Catherine. *Denn was, wenn sie tatsächlich die Wahrheit sagt?*

Doch ich muss diesen Test durchziehen. Für den Klub.

6. Kapitel

CATHERINE

Von: Tease & Please – Vertragsmanagement
Betreff: Termin
Datum: 15. März 2018, 23:17 Uhr
An: Catherine Malone

Sehr geehrte Miss Malone,
bitte kommen Sie am Montag für die Testsession in den Klub.
Start: 20:00 Uhr
Mit freundlichem Gruß
Ian Randall
Leiter Rechtsabteilung

Du hast das schon tausendmal gemacht, erinnere ich mich. *Kein Grund zur Panik.*

Leider hilft der Beruhigungsversuch wenig. Ich mag Sex und die Spiele im Tease & Please. Ob Publikum anwesend ist oder nicht, kümmert mich dabei nicht. In einer Session habe ich sowieso einen Tunnelblick. Ich lasse mich fallen, bin weg. Was um mich herum passiert, kriege ich nicht mit.

Normalerweise.

Doch dieses Mal wird das nicht so sein. Denn Ian wird da sein. Der attraktivste Mann, der mir je begegnet ist – und der mich seit unserem letzten Treffen beinahe jede Minute in Gedanken verfolgt und meine Haut zum Kribbeln bringt. Egal was ich tue.

Heute ist Sonntag, und zum wiederholten Mal versuche ich, mich auf eine Kalkulation für Blue Sky zu konzentrieren. Ich habe unter der Woche nicht so viel im Büro geschafft, wie ich wollte, und muss dringend meinen Rückstand aufholen.

Stattdessen frage ich mich, womit sich Ian gerade beschäftigt. Ob er sich mit einer Frau trifft, das schöne Wetter nutzt und draußen ist oder weiteren Kundinnen des Tease & Please das Leben schwer macht.

Ein Schauer der Erregung zieht über meinen Körper, als ich mich an seinen sexy Geruch erinnere.

»Was für ein Arschloch!«, fluche ich leise.

Ich will mich nicht so fühlen.

Frustriert speichere ich die Kalkulation. Ich kann später daran weiterarbeiten. Jetzt habe ich nicht den Kopf dafür.

Da meine obligatorische kalte Dusche mir nicht hilft, lasse ich mir eiskaltes Wasser in die Badewanne einlaufen, um meine Nerven zu beruhigen.

Obwohl die Temperatur eisig ist, mache ich erst einen Schritt, dann den zweiten, bis ich mit beiden Füßen im Wasser stehe. Schließlich lasse ich mich sinken, bis ich ganz eingetaucht bin.

Für einen Moment tötet die Kälte jeglichen Gedanken in mir ab. Mein Körper kommt zur Ruhe, ich atme auf.

Bis plötzlich wieder Ian in meinem Kopf ist und jede Zelle zum Beben bringt.

Wie zum Henker kann das sein?!

Am liebsten würde ich ins Sportstudio fahren. Doch nachdem ich auch das reguläre Training am Samstag hatte, brennen meine Muskeln und Ryan lässt mich sicher nicht schon wieder an den Sandsack. Nicht bevor sich mein Körper regeneriert hat, das ist eine seiner Regeln. Ja, Sport darf wehtun, aber krankhafte Ausmaße sollte er nicht annehmen. Alles muss safe bleiben.

Für normale Kunden mag das gelten, doch für mich? So wie es mir gerade geht, ist nichts an meinem Leben gesund oder safe. Mein Körper giert nach Erlösung. Und dazu fällt mir nur noch eine Sache ein.

Ich hole tief Luft und tauche dann mit dem Kopf ins Wasser ein, verdränge den Schock, den die Kälte in mir auslöst – und genieße die Ruhe. Für einen weiteren Augenblick fühle ich mich frei von allen Sorgen. Bis die Kälte mir zusetzt.

Ich bewege meine Finger, wackele mit den Zehen, will den Moment des Auftauchens so lange wie möglich hinauszögern. Eine Sekunde, noch eine …

Mist!

Ich schieße hoch, kämpfe mich aus der Wanne und bleibe unterkühlt in einer Pfütze aus Wasser auf den Fliesen sitzen. Zitternd ziehe ich die Beine an, lehne den Kopf an den Wannenrand und muss wieder an Ian denken. All meine Bemühungen waren umsonst. Das, was sonst immer für einige Zeit hilft, hat nichts gebracht. Ich kriege Ian nicht aus meinem Kopf. Ich werde diese Sehnsucht nicht los.

Aber ich brauche Ruhe …

Wie in Trance rappele ich mich auf, laufe in die Küche und nehme aus dem Holzblock neben dem Herd eines der Messer.

Mein Verstand sagt mir, dass ich auf solche Sachen nicht stehe, dass die Art Schmerz, die mir Erleichterung verschafft, eine andere ist. Aber ich kann nicht zurück. Ich will die Kontrolle über mein Leben zurückhaben, will, dass es wenigstens wieder so ist, wie es war, bevor ich Ian Randall begegnet bin.

Hektisch atmend setze ich das Messer an, doch sobald die Klinge, die sauscharf ist, auch nur meine Haut berührt, zucke ich hastig zurück.

Scheiße, Catherine, was tust du hier? Bist du verrückt geworden!

Ich lege das Messer weg und betrachte den feinen Schnitt, der kaum blutet, dafür aber brennt, einfach nur brennt, kein bisschen erlösend.

So kann das nicht weitergehen!

Frustriert klebe ich ein Pflaster auf die verletzte Stelle, trockne mich endlich ab, wie es normale, nicht geistesgestörte Menschen tun, ziehe mich wieder an und setze mir einen Tee auf, um mich aufzuwärmen.

Sobald ich eine Tasse geschlürft habe und meine Lippen nicht länger blau sind, nehme ich mein Handy und wähle widerstrebend die Nummer von Ian Randall.

Es ertönt ein Freizeichen. Dann noch eines. Und noch eines …

Kein Wunder. Reece Randall ist immer im Klub, ständig erreichbar, Ian Randall dagegen nicht. Warum auch? Er wird sein Wochenende genießen. Der Glückliche!

Als die Mailbox rangeht, lege ich auf. Ich hatte nur so eine Idee und hätte sie wenn, dann nur persönlich mit ihm besprochen. Aber da er nicht da ist, muss das warten. Bis Montag ist es ja nicht mehr lang. *Du hältst das durch, Catherine. So wie all die Jahre zuvor.*

Heftiger zitternd gehe ich in die Küche und setze mir eine zweite Tasse Tee auf. In dem Augenblick höre ich meinen Handyklingelton.

»Ja«, melde ich mich und hasse, wie ich klinge. Fertig und keine Spur selbstbewusst.

»Du hast angerufen?«, fragt eine tiefe, sinnliche Männerstimme.

Ian!

»Können wir die Session heute schon stattfinden lassen?«, komme ich sofort zum Punkt.

»Heute?!«, wiederholt er überrascht und keucht schwer.

»Ja, heute.«

Er schweigt, was ich nicht deuten kann. Und im Hintergrund höre ich ein Ächzen.

»Ach, vergiss es«, rudere ich zurück. »Kümmere dich weiter um die Frau, die du gerade in deinem Bett hast. Ob die Session heute oder morgen stattfindet, nimmt sich ja nicht viel. Sorry für die Störung.«

Ich will auflegen, doch er stoppt mich. »Warum heute, Honey?« Wieder ein Stöhnen. Von ihm.

Mit einer Hand um meine Teetasse geschlungen denke ich an das Chaos in meinem Bad und den Schnitt an meinem Arm.

»Spielt das eine Rolle?«, tue ich unnahbar. »Entweder du kannst, oder du kannst eben nicht.«

Stoff raschelt, er seufzt und unwillkürlich frage ich mich, was er gerade treibt. *Hat er vielleicht wirklich eine Frau im Bett? Lässt sich einen blasen? Wichst zu Pornos?* Ich hasse die Bilder, die in meinem Kopf auftauchen.

»Wann denn heute?«, fragt er zu meiner Überraschung, ohne nachzubohren.

»In einer Stunde?«

»So schnell?!«

Klingt nicht besonders begeistert. »Probleme, die Blondine loszuwerden, mit der du dich gerade vergnügst?«, ziehe ich ihn auf.

»Ich glaube, das kriege ich hin, und der Trennungsschmerz wird sich in Grenzen halten. Vor allem, weil ich gerade beim Sport bin und der einzige blonde Haarschopf in meiner Nähe ein tätowierter Typ mit geschätzt zweihundert Pfund ist«, sagt er plötzlich versöhnlicher. Das erklärt die Geräusche im Hintergrund – auch wenn jetzt neue verstörende Bilder von einem durchgeschwitzten, Gewichte stemmenden Ian mein Gehirn fluten. »Und wegen der Zeit, warte mal kurz …« Er scheint was auf seinem Handy nachzusehen, dann ist er wieder dran. »Ich könnte in knapp zwei Stunden im Klub sein. Je nach Verkehrslage eventuell etwas eher oder später. Wie klingt das?«

Zwei Stunden?!, ist mein erster Gedanke. *Das ist eine Ewigkeit.*

Aber früher als Montag …

»Ja, das wäre okay«, sage ich.

»Perfekt, dann sehen wir uns dort.«

»Danke. Bis gleich.«

Ich lege auf und will mich fertig machen, wie ich es immer für eine Session tue. Die Beine rasieren, die Haare waschen, meine Haut eincremen. Doch Sterne tanzen vor meinen Augen. Und mein Körper glüht mehr als je zuvor. Aus zwei Gründen.

Erstens: Ich werde die Bilder nicht los, wie dieser Sexgott Sport treibt. Ich will wissen, was für Sport und wie gut er ist und ob er ein Sixpack hat. Und überhaupt. *Alles!*

Und zweitens: Ich treffe ihn heute noch und freue mich drauf. Ungewöhnlich heftig. *Mist!*

IAN

Zwei Stunden sind ziemlich knapp, aber ich weiß, warum ich eingewilligt habe, die Session vorzuziehen: Irgendwas ist los mit Catherine.

Ich lege die Hanteln zurück ins Regal, dusche und ziehe mich an.

»Schon fertig?«, fragt mich Liz vom Empfang, als ich mit noch feuchten Haaren und in Jogginghose und Shirt an ihr vorbeigehe, um das Sportstudio zu verlassen.

»Ein Notfall«, erkläre ich wortkarg und ignoriere ihren mich wie üblich anschmachtenden Blick.

»Mit Reece?«

»Nein, der Yorkshire Terrier meiner Nachbarin hat Durchfall«, sage ich und muss grinsen, als ich ihr angewidertes Gesicht sehe – und sie sofort aufhört, mich anzuhimmeln.

»Na dann, viel … ähm … Spaß«, sagt sie zögernd.

»Danke, werde ich haben.«

***

Zwei Stunden Zeit waren gut von mir veranschlagt. In der Stadt ist viel Verkehr. Unter der Woche sind es Pendler, heute, am Sonntag, Ausflügler, die vom Umland zurückkommen.

Sobald ich die Stadt jedoch verlasse, geht es. Meine Strecke ist relativ frei, und ich komme deutlich schneller voran.

Nach eineinhalb Stunden passiere ich die schmiedeeisernen Tore des Tease & Please und parke auf dem Mitarbeiterparkplatz.

»Hi, Ian, ich wusste gar nicht, dass du heute kommen wolltest?«, begrüßt mich Audrey und mustert mich stirnrunzelnd, wodurch mir klar wird, dass sie mich noch nie in Freizeitklamotten, sondern immer nur im Anzug gesehen hat.

»Wo ist dein Schnuckiputzi?«, frage ich sie und meine meinen Bruder.

»Sehnsucht?«, zieht sie mich auf.

»Riesige Sehnsucht«, gehe ich lachend auf ihren Scherz ein. Audrey kann so unschuldig tun, hat es jedoch faustdick hinter den Ohren. Nur sobald mein Bruder diese Dom-Nummer bei ihr abzieht, verwandelt sie sich in reinsten Wackelpudding, der alles mit sich anstellen lässt.

»Er ist in seinem Büro«, sagt sie.

»Danke dir.«

Ich verliere keine Zeit, laufe los, klopfe wenig später an seine Tür und trete ein.

»Gibt es neue gesetzliche Anforderungen, die du durchsetzen musst, oder hast du Sehnsucht nach mir, so oft, wie du seit Neuestem hier bist«, begrüßt mich Reece grinsend.

Normalerweise schätze ich diese kleinen Sticheleien zwischen uns, allerdings nicht jetzt. »Halt die Klappe, Reece! Catherine will die Session heute schon durchführen. Wer von deinen guten Doms ist frei?«

»Was ist los?«, fragt er sofort ernst und sucht in seinem System nach Kandidaten.

»Keine Ahnung.« Ich atme tief durch. »Sie hat darum gebeten, den Termin vorzuverlegen. Ich hab zugestimmt.«

»Du weißt, dass man seinen Subbies nicht jeden Wunsch erfüllen darf? Sie dürfen nicht bestimmen, wann sie spielen, wie sie spielen –«

»Catherine ist nicht meine Sub«, unterbreche ich ihn schneidend. »Sie ist unsere Kundin, und sie klang seltsam.«

»Kostolany ist frei«, sagt er nach einem Blick ins System.

»Der Russe?!« Der etwa doppelt so breit ist wie ich. »Gefällt mir nicht.«

»Er ist sehr gut.«

»Geht kein anderer?«

»Doch, aber Kostolany ist einer der Besten, sowohl technisch als auch psychologisch. Catherine ist bei ihm gut aufgehoben.«

»Was für Sessions hatte er bisher mit ihr?«, frage ich nach.

»Mehrere kürzere. Mal waren es Fesselspiele, mal Schläge, mal Sinnesentzug. Von allem etwas.«

»Einverstanden, ruf ihn her.« Mir passt die Auswahl immer noch nicht, aber wenn Reece meint, dass der Russe in Ordnung ist, dann nehme ich ihn.

Keine fünf Minuten später mustere ich grimmig den Riesen mit dem roten gestutzten Bart und den silbergrauen Augen, der das Büro betritt.

»Worum geht es?«, fragt er.

»Um Catherine Malone.«

»Ja?«

»Sie kommt für eine Session. Ich sehe zu.«

»Willst du etwa lernen, wie man ein guter Dom wird?«, fragt er nun grinsend, weil er genau wie alle anderen im Klub weiß, dass ich mit diesen Neigungen nichts anfangen kann.

Ich werfe Reece einen finsteren Blick zu. Für Scherze auf meine Kosten habe ich gerade echt keine Nerven.

»Übernimm den Job einfach«, weist der ihn an.

»Gibt es was zu beachten?«, fragt Kostolany.

Ich schüttele den Kopf. »Stell sie einfach zufrieden, dann bin ich zufrieden.«

»Sie –?« Er stockt, weil er weiß, wie schwer das werden wird. »Gut, und wann kommt sie?«

»Jetzt«, meldet sich in dem Augenblick Audrey. »Sie ist soeben aus dem Taxi gestiegen.«

»Na dann«, sage ich, atme tief durch und ignoriere das Verlangen nach einem Drink. Ich bleibe besser nüchtern. »Ich kann es kaum erwarten, mir anzusehen, wie du sie schlägst.« *Übertreibung des Jahrhunderts!*

Bevor mir einer der Perversen unter die Nase reibt, dass ich nicht so empfindlich sein soll – oder mir Audrey versichert, wie wundervoll sich das anfühlt –, verlasse ich das Büro, durchquere den Klub und steuere den Empfang an, wo sich Catherine gerade registriert.

Reece, Kostolany und Audrey folgen mir. Ich spüre sie im Nacken, zögere, weiß genau, dass sie mich beobachten, aber blende sie aus.

»Hi, Honey«, begrüße ich Catherine sanft. Sie sieht ungewohnt blass aus und bewegt sich steif. Sie trägt nahezu kein Make-up, und ihre Haare sind zusammengebunden und noch feucht, so als hätte sie geduscht. Nur ihr Outfit ist makellos wie immer: ein figurbetontes Etuikleid, ein Blazer, High Heels. Ich trete näher, streiche ihr das Haar aus der Stirn und atme ihren Geruch ein, den ich schon so gut kenne, dass ich sie blind unter hundert anderen Frauen erkennen würde.

Für den Bruchteil einer Sekunde entspannen sich ihre Gesichtszüge. Meinetwegen. Doch der Moment verstreicht.

»Alles okay?«, frage ich. Nicht nur, weil ich besorgt bin, sondern weil sie nicht spielen darf, wenn sie nicht fit ist.

»Ich hab nur Muskelkater«, sagt sie.

»Wovon?«, frage ich.

»Spielt das eine Rolle?«, ranzt sie mich an.

»Ja«, sage ich schlicht.

»Vom Kickboxen«, sagt sie.

»Also in den Schultern und den Oberschenkeln?«

Sie nickt.

»Mehr, was ich wissen muss?«, fragt Kostolany hinter mir – völlig berechtigt, aber dennoch muss ich mich zügeln, ihn deshalb blöd anzumachen.

Catherine errötet leicht, legt ihren Blazer ab und zeigt eine winzige Schramme an ihrem Unterarm. »Nur das hier. Aber das ist nicht schlimm.«

Das ist neu. Und definitiv keine Verletzung vom Boxen. Sie will sich den Blazer wieder anziehen und die Wunde verstecken, doch ich packe sie am Handgelenk und halte sie auf. »Wie ist das passiert?«

»Ist das nicht egal, Herr Anwalt?«, faucht sie. »Hauptsache, es behindert mich nicht bei der Session.«

Sie hat recht, aber alle meine Instinkte schreien danach, jetzt nicht einfach nachzugeben. Irgendwas stimmt nicht mit ihr, und ich darf sie nicht spielen lassen, falls sie physisch oder psychisch angeschlagen ist. Das sind die Klubregeln, und die kennt sie auch. Davon mal abgesehen, dass es mich bei dieser Frau persönlich interessiert. »Sag schon!«

Sie ringt mit sich, immerhin. Aber schließlich schaut sie an mir vorbei zu Kostolany. »Hi, Kosto! Ich bin in Ordnung. Können wir anfangen, bevor ich hier Staub ansetze?«

»Heute so frech?«, fragt er ruhig zurück.

»Noch«, sagt sie. »Ich kann es allerdings gar nicht erwarten, mich gleich zu benehmen, Master.«

Beginnen sie bereits damit, das Machtgefälle herzustellen?

»Hey!«, greife ich ein, weil ich nach wie vor auf eine Antwort warte.

»Was, Ian?«, faucht sie. »Ich bin nicht hier, um Rechenschaft darüber abzulegen, woher meine kleine Schramme kommt, sondern um zu beweisen, dass ich mit gutem Grund die Mitgliedschaft kündige. Also? Einwände?«

Ein paar. Aber wenn sie das hier einfach durchziehen will, kann sie das gerne so haben. Sie ist erwachsen und muss wissen, was gut für sie ist.

»Keine«, sage ich und beiße die Zähne so fest zusammen, dass mein Kiefer knackt. »Legt los!«

»Vielen Dank«, sagt sie so, als wäre sie keine Spur dankbar, sondern sauer. Schließlich habe ich ihr das hier erst eingebrockt.

Sie geht zu den Räumen, wo sich die Gäste des Klubs ungestört umziehen können. Kostolany wartet mit mir davor.

»Ich würde die Beleuchtung möglichst dunkel lassen«, sagt er. »Nichts für ungut, aber da ist so viel Spannung zwischen euch, die kann ich nicht gebrauchen. Ist das okay?«

Ich nicke. »Klar.«

»Dann geh doch schon mal vor. Wir kommen nach, sobald wir so weit sind.«

Ich will etwas einwenden, schließlich bin ich hier, um die komplette Session zu überwachen, nicht nur Teile. Reece gibt mir jedoch zu verstehen, dass ich tun soll, was Kostolany sagt. Er ist ab sofort der Boss, wenn es um Catherine geht. Es passt mir nicht, aber so lauten die Regeln.

»Soll ich dir den Raum zeigen, in dem sie gleich sind?«, fragt Reece.

»Nein, danke. Ich brauche keinen Begleitservice. Ich kenne mich aus«, knurre ich und laufe los. Mein Bruder folgt mir.

»Wie wäre es dann, wenn dir jemand von der Bar einen Cocktail mit Schirmchen bringt?«

Verständnislos schaue ich zur Seite.

Was soll denn jetzt der Scheiß?

»Deine Laune war schon mal sonniger. Nimm dich zusammen. Wenn du das nicht hinkriegst, geh raus, bevor du die Session und Catherines Sicherheit gefährdest.«

Glaubt er, das weiß ich nicht?

Ich setze ein falsches Lächeln auf, das unter anderen Umständen ein Zähnefletschen wäre. »Besser?«

»Der reinste Sonnenschein!« An der Tür zum Raum klopft er mir auf den Rücken. »Na dann, viel Spaß!«

7. Kapitel

CATHERINE

Du schaffst das, Catherine!

Nur bekleidet mit einem dünnen Tuch um die Hüften und mit meinem Halsband in der Hand verlasse ich den Raum, in dem ich mich umgezogen habe. Mit gesenktem Blick nähere ich mich Kostolany. So habe ich selbst den Ablauf einer Session zu Beginn meiner Mitgliedschaft im Tease & Please definiert.

»An den Grenzen und Tabus hat sich nichts geändert?«, fragt er nach, während er mir mein Halsband anlegt, und meint damit die Angaben, die ich bei der Anmeldung für den Klub gemacht habe.

»Alles wie immer, Sir.«

»Der Zuschauer ist okay?«

Sofort muss ich an Ian denken. *Warum konnte der Mann nicht wie üblich im Anzug aufkreuzen? Nein, stattdessen taucht er in sexy tief sitzenden Jogginghosen und einem Shirt auf!*

Ein prickelnder Schauer läuft mir über den Rücken, als ich daran denke, wie er mich angesehen hat, als er die Schramme an meinem Arm entdeckt hat. So hat mich noch nie jemand angeschaut. So durchdringend, besorgt, mitfühlend …

Lust schießt durch meinen Körper, und ich weiß, Kostolany bemerkt das. Er ist einer der besten Doms hier im Klub und extrem aufmerksam. Und er wird wissen, dass ich wegen Ian so reagiere, nicht weil mich die Vorstellung von Schaulustigen so anmacht. Die sind nämlich nichts Neues.

»Ja, Zuschauer sind okay«, sage ich.

Er brummt etwas, scheinbar nicht hundertprozentig zufrieden mit meiner Antwort.

Ergeben schaue ich auf meine Füße und warte auf seinen nächsten Schritt.

Mein Herz hämmert wie verrückt. Ich fixiere seine Schuhspitzen. Teure italienische Schuhe. Er bewegt sich, geht zur Seite, verschwindet aus meinem Blickfeld, kommt wieder, und ich zucke zusammen, als ich spüre, dass er mir eine Augenbinde anlegen will.

»Ni–«, beginne ich intuitiv und beiße mir auf die Zunge. *Nicht heute.*

»Kein Tabu«, unterbricht er mich. »Nicht mal eine deiner Grenzen.«

Er hat recht. Wenn sich daran etwas geändert hat, hätte ich ihm das mitteilen müssen. Aber das habe ich nicht, habe nicht dran gedacht, weil Ian mich abgelenkt hat. *Ian und diese verflucht tief sitzenden Jogginghosen!* Nun ist es zu spät.

»Du weißt, was jetzt passiert?«, fragt er mit einem Lächeln in der Stimme, das mir wieder in Erinnerung bringt, dass Kostolany nicht nur dominant ist, sondern seine Freude an sadistischen Spielchen hat.

Ich nicke. »Ja, Sir.« Ich habe widersprochen, und deshalb wird die Session mit einer Strafe beginnen. *Mist!*

»Willst du mir doch noch was sagen?«, fragt er.

Was zwischen Ian und mir läuft? Ich schüttele den Kopf. »Nein, Sir.«

»Letzte Chance!«

»Ich bin bereit.«

»Gut, mal sehen …«, murmelt er und legt mir nun erneut die Augenbinde an, zieht sie dieses Mal jedoch fest. »Denk die ganze Zeit dran: Das hier soll dir helfen, Kleines. Was um dich herum geschieht, spielt keine Rolle. Nur, was zwischen dir und mir passiert, ist wichtig.«

»Danke, Sir«, murmele ich.

»Gerne«, sagt er und legt seine Hand auf meinen Rücken. »Komm! Wir sollten anfangen.«

Blind lasse ich mich durch den Klub führen und verfolge in Gedanken, wo wir sind. Durch die Augenbinde sehe ich nichts, nehme aber je nach Beleuchtung in den Räumen verschiedene Helligkeitsstufen wahr. Der Geruch von Leder, Parfüm und Sex dringt in meine Nase. Und immer intensiver der Duft von Ian. Bis wir eines der Spielzimmer betreten.

»Knie dich hin«, sagt Kostolany ruhig.

Sofort gehorche ich, sinke zu Boden, auf den weichen Teppich, falte meine Hände im Schoß und lasse den Kopf gesenkt.

»Brav, Kleines!« Er beugt sich an mein Ohr. »Unser Herr Anwalt ist ganz überrascht, wie gehorsam du sein kannst.«

Wenn Kostolany noch einen Beweis gebraucht hat, welche Wirkung Ian auf mich hat, nun hat er ihn. Mein Puls beschleunigt sich, ich atme heftiger und – er mag es nicht sehen, aber ich spüre es – ich werde feuchter.

»Schade, dass du nicht von Anfang an so brav warst, nicht wahr?«

Kostolany testet mich, will mich zu einer weiteren unbedachten Handlung hinreißen, doch ich beherrsche mich, bleibe ruhig sitzen und warte auf meine Strafe.

»Weißt du, nicht nur ich bin enttäuscht von dir, Catherine …«

Mein Herz hämmert wie wild.

»Auch Mr Randall sieht nicht begeistert aus.« Kostolany fährt mir durchs Haar. »Er glaubt bestimmt, ich übertreibe. Aber wie siehst du das?« Er greift unter mein Kinn, sodass ich den Kopf zu ihm heben muss. »Hast du eine Strafe verdient?«

Ich erschauere.

»Ja, habe ich, Sir«, sage ich, aber ringe kurz damit zu betteln, dass er sie aussetzt, weil ich mich vor Ian unendlich schäme.

»Weißt du, dass es gar nicht so leicht ist, dich heute zu bestrafen, Kleines?«, sagt er, während er sich geräuschvoll im Raum bewegt. Ich weiß nicht, in welchem wir sind, deshalb kann ich nicht erahnen, ob er den Schrank mit den Fesseln, die Schublade mit den Dildos und Plugs oder das Regal mit den Schlaginstrumenten ansteuert. »Schließlich geht es ja heute darum, dich zum Kommen zu bringen.«

Meine Mitte pulsiert wärmer. *Was, wenn ich wirklich einen Orgasmus erlebe? Was, wenn all die Anspannung einmal von mir weicht? Was, wenn ich für einen Augenblick loslassen kann? Was –?*

Eine Reitgerte trifft mich ermahnend. »Hör auf zu träumen, Kleines!«

Kostolany löst das Tuch von meinen Hüften, das das letzte bisschen Nacktheit verborgen hat, und ich erzittere, als mir bewusst wird, dass Ian mich nun komplett unbekleidet sieht.

»Beug dich vor! Halt den Kopf unten und streck deinen Hintern nach oben!«, befiehlt mein Dom in dem üblichen ruhigen Tonfall. »Zehn Schläge.«

Ich schnappe nach Luft, weil das viel ist.

»Zehn, Kleines«, wiederholt er. »Und ich will, dass du dich für jeden einzelnen bedankst. Verstanden?«

»Ja, Sir.«

Kaum habe ich das gesagt, trifft mich der erste Schlag. Heiß und heftig. »Eins«, sage ich. »Danke, Sir.«

Der nächste Schlag folgt, brennender als der erste, sodass ich mich zwingen muss, stillzuhalten und die Strafe zu ertragen.

»Zwei, Sir. Danke, ich habe das verdient.«

Ein weiterer Schlag folgt. Wieder bedanke ich mich. Dabei brennt mein Hintern, und der Schmerz frisst sich intensiver als üblich in mich hinein. Unangenehm. Falsch. Dabei ist das nicht die härteste Bestrafung, die ich je kassiert habe. *Warum geht mir dieses Mal jeder Schlag näher als sonst? Weil Ian Randall zuschaut?*

Mir wird ungewohnt schwindelig, doch ich zähle weiter, werde das hier nicht abbrechen.

»Neun«, gebe ich schließlich schluchzend von mir, kann meine Tränen nicht länger zurückhalten. Nur noch ein Mal. Das schaffe ich. »Danke, Sir.«

Der letzte Schlag folgt, mein Danke ist nur ein Flüstern.

»Alles in Ordnung, Kleines?«, fragt Kostolany.

Ich kriege nur ein Nicken zustande. Ich bin okay, aber ich fühle mich so erschöpft, wie sonst erst mitten in einer Session.

»Schsch, das hast du gut gemacht«, sagt er, erkennt, wie es um mich steht, hebt mich hoch und setzt sich mit mir aufs Bett.

Die nächsten Minuten hält er mich sanft. Das hatten wir noch nie. Damit ich mich beruhige. Dabei schießt mir jedoch ständig durch den Kopf, dass Ian dem hier zusieht, und ich frage mich, was er denkt. *Ist er abgetörnt? Verachtet er mich? Glaubt er, das ist normal?*

Am liebsten würde ich verlangen, dass Ian geht. Das Wissen, dass er da ist, belastet mich. Ich kriege immer schwerer Luft, stehe kurz vor einer Panikattacke.

Kostolany löst die Augenbinde.

»Sieh ihn an!«, sagt er sanft und streicht mir Haare aus der Stirn.

»W-w-was?«, stammele ich.

Mit mir in den Armen dreht er sich, bis ich Ian sehen kann, der in einem Sessel sitzt, den Blick intensiv auf mich gerichtet. Ich erwarte Abscheu, Ablehnung, Unverständnis, spüre die Scham schon in mir größer werden – und all diese Gefühle sehe ich bei ihm –, aber es überwiegt Erleichterung, Sorge und etwas, das für heiße, prickelnde Schauer sorgt, die meinen Körper überziehen.

So wie es sonst nur ist, wenn ich die Zufriedenheit meines Masters spüre, so komme ich nun durch den Kontakt zu Ian zur Ruhe. Ich finde endlich meine Balance.

»Können wir weitermachen?«, fragt mich Kostolany, ganz der aufmerksame Dom, der zwar seine Spielpartnerin fordert, aber gleichzeitig merkt, wann eine Session schwierig wird und man einen Gang runterschalten muss. »Mit dem angenehmen Teil?«

»Ja, Sir«, sage ich ruhig.

Er streicht über meine Wange, wartet, bis ich kurz zu ihm schaue, und akzeptiert, dass sich mein Blick danach gleich wieder mit dem von Ian verbindet. »Sicher, Kleines?«

»Ja, Sir.«

»Perfekt.« Behutsam löst er sich von mir und steht auf. »Dann leg dich auf den Rücken. Arme über dem Kopf, die Beine gespreizt!« Er grinst. »Und schau weiter zu unserem Gast.« Er beugt sich an mein Ohr. »Lock unseren zugeknöpften Anwalt mal ein bisschen aus der Reserve.«

Ein weiterer prickelnder Schauer zieht über meine Haut. Ich wünschte, Kostolany würde Ian nicht miteinbeziehen. Dennoch gehorche ich, denn noch eine Strafe kann ich nicht riskieren.

Ian reagiert weniger begeistert. Er erdolcht Kostolany mit eiskalten Blicken, ist offensichtlich nicht einverstanden, Teil des Spiels zu sein, aber verkneift sich einen Kommentar. Meinetwegen.

Kurz befürchte ich, dass sein Ärger mir gilt. Er verlagert sein Gewicht im Sessel und schlägt ein Bein über das andere, und mein Mund wird ganz trocken. Dann treffen sich unsere Blicke. Und da ist Leidenschaft, pure, rohe, intensive Leidenschaft.

Wow! Erregt es ihn etwa, mich so zu sehen?

Mich erregt es auf jeden Fall, ihn zu sehen. *Sehr.*

Kostolany tritt mit Manschetten für Hände und Füße ans Bett und legt sie mir an. Mit einem Ruck klinkt er erst meinen rechten, dann meinen linken Arm in die Halterungen.

Als Nächstes ist er an meinen Füßen, befestigt auch sie. Und auf einmal liege ich, die Beine weit gespreizt, offen für alles, was Kostolany mit mir anstellen möchte, da – und auch Ians Blicken ausgeliefert.

Meine Lippen sind furchtbar trocken. Ich belecke sie mir, atme schwer und muss kurz die Augen schließen, als Kostolany mit der flachen Hand über meinen Oberkörper streicht, an meinen Brüsten vorbei, über meinen Bauch, meine Seiten entlang zu meinen Innenschenkeln, immer genau an den Stellen vorbei, die heftiger und heftiger brennen.

Hitze steigt in mir auf. Instinktiv recke ich ihm mein Becken entgegen, weil ich mehr will, und kriege mit, wie Ians Mundwinkel dabei zucken.

Findet er das etwa lustig? Würde er es genauso machen? Gefällt es ihm?

»Kleines, stillhalten. Sonst schnalle ich dich auch mit dem Oberkörper fest. Erste und letzte Warnung.«

»Ja, Sir«, hauche ich und erzittere, als er die Prozedur wiederholt, meinem ausgehungerten Körper so wenig und gleichzeitig so viel gibt. Dass er meine Nippel auslässt, halte ich noch aus. Doch Ian zu sehen und diese Hand zu spüren, die sich meiner Pussy nähert, sie aber nicht berührt, lässt mich erneut zusammenzucken. *Verdammt!*

Lachend lässt Kostolany von mir ab, allerdings nicht ohne kurz mit den Fingern meine Spalte zu streifen. »Du hast es so gewollt.«

Mein Blick ist weiterhin mit dem von Ian verbunden. Ich atme schwer, alles in mir will ihn. Mein Kopf ist nicht bei Kostolany, was gefährlich ist, sondern bei dem Mann, der knappe drei Meter entfernt von mir in einem Sessel sitzt, das Kinn in die Hand gestützt hat und mich mit seinem Laserblick beinahe um den Verstand bringt.

Kostolany schnallt meine Hüfte ebenfalls fest. Noch stört es mich nicht. Doch als er erneut mit seiner Hand über mich fährt und ich mich nun bewegen will, halten mich die Fesseln. Ich muss aushalten, was er tut. *Gott, steh mir bei!*

»Schau mich wieder an, Kleines!«, befiehlt er, so als würde er merken, dass Ian ihm die Show und meine Aufmerksamkeit stiehlt.

Widerwillig wende ich mich von dem Mann ab, der mich so ins Gefühlschaos stürzt, und sehe zu Kostolany. Er ist auch attraktiv. Seine kantigen Gesichtszüge in Kombination mit den roten Haaren und dem gepflegten Bart lassen ihn wie einen Barbaren aussehen, der sich als Gentleman tarnt. Doch nichts an ihm berührt mich so wie Ian Randall.

»Macht dich unser Zuschauer an?«, fragt er perfide lächelnd.

»Nein, Sir«, lüge ich, weil Ian jedes Wort hören kann.

»Nein?!«, wiederholt er gespielt überrascht. Sein Grinsen wird breiter, teuflischer. Er setzt sich zwischen meine Beine und schiebt zwei Finger in mich, woraufhin eine Welle der Lust durch mich jagt. Ich rüttele an meinen Fesseln – aber kann natürlich nichts ausrichten. »Kleines, du läufst förmlich aus.«

Am liebsten möchte ich vor Scham im Boden versinken – und Kostolany genießt das. Und ich möchte zu Ian schauen, sehen, wie er diese Info aufnimmt – traue mich jedoch nicht ohne die Erlaubnis meines Doms.

»Ich frag dich noch mal und besser, du lügst mich nicht an: Macht dich unser Gast an? Ist er es, der dich so feucht werden lässt? Sag die Wahrheit!« Während er spricht, fingert er mich in einem gleichmäßigen und deshalb enorm quälenden Tempo und trifft dabei permanent diesen einen Punkt, der mich die Zehen anspannen lässt.

»Ja«, kommt mehr als Keuchen, denn als Wort über meine Lippen. »Verdammt, ja.«

»Vorsicht«, sagt er warnend, aber auch lächelnd.

»Oh Gott«, stöhne ich schockiert, als mir klar wird, dass ich in Gegenwart meines Doms geflucht habe. Ich spüre meinen Hintern noch immer heiß brennen und weiß nicht, ob und wie ich eine weitere Strafe verkrafte.

»Keine Sorge, ich lasse es durchgehen, Kleines.« Er massiert mich weiter. »Dieses eine Mal. Aufgrund der besonderen Umstände.«

»Danke, Sir.« Die Erleichterung treibt mir Tränen in die Augen.

»Hättest du gerne seine Finger in dir?«, fragt er weiter, während er mit seinen in mir ist.

Meine Pussy krampft sofort bei dem Gedanken, dass Ian mich berührt. Kostolany grinst wissend. »Ja«, gebe ich zu, obwohl eine Antwort überflüssig ist.

»Sag es lauter, damit er es auch hört.«

»Ja, ich will seine Finger!«, wiederhole ich.

Vor Erregung brenne ich. Meine Pussy pulsiert heiß. Ich bin unglaublich nah an einem Orgasmus. Zumindest glaube ich, dass es sich so anfühlen muss. Dabei hat Kostolany noch nicht mal richtig angefangen.

»Bitte«, flehe ich.

»Jetzt schon?«, fragt er überrascht, weil er mich kennt und weiß, dass ich normalerweise erst nach einer Stunde anfange zu betteln.

»Ja, bitte, lass mich kommen!«

Er zieht seine Hände weg, und ich versuche zu sehen, was er holt. Bevor ich einen Blick erhaschen kann, setzt er mir jedoch die Augenmaske auf, schickt mich in die Dunkelheit – und in eine Welt, in der ich mir einbilden kann, dass es Ian ist, der mich berührt.

Cleverer Dom!

Sekunden später spüre ich einen angewärmten Dildo, den er erst über meine Pussy gleiten lässt und dann langsam damit in mich dringt. Zum Glück liege ich bereits, denn jeder Muskel in mir ist der reinste Wackelpudding. *Gott, fühlt sich das gut an!*

»Willst du kommen?«, fragt er, während er das Toy tief in mich schiebt, kurz innehält, es wieder zurückzieht und erneut damit in mich stößt.

»Ja«, wispere ich und balle meine Hände zu Fäusten. »Ja, bitte.«

Ich bin unglaublich nah an einem Orgasmus. So erregt war ich bisher nie. Ich zerre an meinen Fesseln, weil ich die Lust kaum noch aushalte. Es ist, als würde ich immer wieder Anlauf nehmen, um über diese eine letzte Hürde zu springen – und immer wieder scheitere ich. *Verdammt!*

Dann ist der Dildo weg.

»Nein!«, stöhne ich protestierend, winde mich, aber kann natürlich nichts an meinem Zustand ändern.

Kostolany steht vom Bett auf. Ich merke es am Wackeln der Matratze. Er ist nicht lange weg und lädt, dem Klappern nach zu urteilen, mehrere Dinge neben mir ab. Bevor ich erahne, was er als Nächstes macht, spüre ich Klemmen an meinen harten Brustwarzen, nicht fest angebracht, nur so, dass ich ein feines Prickeln spüre.

»Mehr!«, murmele ich.

Statt wieder den Dildo zu benutzen, schlägt er mit der flachen Hand auf meine feuchte Mitte. Meine Pussy zuckt, und ich kämpfe gegen meine Fesseln an, weil die Berührung guttut, mich jedoch gleichzeitig an die Grenze des Erträglichen treibt.

»Besser?«, fragt er.

Ich nicke und schüttele den Kopf. Aber ich bin nah, das weiß ich.

»Und jetzt?« Er berührt mit einem Vibrator meine Klit, und ich schreie auf. Alles in mir will sich dem Gerät entziehen. Mein Innerstes pulsiert schmerzhaft, verzweifelt. Mein Atem geht flach und hektisch. Ich müsste ›Gelb‹ sagen, als

Warnung an Kostolany, dass das hier zu heftig wird. Aber ich will diesen Orgasmus, bin ihm näher als je zuvor, muss ihn erleben. Heute. Jetzt.

Ich verliere jegliches Zeitempfinden. Meine komplette Wahrnehmung konzentriert sich auf die Empfindungen an meiner Mitte. Ich winde mich. Meine Augenbinde verrutscht. Automatisch wandert mein Blick zu dem Sessel, auf dem Ian sitzen muss, und ich schnappe nach Luft, so erstickt, dass Kostolany sofort innehält.

Ian sitzt nicht mehr dort.

Ich suche den Raum ab.

Er ist weg.

Nein!

IAN

Kostolany ist gut, das muss ich ihm lassen. Er registriert, wie sehr Catherine die Strafen, kleineren Neckereien und erotischen Spiele pushen. Genau, wie er bemerkt hat, dass zwischen mir und ihr was läuft, das er nun nutzt, um ihre Lust zu steigern.

Zuzuschauen ist sexy, und mein Schwanz ist hart, seit Catherine das erste Mal zu mir geschaut hat.

Gleichzeitig durchdringt mich Wut, die ich nicht ganz einordnen kann und die ich vor Catherine zu verbergen versuche, um sie und ihre Session nicht zu gefährden.

Schon der Start war gewöhnungsbedürftig. Ich weiß, wie die Spiele normalerweise beginnen, und ich frage mich, was in den wenigen Minuten, die ich beide allein gelassen habe, vorgefallen ist, dass sie als Erstes bestraft werden musste.

Dann zu sehen, wie Catherine sich schlagen lässt, hat mir regelrecht den Magen umgedreht. Das ist nicht das erste Spanking, das ich miterlebe, doch das erste, bei dem ich jeden Hieb, den sie eingesteckt hat, auch am eigenen Leib gespürt habe. Ich bleibe dabei, jetzt noch vehementer als vorher: Das werde ich nie geil finden.

Ich war kurz davor einzugreifen, mir die Gerte zu schnappen und Kostolany im Gegenzug zu vermöbeln, aber da war die Strafe zum Glück vorbei. Er hat Catherine aufgehoben, zum Bett getragen, ihr Trost und Zuneigung gespendet – und ihr befohlen, beziehungsweise erlaubt, mich anzuschauen.

Und dieser Blick …! Er hat sich unter meine Haut gefräst. Kostolany mag sie gehalten haben, doch erst meine Anwesenheit hat sie zur Ruhe kommen lassen. Sie hat mich gebraucht, brauchte von mir die Gewissheit, dass ich zufrieden mit ihr bin.

Und meine Finger haben wie wild gekribbelt. Alles in mir wollte über sie herfallen, sie nehmen, ihr ganz primitiv zeigen, dass zwischen uns alles in Ordnung ist. Das Verlangen war so heftig, dass ich meine Unterhose mit einem Lusttropfen eingesaut habe.

Zu sehen, wie Kostolany sie fesselt, sodass sie jeder Berührung ausgeliefert ist, hat es noch schlimmer gemacht. Zu wissen, wie erregt sie ist, hat mich weiter gequält.

Ja, ich sage Reece seit Jahren, dass ich nicht auf sein BDSM-Zeug stehe. Aber ich mag durchaus schmutzigen Sex, und mir sind all die Möglichkeiten durch den Kopf geschossen, was ich mit Catherine anstellen könnte, während sie so festgebunden ist.

An ihren Nippeln knabbern …

Ihre Pussy lecken …

Ihren wehrlosen Körper benutzen …

Wer hätte gedacht, dass ich durch diese Perversen noch was über mich selbst erfahren kann?

Wobei ich Catherine nur an den Armen gefesselt hätte, nicht an den Beinen und schon gar nicht an der Hüfte. Denn gerade ihr Herumgezapple hätte mir die reinste Freude bereitet. Schließlich ist nichts sinnlicher als eine Frau, die vor lauter Lust mehr einfordert.

Leider bin ich nur Zuschauer. Kostolany darf mit ihr spielen, ich nicht eingreifen. Je stärker er sie reizt, umso größer wird mein Frust.

Obwohl ich die Pflicht habe, mir das anzuschauen, stehe ich leise auf, gebe Kostolany mit einem Nicken zu verstehen, dass ich kurz weg bin, und verlasse das Spielzimmer. Falls sie jetzt wirklich einen Orgasmus bekommt, dann vertraue ich ihm, dass er das wahrheitsgemäß berichtet.

Ich steuere die Bar an.

»Wie läuft es?«, fragt Reece, der mich entdeckt und zu mir kommt.

»Geht so«, sage ich.

»Geht so?«

Ich schweige. Mein Redebedürfnis ist gleich null.

»Ist sie gekommen und kann im Klub bleiben? Oder ist sie es nicht, und du sitzt hier draußen, weil du den Vertrag auflösen musst?«

Ich lasse mir nur ein Glas Wasser geben, würde mich am liebsten betäuben, aber beschließe, nüchtern zu bleiben, solange Catherine im Spielzimmer ist. »Weder noch, Bruderherz. Ich bin hier, weil ich eine Pause von dem Scheiß brauche. Neugierde gestillt?«

»Hätten wir dir auch ein Safeword geben sollen?«

»Ha, ha«, mache ich trocken und trinke etwas.

»Komm schon, warum so humorlos? Es ist doch nicht das erste Mal, dass du eine Session siehst«, meint er nun ernsthafter. »Und Kostolany ist gut, einer der Besten.«

»Es ist anders, wenn man von Anfang an dabei ist.«

Reece grinst und klopft mir auf den Rücken. »Und sie selbst haben will, wie?«

Offensichtlich, denn obwohl meine Jogginghosen weit sind, zeichnet sich meine Erektion ab.

»Scheiße«, fluche ich nur, könnte aber genauso gut Ja sagen. »Ich sollte wieder reingehen.«

Ich leere mein Glas, mache auf den Toiletten einen schnellen Stopp, um mich um meinen Ständer zu kümmern, und betrete danach erneut das Spielzimmer.

Der Geruch von Sex und Catherines Wimmern schlägt mir entgegen. Ich schließe die Tür hinter mir und will mich still in meine Ecke setzen, doch ein Blick auf Catherine lässt mich innehalten.

Sie liegt immer noch genauso gefesselt da, wie ich sie verlassen habe. Ihre Brustwarzen sind hart, ihre Haut glänzt verschwitzt, ihr Dekolleté ist gerötet – ihr Gesicht ist dagegen ungewöhnlich blass.

»Mehr, Kleines?«, fragt Kostolany und reibt ihren Nippel, der in einer Klemme steckt.

Ihr Körper zuckt unter seiner Berührung, kämpft gegen die Fesseln an. »Mehr, Sir, bitte, mehr. Lass mich kommen!«

»Sollst du«, sagt Kostolany, steigt vom Bett und unsere Blicke kreuzen sich.

Findet er ihr Verhalten normal? Macht er wirklich weiter? Sieht er nicht, wie fertig sie ist?

Er ist der Profi, versuche ich, mich zu beruhigen und mein eigenes Unbehagen zurückzudrängen, und warte ab, wie sein nächster Schritt aussieht.

Wieder wechselt er die Spielzeuge, greift nach einem größeren Dildo, setzt sich zwischen Catherines Beine und penetriert sie damit.

»Oh Gott!«, keucht sie und atmet hektischer, während jede Faser ihres Körpers angespannt ist und sie ihre Augen fest zusammenkneift.

»So ein braves Mädchen«, säuselt Kostolany und imitiert schnelle und langsame Stöße.

»Mehr!«, wispert sie erneut wie ein Song auf Repeat. »Bitte, mehr!«.

Kostolany fickt sie härter mit dem Toy und entlockt ihr ein Stöhnen zwischen Lust und Schmerz. Ich müsste mich setzen, beide machen lassen, aber ich kann nicht. Alles in mir sagt mir, dass diese Session nicht so abläuft, wie sie es sollte. Egal wie sehr Kostolany sich bemüht, ihr Befriedigung zu verschaffen, er steigert nicht nur ihre Lust, sondern auch ihre Qual.

»Abbruch!«, sage ich kühl.

»Wie bitte?« Kostolany dreht sich zu mir um.

Ich schaue zu Catherine. Sie atmet schwer, zittert, obwohl sie für den Moment nicht berührt wird. »Abbruch«, wiederhole ich finster.

»Sorry, Ian, du kennst die Regeln. Wir spielen so lange, bis sie entweder ihren Superorgasmus hat oder ihr Safeword sagt.« Er bewegt den Dildo erneut. »Und unsere kleine Sub hier hat bisher nichts davon getan.«

Ein Wimmern entschlüpft ihrer Kehle.

»Sie hat genug«, sage ich.

»Nein, sie ist sehr weit«, widerspricht mir Kostolany. »Ich bin von uns beiden derjenige, der schon mit ihr gespielt hat, und ich kann dir versichern, so nah war sie noch nie an einem Orgasmus. Sie hat erst genug, wenn sie kommt.«

»Sag mal, willst du mich verarschen?«

Ich sehe rot. Mir ist egal, wie viele Regeln ich damit breche. Vielleicht hält sie noch länger durch. Vielleicht auch nicht. Ich will nicht, dass sie sich selbst überschätzt und das hier komplett aus dem Ruder läuft. Ich gehe zum Bett und löse die Fesseln. Zuerst die an ihren eiskalten Füßen, dann die an ihrer Hüfte …

»Hör auf! Bist du verrückt geworden?«, tönt er. »Du kannst hier nicht einfach übernehmen. Du gefährdest sie damit.« Kostolany packt mich an den Schultern, aber ich lasse mich von ihm nicht aufhalten. Ohne zu zögern, hole ich aus und verpasse ihm einen Kinnhaken, der einen Typen wie den Russen zwar nicht umwirft, allerdings zurückweichen lässt.

Ich entferne auch die letzten Manschetten und beuge mich über Catherine. Mein Shirt streift ihre Haut, doch sie wimmert, als würde ich mit Schmirgelpapier drübergehen.

»Schau mich an, Catherine!«, sage ich sanft und streichele ihr Gesicht.

Ihre Lider flattern.

»Sieh ihn an, Kleines«, wiederholt Kostolany nachdrücklicher und nun endlich auf meiner Seite.

Mühsam zwingt sie ihre Augenlider nach oben. Sie sieht mich direkt an, aber keinerlei Emotion schlägt mir entgegen. Weder Freude noch Wut, nichts. Ihr Blick ist glasig.

»Mehr! Bitte«, haucht sie, als wäre ihr Wortschatz auf zwei Wörter reduziert.

»Scheiße«, fluche ich. »Was für eine verdammte Scheiße!«

Ich mag die Szene nur als Zuschauer kennen, dennoch erfasse ich, wenn jemand zu viel hat. Und Miss-Brillant-Deluxe hat das definitiv – egal was sie denkt oder Kostolany sagt.

Ich greife zur Decke, die oberhalb des Bettes liegt, wickele Catherine ein, ziehe sie an mich und reibe behutsam ihre eiskalten Hände und Arme. Ich bin wütend auf Kostolany, dass er nicht abgebrochen hat, wütend auf Catherine, die ihr beschissenes Safeword nicht gesagt hat. Und am allermeisten bin ich sauer auf mich, dass ich sie eben allein gelassen habe. Denn vor gerade mal zehn Minuten ging es ihr noch gut.

»Ian?«, krächzt sie plötzlich, als würde sie langsam wieder zu sich kommen.

Erleichterung durchflutet mich.

»Ich bin hier«, sage ich sanft und drücke sie fester.

»Es tut so weh«, haucht sie. »Mach, dass es aufhört! Es tut so schrecklich weh.«

»Mach ich«, verspreche ich und blicke Kostolany an. »Was stehst du da rum? Bring mir den Notarztkoffer!« Mir fällt nur eine Methode ein, wie ich Catherine helfen kann.

Kostolany tut zur Abwechslung sofort, was ich sage.

»Gleich vorbei!«, flüstere ich ihr zu, verkneife mir, über ihre sensible Haut zu streichen, und wiege sie leicht. »Versprochen.«

»J-j-ja?«

Himmel, wie unsicher sie klingt! Der Tonfall lässt mein Herz kurz aussetzen.

»Ja«, sage ich fest.

Sobald Kostolany zurück ist, gehe ich den Inhalt des Kastens durch, bis ich ein Beruhigungsmittel gefunden habe. Es wird ihr helfen zu schlafen, und das wiederum wird ihr helfen runterzukommen.

Ich drücke eine Tablette aus der Blisterverpackung, bringe Catherine dazu, sie zu schlucken, und wiege sie sanft, während die Anspannung in ihrem Körper nachlässt und sie langsam einschläft. Ich könnte sie nun loslassen, doch ich halte sie weiter, brauche selbst noch einen Moment, um mir zu sagen, dass sie in Ordnung ist.

»Was ist hier los?«, fragt Reece, der von dem Vorfall erfahren hat und ins Zimmer kommt. Er sieht mich an, als wäre ich an Catherines Zustand schuld, aber das kann er sich sparen. Ich bin der Anwalt des Klubs und damit der Einzige, der immer darauf bedacht ist, dass alles zum Wohl der Gäste abläuft. Er darf davon ausgehen, dass das auch jetzt – vor allem jetzt – so ist.

»Sie hat zu viel abbekommen, das ist los«, erkläre ich ruhig, weil ich Catherines Schlaf nicht stören will.

Anders als vorhin gestatte ich mir nun, durch ihre Haare zu fahren, ihre Haut zu spüren. Und mein Herz schmerzt, als sie sich daraufhin enger an mich drückt, als wüsste sie, dass ihr bei mir keine Schmerzen drohen.

Nie, Honey.

Reece ist klug genug, keine Diskussion mit mir anzufangen. »Soll ich Collins vorbeischicken?«, ist das Einzige, was er dazu sagt.

»Erst mal nicht«, antworte ich, obwohl wir mal festgelegt haben, in solchen Fällen den Klubarzt hinzuzuziehen. Ich sehe zu, dass Catherine vollständig von der Decke umhüllt ist, und hebe sie hoch.

»Wohin willst du?«, fragt Reece und tippt bereits auf seinem Tablet herum. »Eine der Suiten wäre frei.«

Er meint die normalen Schlafzimmer, die für Gäste bereitstehen, die über Nacht bleiben, wie in einem Hotel. Aber die kommen für mich nicht infrage.

»Weg«, sage ich nur. Ich halte es keine Sekunde länger im Klub aus. Und Catherine soll hier auch nicht bleiben.

»Und das heißt?«

»Dass einer bitte ihre Sachen zusammenpackt, während ich sie zum Wagen trage. Handy, Portemonnaie, Wohnungsschlüssel. Alles.«

Reece sieht mich stumm an.
»Sofort!«, befehle ich.

8. Kapitel

CATHERINE

Die Sonne kitzelt mich im Gesicht. Ich drehe mich weg, spüre die Wärme nun am Hals. *Besser.*

Mein Mund ist trocken. Ich habe Durst, fühle mich total erledigt, aber auf wundersame Weise auch leicht.

»Na, wach?«, fragt mich eine vertraute Stimme, und eine Hand streicht mir Haare aus der Stirn, so sanft, dass ich süchtig danach werden könnte.

Ian Randall.

Ich will was sagen, doch es kommt nur ein Krächzen aus meiner Kehle.

»Komm, setz dich auf! Ich hole dir was zum Trinken.«

Während Ian bereits mein Zimmer verlässt, rappele ich mich hoch, und ich kann das Gefühl nicht abschütteln, das hier was nicht stimmt. Ian Randall ist bei mir. Heute ist Montag, ich müsste im Büro sein. Und meine letzte Erinnerung, allerdings ziemlich verschwommen, ist die, dass Ian die Session im Tease & Please vorzeitig verlässt.

Sobald ich sitze, stelle ich fest, dass ich eines meiner Nachthemden anhabe. Das einfache, aus Baumwolle, das ich nie in Gegenwart eines attraktiven Mannes tragen würde.

Seltsam.

Ich will aufstehen und mir was anderes anziehen, da kommt Ian schon zurück, in Anzughose und Hemd, adrett gekleidet wie eh und je, und nicht in den sexy Sportklamotten von gestern. Er setzt sich auf die Bettkante und reicht mir ein Glas Wasser. Ich leere es fast in einem Zug und überlege dann, wo ich es abstellen kann.

»Das kannst du mir geben«, sagt er und nimmt es mir wieder ab. »Mehr?«

Ich schüttele den Kopf und reibe mir die Stirn, spüre, wie die Muskeln meiner Arme schmerzen und wie kaputt ich bin.

»Was machst du hier, Ian?«, frage ich ihn verwirrt.

Er stellt das Glas neben sich auf den Nachttisch und fährt mir erneut durch die Haare. Instinktiv schlage ich seine Hand weg, worüber er lacht, tief und rumpelnd, dabei gefällt es mir.

»Nachdem ich dich nach Hause gebracht habe? Auf dich aufpassen, das mache ich hier.«

»Ich bin erwachsen, ich kann das alleine«, entgegne ich.

»Nicht gestern Abend.« Sein Blick wird ernst. »Du hast dein Safeword nicht gesagt. Mit Absicht, Catherine. Das ist Mist und hätte ins Auge gehen können.«

Ich grinse, nicht die Reaktion, mit der er gerechnet hat. »Heißt das, der Klub kündigt meine Mitgliedschaft?«

»Laut Regelwerk wirst du verwarnt. Schließlich ist es nicht bis zum Äußersten gekommen. Außerdem kannst du das Tease & Please nicht belangen für das, was passiert ist.« Wieder streicht er mir durch die Haare, und dieses Mal lasse ich ihn gewähren. »Pech gehabt, Honey!«

»Und jetzt?«, frage ich. »Ich bin nicht gekommen. Sollte ich damit nicht kündigen können.«

»Lass uns darüber sprechen, wenn du angezogen bist. Ich müsste längst im Büro sein. Du bestimmt auch. Wir können beim Frühstück reden.«

Hat er meine Wohnung übernommen, oder was? »Glaubst du, du kannst mich herumkommandieren?«

»Ich führe die Diskussion auch sehr gerne hier im Bett.« Er grinst. »Aber ob das so passend wäre?«

Ohne auf meine Antwort zu warten, geht er.

Na los, Catherine, bloß nicht aufregen! Mach dich frisch und schließ das Kapitel Tease & Please ein für alle Mal ab. Und dann schnell ins Büro. Du bist wirklich spät dran.

Ich gehe ins Bad, dusche und fühle mich danach deutlich besser. Obwohl meine Muskeln bei bestimmten Bewegungen immer noch brennen.

Umgezogen folge ich dem Duft von Kaffee und Toast und entdecke Ian an meiner Kücheninsel. Lächelnd stellt er den Laptop, an dem er gearbeitet hat, beiseite.

»Wie fühlst du dich?«, fragt er.

»Gut«, gebe ich zu.

»Sehr schön. Kaffee?«

Das alles kommt mir extrem unwirklich vor. Ich bin es nicht gewohnt, dass man mich bedient – überhaupt, dass jemand da ist, der mir Arbeit abnimmt.

Verdutzt nicke ich, weil ich einen Kaffee definitiv vertragen könnte. Ian steht auf und schenkt mir welchen ein. Sich ebenso. Dann verteilt er das Frühstück auf zwei Tellern, setzt sich wieder und fängt an zu essen.

»Behandelst du jeden Gast des Tease & Please so?«, frage ich und beginne ebenfalls zu essen, wobei mir auffällt, wie ausgehungert ich bin.

»Was glaubst du?«, fragt er und sagt mir damit, was ich wissen will: Nein, tut er nicht. Was ich mir schon dachte.

»Warum machst du bei mir eine Ausnahme?«

»Keine Ahnung. Mir fallen sehr viele Gründe ein, warum ich mich von dir fernhalten sollte. Aber hier bin ich.«

Neben seinem Teller liegen Unterlagen des Klubs. Zu mir, wenn ich das richtig sehe. Er legt das Deckblatt beiseite, überfliegt kurz die nächste Seite und schaut dann wieder zu mir. »Du bist seit drei Jahren in der Szene unterwegs?«, fragt er.

»Was wird das? Ein Verhör?«

»Ein abschließendes Gespräch«, korrigiert er mich. »So wie ich es vorhin angekündigt habe.«

»Und danach werde ich entlassen?«

»Wenn alle offenen Fragen geklärt werden können, ja.«

Ich mache mich über den nächsten Toast her. »Ja, ich bin seit drei Jahren in der Szene.«

»Hast du schon immer diese Art Sex gemocht?«

Diese Art Sex? Ich ziehe die Augenbrauen hoch. »Danke, lass mich noch heftiger spüren, wie groß deine Abneigung gegen BDSM ist.«

»Antworte mir einfach, Catherine«, beharrt er geduldig, ganz der Anwalt, der schwierige Klienten gewohnt ist.

»Niemand lässt sich beim ersten Mal Sex gleich auspeitschen. Das ist ein Prozess«, fühle ich mich genötigt klarzustellen.

»Wie war es bei dir?«, fragt er abwartend, mit dem Stift über dem Papier schwebend.

»Ich hab mit Kuschelsex angefangen, bin früh zu hartem Sex gewechselt und von da war es nur ein kleiner Schritt zu ersten BDSM-Erfahrungen. Es schien wie die logische Konsequenz und – ich betone es gerne – es wirkte wie die Lösung für mein Orgasmusproblem.«

»Ich hab mich darüber informiert, während du geschlafen hast. Schon mal daran gedacht, dass du vielleicht einfach nur gestresst bist?« Er blättert wieder in den Unterlagen. »Blue Sky bedeutet viel Arbeit.«

»Das ist es nicht.«

»Aber –«

»Das ist es nicht«, wiederhole ich schärfer, weil Ian über mein Problem spricht, als wäre es leicht aus der Welt zu schaffen. »Wenn Stress ein Grund wäre, dürfte in der heutigen Zeit niemand kommen. Doch dem ist nicht so, oder?«

Er lacht leise, fängt sich jedoch schnell. »Hier geht es nicht darum, was für die anderen funktioniert oder nicht funktioniert, sondern um dich, Catherine.«

»Stress ist nicht der Grund. Sonst hätte ich am College Orgasmen ohne Ende haben müssen«, antworte ich. »Dem war aber nicht so.«

»Du warst eine der besten Studentinnen. Für mich klingt das so, als hättest du auch zu der Zeit schon unter enormem Druck gestanden. Vielleicht brauchst du nur mal eine Auszeit.«

Diese Diskussion führt zu nichts. *Denkt er wirklich, eine Woche am Strand würde mein Problem lösen? Und dass ich das nicht selbst bereits probiert hätte?*

»Fick dich!«, sage ich sauer, schlinge den letzten Bissen hinter und erhebe mich. Das muss ich mir echt nicht anhören.

»Setz dich wieder hin, wir sind noch nicht fertig.«

Ich drehe mich um, und sein Blick bohrt sich in meinen. Ich verschränke die Arme vor der Brust. »Doch, sind wir.«

Er seufzt. »Dir ist klar, dass ich dir helfen will?«

»Indem du mir unterstellst, ich sei den Anforderungen meines Jobs nicht gewachsen? Na, schönen Dank auch!«

»Sorry, Honey«, sagt er sanft und reibt sich den Nacken. »Wie war es denn in der Schule? Deine Eltern hatten viel

Geld, du warst auf einem Elite-Internat. Gute Noten waren Pflicht. Hat dich das vielleicht unter Druck gesetzt?«

»Wieder die gleiche Leier?«, gebe ich gelangweilt von mir. »Kannst du das bitte lassen? Stress hat nichts damit zu tun, dass ich nicht komme.«

»War es in Beziehungen anders?«, fragt er weiter.

Hört er mir überhaupt zu? »Ian, was soll das?!«

»Antworte mir!«

»Was hat das mit der Kündigung des Vertrages zu tun?«

Er grinst. »Hattest du überhaupt schon mal eine Beziehung?«

Ertappt laufe ich rot an. *Wozu all diese Fragen?*

Um meine Unsicherheit zu überspielen, gehe ich zur Anrichte und nehme mir meinen dritten Toast.

»Ich warte«, sagt er ruhig.

»In meinem Job sind Beziehungen eher hinderlich«, rede ich mich heraus.

»Bullshit!«, entgegnet er.

»Von wegen! Wie soll man denn eine Beziehung mit jemandem führen, der nur arbeitet? Nur das Bett zu teilen reicht nicht.«

Er hebt seine Kaffeetasse. »Trotzdem Bullshit, du Ahnungslose! Man könnte zum Beispiel jeden Morgen zusammen duschen, sich fertig machen, frühstücken. Aber gut: Ich verstehe, du hattest, seit du bei Blue Sky bist, keine Beziehung. Was war davor? An der Highschool? Am College? An der Uni?«

»Das hat nichts hiermit zu tun!«, rege ich mich auf.

»Abwarten. Also, sag schon.«

»Hattest *du* denn Beziehungen?«, gifte ich zurück. Er fragt mich hier aus, doch ich weiß im Grunde kaum etwas über ihn.

»Drei«, antwortet er seelenruhig und nimmt mir den Wind aus den Segeln. »Eine auf der Highschool – natürlich zum Scheitern verurteilt. Eine an der Uni, die sich danach noch ein Jahr gehalten hat. Und eine kurze für sechs Monate, seit ich Anwalt des Tease & Please bin.«

Dass er so solide ist! »Und seitdem Affären, wie?«, hake ich abfällig nach.

»Ganz genau. Eifersüchtig?« Er grinst. »Oder gar neidisch?«

Impulsiv kippe ich ihm meinen lauwarm gewordenen Kaffee ins Gesicht.

Großer Fehler!

Blitzschnell umrundet Ian den Tisch und packt mich an den Schultern. »Vorsicht, Catherine! Könnte sein, dass ich anfange, Bedingungen zu erfinden, um dich erst dann aus dem Vertrag zu lassen, wenn es mir passt.«

Kaffee tropft ihm vom Kinn, herrliches Röstaroma liegt in der Luft, und ich liebe es, wie er mich anschaut. So ernst, so eindringlich, so heiß. *So gefährlich – und bekleckert.*

Ich nehme eine Serviette und tupfe sein Gesicht ab. Er lässt mich machen, wartet dabei aber immer noch auf eine Antwort.

»Ich hatte bisher keine Beziehungen«, sage ich.

Er nimmt mir das Tuch ab, macht sich selbst sauber und setzt sich wieder. »Warum nicht?«

Gute Frage! »Auf dem Internat war ich die Streberin. Niemand, mit dem man herumhängt.«

»Und?« Er grinst, als hätte er einige seiner schönsten Erfahrungen mit Streberinnen gemacht.

»Keiner hat sich für mich interessiert.«

»Das kann ich mir nur schwer vorstellen.«

»Ist aber so.«

»Was noch?«

»Nichts weiter.«

»Catherine!«

Woher riecht er, dass mehr dahintersteckt?

Nervös fahre ich über mein elegantes Outfit, spüre mich, meinen Körper – und weiß, dass der nicht immer so war.

»Streberinnen sind nicht die Attraktivsten. Zufrieden? Es gab jede Menge Abzählreime, die mich zum Inhalt hatten.« *Mich, meine Zahnspange und eventuell zwei Pfund zu viel. Keine schöne Zeit.*

Mit einem Mal fühle ich mich wieder wie früher. Unbeliebt, unwohl, unsicher. Ich merke gar nicht, dass Ian aufgestanden ist, bis er von hinten die Arme um mich legt.

»Du weißt, dass du wahnsinnig sexy bist, oder?«, sagt er sanft.

»Ja, jetzt«, grummele ich.

»Zeig mir mal Fotos von damals!«

Kann er mir nicht einfach glauben?! »Nein.«

»Sofort, Honey.«

Er drängt mich zum Tisch, bis er an seinen Laptop kommt. Mit mir an sich gepresst, beugt er sich vor und sucht ein Gruppenbild aus seiner Schulzeit raus.

»Das war meine Abschlussklasse«, erklärt er.

Ich entdecke Ian sofort. Er ist einer der Größten, und diesen Blick, den er heute hat, den hatte er damals schon. Selbstbewusst, überzeugt, sexy. Er trägt so ziemlich das hässlichste Shirt, das ich je gesehen hab, dennoch sieht er unglaublich gut aus.

Entspannt zeigt er auf ein paar Frauen. Die eine ist bestimmt Cheerleaderin, eine andere eine Bohnenstange, noch eine sehr fraulich.

»Mit der Molligen war ich befreundet, wir waren kurz zusammen. Mit den anderen habe ich rumgefummelt, war zeitweise übelst verliebt.« Er rückt näher, seine Wärme geht auf mich über, und ich spüre seine Erektion an meinem Po. »Und jetzt zeig mir Fotos von dir, Honey!«

»Ich hab keine hier.«

»Treib welche auf!!«

Ich kenne Ian mittlerweile gut genug, um zu wissen, dass er nicht so schnell nachgibt. Ich denke nach. Es gibt eine geschlossene Gruppe auf Facebook, die für Klassentreffen da ist. Ich logge mich ein, rufe das Bild auf, schaue jedoch weg. Ich war so unglücklich zu der Zeit.

Ian lacht.

»Arschloch!«, fauche ich, will mich losreißen, aber kann es nicht.

Er lacht lauter. »Honey, auf der Aufnahme sehe ich mindestens zwei Jungs, die nach dir schielen. Dieser strenge Streberinnen-Look ist oberheiß.« Er presst sich wieder enger an mich, lässt mich spüren, was das Bild in ihm auslöst. »Das weckt in jedem Kerl die Lust, dich mal zu entfesseln.«

»Verarschen kann ich mich allein«, knurre ich. *Wenn mich jemand angehimmelt hätte, hätte ich das doch bemerkt.*

Er zwingt mich, das Foto zu betrachten. »Hier, der Typ und der da. Die wollten dir so was von an die Wäsche! Frag sie gern, wenn du mir nicht glaubst.«

Ich sehe zu Tom und Mario. Beide Footballspieler und enorm beliebt. »Nein!«, sage ich ungläubig. »Keiner wollte mich.«

»Ich wette, sie hatten Angst vor dir.«

»Ha, ha.«

Wir richten uns wieder auf, doch Ian lässt mich nicht los.

»Wann war dein erstes Mal?«, fragt er.

»Das tut hier nichts zur Sache.«

»Das tut alles zur Sache. Ich will wissen, warum du so tickst, wie du tickst.«

»Mit sechzehn«, sage ich, weil ich die Befürchtung habe, diesen Mann nicht eher loszuwerden, bis er seine Antworten hat.

»Mit wem?«, fragt er.

»Wenn du das jemandem erzählst …!« Ich hab noch nie darüber gesprochen, will ihn jedoch auch nicht anlügen. Jeden, aber nicht ihn.

»Ich werde es für mich behalten.«

»Versprich es!«

»Versprochen.«

Das genügt mir nicht. »Schwöre es!«

»Ich schwöre.« Er fährt mir durch die Haare, was sich gut anfühlt. »Brauchen wir einen Notar, damit du es mir sagst. Wer auch immer es ist, ich sag niemandem was. Also?«

»Mit d-d-dem Sportlehrer«, gebe ich stockend zu.

Ian grinst. Nicht die Reaktion, mit der ich gerechnet habe.

»Lass mich raten«, sagt er. »Du warst unsportlich, weil du lieber deine Nase in die Schulbücher gesteckt hast, und er hat dich für ein bisschen Sex bestehen lassen?«

»Kam mir wie ein guter Deal vor.«

»Genau das ist dein Problem, Honey. Bei dir ist das ganze Leben ein Deal, ein Geschäft. Du denkst zu viel nach, willst die Bedingungen kennen, den Rahmen kontrollieren. Aber so funktioniert Sex nicht«, flüstert er mir ins Ohr. »Zumindest kein erfüllender.«

»Schon vergessen? Ich komme auch nicht beim Masturbieren.«

»Wie oft hast du es heimlich unter deiner Seidendecke ausprobiert? Während du Schiss hattest, dass Mommie reinkommt und sieht, wie schmutzig deine Finger sind?«

»Oft genug«, zische ich, denn seine Fragen gehen definitiv zu weit. »Wann war denn dein erstes Mal?«, zische ich, damit wir nicht länger über mich reden.

»Warum willst du das wissen?«

»Wäre das nicht fair? Ich hab dir was Intimes aus meinem Leben erzählt, jetzt erzählst du mir was aus deinem.«

»Und wieder verhandelst du!« Seufzend schließt er den Laptop, löst sich, sieht mich an, aber lächelt. »Mein erstes Mal war mit achtzehn. Recht spät, aber das Warten hatte sich gelohnt.« Sein Grinsen wird breiter. »Mit meiner Tutorin.«

Mir klappt die Kinnlade herunter. Das erklärt, warum er auf die Story mit meinem Sportlehrer so locker reagiert hat.

»Von ihr habe ich eine Menge gelernt«, sagt er mit einem Zwinkern.

»Zum Beispiel wie man Frauen in den Wahnsinn treibt?«, fauche ich und verschränke die Arme vor der Brust, um ihn auf Abstand zu halten.

»Wie man erkennt, was sie wollen.«

»Und was will ich?«

»Mich.«

In dem Moment, als er das sagt, beiße ich mir auf die Unterlippe und spüre erneut das Kribbeln in meiner Mitte. Ich will es abstreiten, aber das wäre so glaubhaft, wie zu behaupten, dass der Himmel grün sei.

»Na, wieder feucht, Honey?«, neckt er mich, zieht mich trotz meiner verschränkten Arme näher und fährt mit dem Daumen über meine Unterlippe.

»Arschloch!«, maule ich und schnappe wütend nach seinem Finger, erwische ihn aber nicht.

»Das heißt dann wohl Ja.«

Doppeltes Arschloch! »Na, und wenn schon?«

»Vielleicht gefällt mir das?«, gibt er zurück, streicht mir Haare hinters Ohr und treibt mit dieser simplen Geste meinen Puls in schwindelerregende Höhen.

Was tut er da? Wieso gefällt ihm das zwischen uns? Oder will er sich nur beweisen, was für ein toller Stecher er ist?

»Du solltest aufhören«, sage ich ruhiger, als ich mich fühle.

»Warum?«

»Du weißt, warum.«

Er hebt die Augenbrauen. »Weil ich dich nervös mache, obwohl dich sonst nur Doms in die Knie zwingen?«

Muss er das so provokant fragen? »Ich mag andere Sachen als du«, antworte ich diplomatisch.

»Wie kannst du das behaupten, wenn du noch nie normalen Sex ausprobiert hast?«

»Natürlich habe ich das. Aber er hat mir leider nichts gebracht.«

»Weil man sich fallen lassen muss, Honey. Richtiger Sex ist noch viel krasser, als sich den Hintern versohlen zu lassen. Du gibst nicht nur deinen Körper, sondern dein Herz.«

»Ha, ha«, mache ich, weil ich die Vorstellung, mich mit Haut und Haaren auf jemanden einzulassen, beängstigend finde. »Hast du denn BDSM mal ausprobiert?«

»Nein«, sagt er. »Ja, ich necke gerne Frauen, die mich interessieren. Das gehört zum Spiel dazu. Aber ich mag es nicht, wenn sich meine Partnerin mir komplett unterordnet. Wo bleibt denn da der Spaß?« Er grinst. »Also: Was ist nun mit dir und Blümchensex?«

Ich schlucke nervös.

»Keine Peitschen. Kein Safeword, Catherine. Sondern Vertrauen.«

»Vertrauen gehört auch zum BDSM«, sage ich. Das steht quasi im Regelwerk an erster Stelle.

»Ich meine was anderes«, antwortet er.

Verbundenheit. Zuneigung. Echte Gefühle.

»Und das soll ich ausprobieren? Danke für die Aufklärungsstunde, aber lässt du mich jetzt aus dem Vertrag raus?«, tue ich seinen Einwand mit einem Schulterzucken ab.

Ohne dass ich es kommen sehe, greift Ian zwischen meine Beine und fährt langsam mit der Hand an meinem Oberschenkel entlang nach oben. »Lass mich noch eine letzte Sache ausprobieren.«

IAN

Ich glaube nicht, dass Catherine keine Orgasmen hat, weil ihr Körper dazu nicht in der Lage ist. Viel wahrscheinlicher ist, dass ihr ihr Kopf im Weg steht. Sie mag denken, dass Vertrauen, Lust und Hingabe alles ist, worauf es beim Sex ankommt. Doch sie scheint nicht diese besondere Art von Verbundenheit zu kennen – für die man sich nicht schlagen lassen muss, sondern für die normaler Sex ausreicht.

»Was denn noch, Ian?«, fragt sie, offensichtlich wenig begeistert, dass ich sie nach wie vor nicht aus dem Vertrag rauslasse – und so, so, so erregt.

»Wiederholen wir das Ganze mit richtigem Sex.«

»Der gibt mir nichts«, sagt sie erzitternd unter meiner Berührung.

Ich schiebe meine Hand höher bis zu ihrem Schritt, der – für mich kaum überraschend – klatschnass ist. »Soll ich also aufhören?«, frage ich sie und fahre federleicht über ihren Zwickel.

»J-j-j–« Sie flucht. Ihr Kopf kämpft, nicht ihr Körper. »Nein!«

Wusste ich es doch!

Obwohl das nicht der Plan war, beuge ich mich vor und küsse sie, schmecke ihre Lippen – schlucke ihr Keuchen. Meine eine Hand habe ich zwischen ihren Beinen, mit der anderen halte ich ihren Kopf, damit sie mir nicht ausweichen kann, und schiebe meine Zunge in ihren Mund.

Die Begegnung ist wie ein Feuerwerk. Sofort erfüllt mich ihr Geschmack, ihre Hitze und ihre heftige Erregung.

Catherine kommt mir entgegen, hält sich selbst jedoch zurück. Wenn ich raten müsste, dann wegen Reece und seiner BDSM-Truppe, die Subs beibringen, brav zu gehorchen und nur zu tun, was man ihnen befiehlt. Dabei steht ihr die Gier ins Gesicht geschrieben.

»Du willst mehr?«, frage ich sie.

»Ja«, haucht sie.

»Willkommen bei den Normalos! Hier herrscht Selbstbedienung. Du darfst es dir einfach nehmen«, murmele ich an ihren Lippen. »Denn weißt du, was passiert, wenn du zögerst?«

»Ich denke, es gibt keine Strafe?«

Ich schiebe meine Finger am Saum ihres Slips vorbei in sie und genieße ihren überraschten Schrei. »Honey, wenn du zögerst, bringst du dich selbst um deinen Spaß. Verstanden?«

Prüfend weiche ich zurück, ziehe meine Finger weg und warte, was sie tun wird.

Ohne mich aus den Augen zu lassen, packt sie meine Hand, führt sie wieder zwischen ihre Beine und seufzt, als ich mit den Fingerkuppen erneut in sie dringe. »Verstanden, Ian!«, seufzt sie. »Verstanden.«

Ich muss lachen, weil sie plötzlich so willig ist. »Sehr gut«, sage ich nur.

»Aber?« Sie sieht mich an, die Bedürftigkeit in Person.

»Nicht jetzt.«

Mein Schwanz kann nicht glauben, was ich da von mir gebe, doch ich muss in den Klub. Personalgespräche stehen an, und die werde ich Reece nicht alleine führen lassen. Audrey hatte auch was mit mir zu besprechen, irgendein ein neues Tool für die Sicherheit der Gäste. Außerdem soll Catherine die Ereignisse der letzten Nacht in Ruhe verdauen, bevor wir hier was anfangen.

»Tu das nicht«, sagt sie, als sie merkt, dass ich mich zurückziehe. »Bitte, mach weiter!«

Kurz schwanke ich, kann ihr jedoch widerstehen.

»Honey …« Ich zupfe an meinem mit Kaffee bekleckerten Hemd. »Ich hab Termine und muss mich noch zu Hause umziehen. Du auch. Mach es uns beiden nicht schwerer, als es sein muss.« Ich grinse. »Du hast so lange auf einen Orgasmus gewartet, da kommt es doch auf ein oder zwei Tage nicht mehr an.«

»Zwei Tage!«, entweicht ihr schockiert.

»Lieber drei?«, setze ich amüsiert noch einen drauf.

Sie fängt sich und reibt über meinen pulsierenden, harten Schwanz, was eigentlich unangebracht ist. »Wann immer du willst. *Ich* bin es schließlich gewohnt, untervögelt herumzulaufen. Aber hältst *du* das auch aus?«

Sexy Biest! Sie hat nur eine Sache vergessen.

Grinsend presse ich mich gegen ihre Hand. »Klar, denn ich kann mir in der Zwischenzeit Erleichterung verschaffen. Du dagegen?«

Ihr Gesichtsausdruck verfinstert sich. Sie drückt meinen Schwanz warnend. Die Antwort gefällt ihr nicht.

»Jetzt wird die kleine Sub zur Domina?«, reize ich sie.

»Vielleicht entdecke ich ja gerade eine neue Seite?«

Mist, sie macht mich schwach. Aber mein Verantwortungsbewusstsein ist stärker.

Ich weiche zurück, fahre ihr durch die Haare, merke, dass ich das viel zu oft mache – öfter, als es angebracht wäre –, kann es jedoch auch nicht lassen.

»Ich melde mich mit Terminen«, sage ich, wende mich ab, drehe mich allerdings noch mal um. »Pass so lange auf dich auf, okay?«

Sie will mit einem Scherz antworten, aber verkneift es sich. »Mach ich, Ian.«

***

Sobald ich bei mir zu Hause bin, wichse ich, um meinen Ständer loszuwerden. Ich ziehe mir ein frisches Hemd an und fahre dann weiter ins Büro.

Audrey sitzt schon da und wartet auf mich.

»Ist mit Catherine alles in Ordnung?«, fragt sie.

Ich nicke. »Frech wie eh und je.« Ich mache eine einladende Geste. »Komm rein und zeig mir mal, was du für mich hast.«

Die nächste Stunde stellt Audrey mir ein neues System vor, das Videos nicht nur erfasst, sondern das Verhalten der Spielpartner analysiert und unabhängig von ihnen als kritisch kennzeichnet. So wird frühzeitig auf Sessions hingewiesen, die außer Kontrolle geraten könnten.

»Hätte es gestern bei Catherine und Kostolany funktioniert?«, frage ich.

»Sie verklagt uns doch nicht, oder?«

Ich muss lächeln, weil Audrey von ›uns‹ spricht, obwohl sie noch gar nicht so lange mit meinem Bruder zusammen ist und für den Klub arbeitet. Aber sie geht voll und ganz in ihrer Aufgabe als Ermittlerin im Sicherheitsteam auf.

»Nein, sie verklagt uns nicht«, beruhige ich sie. »Dass die Session kritisch geworden ist, war ihre eigene Schuld. Sie kennt die Regeln und hätte von sich aus abbrechen oder zumindest um eine Pause bitten müssen. Trotzdem fände ich es gut, wenn es ein System gäbe, das solche Fälle erkennt.«

»Ich muss gestehen, ich weiß nicht, ob die Software das abdeckt. Wir könnten es allerdings testen«, meint sie engagiert.

»Wie das?«

»Wir lassen das Video von gestern Abend laufen, und das Programm analysiert es.«

»Ich dachte, die Software arbeitet nur bei Live-Aufnahmen.«

»Nein, das ist egal.« Sie schaut kurz zu mir. »Natürlich nur, wenn es dir nichts ausmacht.«

»Warum sollte es das?«, frage ich cool zurück.

»Weil Reece jedem, der *mich* so sehen würde, den Kopf abreißen würde. Und irgendwie …« Sie wird rot. »Na ja … irgendwie hatte ich den Eindruck, dass dir auch nicht recht ist, wenn jemand Catherine so sieht«, bringt sie heraus.

Ich fahre mir über das Gesicht. »Keine Sorge, dein Kopf ist sicher. Das ist okay«, sage ich, obwohl es mir tatsächlich nicht behagt. Allerdings eher, weil ich nicht weiß, wie es mir geht, wenn ich mir die Scheiße von gestern Abend noch einmal ansehen muss. Aber die Sicherheit der Klubmitglieder hat Vorrang vor meinem Unbehagen.

Mit einem Nicken lädt Audrey das Video und startet parallel das Programm. Sie erklärt etwas von Handlungsabläufen, die analysiert werden, und Stimmlagen, anhand derer berechnet wird, ob es sich um Erregung oder eine vermeintliche Grenzüberschreitung handelt. Überraschenderweise schlägt die Software gleich am Anfang, bei der Bestrafung, das erste Mal Alarm.

Audrey drückt auf Pause. »Sorry, merkwürdig, dass es jetzt schon stoppt«, sagt sie. »Vielleicht funktioniert das Programm doch nicht so gut, wie ich dachte.«

»Gar nicht merkwürdig«, meine ich und starre auf das Standbild von Catherine, wie sie nach Schlag drei auf dem Boden kniet. »Die Strafe war hart. Kostolany hätte sie abkürzen oder leichter handhaben können.«

»Dann hätte er sein Standing eingebüßt.«

»Ach ja«, knurre ich. »Die Sicherheit der Gäste hat Vorrang. Wenn einem unserer Doms das nicht passt, darf er gerne gehen.« Ich atme tief durch. »Lass das Programm bitte weiterlaufen!« *Mal sehen, was noch kommt.*

Mit weiteren Warnungen der Software geht die Session zu Ende. Was danach auf dem Bett passiert, sieht man kaum, da die Überwachungskameras nicht jeden Winkel erfassen. Dennoch poppt ein weiterer Hinweis auf, kurz bevor Catherine und ich einen Blick tauschen. Sobald das erotische Spiel zwischen ihr und Kostolany richtig beginnt, schlägt der Pegel des Programms erneut aus, schwankt zwischen dem grünen und gelben Bereich, gibt weder eine Warnung noch eine Entwarnung. Obwohl alles so aussieht, als würde Catherine das genießen.

Als ich den Raum verlasse, verändert sich zunächst nichts. Dann jedoch folgt der Augenblick, als Catherine bemerkt, dass ich weg bin. Keine Ahnung, warum Kostolany die Veränderung entgangen ist, mir fällt sie sofort auf – ebenso der Software, die nun dauerhaft blinkt.

»Mach es aus!«, sage ich ruhig.

»Aber –«

»Schalt das verdammte Ding ab!«, knurre ich, weil ich nicht länger zusehen kann, wie Catherine leidet.

Ich stehe auf, gehe zu den Fenstern und sehe nach draußen auf eine Stadt, die oberflächlich so friedlich wirkt. Dabei passiert hinter verschlossenen Türen jede Menge kranker Scheiß.

Ich erinnere mich wieder, warum ich diese BDSM-Welt so verabscheue. Weil genau so ein Mist passieren kann. Menschen reizen ihre Grenzen aus, bis es zu spät ist.

Ich hab gemerkt, dass da was zwischen Catherine und mir läuft. Mir hätte klar sein müssen, dass mein Verhalten Einfluss auf die Session hat. Doch ich habe es ignoriert und in dem Moment nur an mich gedacht.

Aber verdammt, du bist nicht ihr Dom! Objektiv trifft dich keine Schuld.

Warum fühlt es sich dann trotzdem so mies an?

»Ian, spricht datenschutzrechtlich was dagegen, die Software einzusetzen?«, fragt Audrey.

Pause.

»Soll ich Dallas, unseren Securitychef, bitten, das zu übernehmen?«

Ich reagiere nach wie vor nicht.

»Ian?« Audrey legt mir die Hand auf den Rücken. Ich schüttele sie ab, sie legt sie erneut drauf.

Ich drehe mich, packe sie und nehme sie zwischen mir und der Scheibe gefangen. »Merkst du immer noch nicht, wenn du mit dem Feuer spielst?«, zische ich.

»Lass sie los!«, dringt die donnernde Stimme meines Bruders zu mir.

Sollte er nicht im Klub sein?

Wo kommt der denn plötzlich her? Als hätte er ein Radar für seine Sub in Nöten.

»Sofort!«, zischt er, packt mich an den Schultern, zieht mich weg von seiner kleinen Freundin, stellt sich schützend vor sie und sieht so aus, als wollte er mir am liebsten die Visage polieren.

»Na los, schlag schon zu!«, provoziere ich ihn. »Bitte gleichmäßig, linke Wange, rechte Wange. Wenn du dabei hart wirst, wichs nur bitte nicht auf mich, sondern Audrey!«

Unerwartet lacht er, die Spannung verfliegt. »Sorry, Bro, den Gefallen tu ich dir nicht. Wenn du allerdings plötzlich darauf abfährst, bestraft zu werden, du böser, böser Junge, gib mir Bescheid, und ich schick dir eine meiner Lady Doms vorbei.«

»Fuck!«, mache ich nur, weil mein Bruder mir zeigt, wie bescheuert ich mich benehme. Wegen Catherine. »Fuck«, sage ich noch mal und reibe mir über das Gesicht. »Ich glaub, ich muss mal raus hier.«

»Wie meinst du das?«, sagt Reece.

»Mal weg von euch Peitsche schwingenden Perversen. Weg vom Tease & Please.«

»Du brauchst ein bisschen Zeit auf der Regenbogenwiese?«

Er will mich ärgern, doch als er das sagt, nicke ich. »Scheiße, ja.« Ich brauche ein bisschen Normalität, ein bisschen mehr von einer Welt, in der die Regeln klar sind und Sex nur zum Spaß da ist. Und in der Konflikte außerhalb des Schlafzimmers ausgetragen und keine Strafen verabreicht werden.

»Das Programm hast du dir angesehen?«, fragt er.

»Funktioniert toll«, sage ich lahm. »Ich müsste noch in die Struktur reinschauen, prüfen, welche Daten genau aufgezeichnet und gespeichert werden und das alles von einem Techniker checken lassen. Aber ich würde es gerne einsetzen.«

»Wunderbar«, sagt er, und Audrey rückt wieder hinter seinem Rücken vor an seine Seite.

»Sorry«, sage ich zu ihr. So gute Manieren habe ich, um zu erkennen, wenn ich ein Arsch gewesen bin und eine Entschuldigung angemessen ist.

»Schon okay«, meint sie lockerer, als ich es erwartet hätte, obwohl Reece sie bremsen will, weil er offensichtlich anderer Meinung ist. »Catherine bedeutet dir was, richtig?«

»Sie ist devot und –«, setze ich zu meiner Tirade von Gründen an, warum alle bitte aufhören sollen, von Catherine und mir in einem Satz zu reden.

»Was spielt das für eine Rolle?«, unterbricht mich Audrey. »Sieh mich an. Ich hab mich auch vor meinen wahren Gefühlen versteckt und hätte dadurch beinahe das Beste in meinem Leben verpasst. Reece. Du magst kein Dom sein, Ian, aber wenn Catherine dir was bedeutet, dann solltest du dazu stehen. Es ist okay, sich für das, was passiert ist, verantwortlich zu fühlen. Das zeigt doch nur, was für ein Mann du bist.«

»Und was für einer?«, knurre ich. *Abgefuckt?*

»Ein guter«, sagt mein Bruder und küsst seine Angebetete zärtlich auf den Scheitel, als würde er sie für ihre klugen Worte loben.

Soll mich das beruhigen? Ich stehe auf eine devote Frau. Jetzt ist mir noch viel dringender nach einer Auszeit.

Ich gehe zu meinem Schreibtisch, sehe meine Termine durch und stelle zu meiner Erleichterung fest, dass der Großteil davon mit Reece zusammen ist, sprich: Er kann sie allein führen, ohne dass Sachen liegen bleiben.

»Ich fahre zum Strandhaus«, sage ich nur.
»Für wie lange?«
»Keine Ahnung.« Bis ich mich wieder im Griff habe.

9. Kapitel

CATHERINE

»Kommt die Chefin auch mal!«, begrüßt mich mein Finanzchef Richard beim Zehn-Uhr-Meeting, bei dem ich erst gegen halb elf auftauche, und applaudiert mir gespielt begeistert.

Der Arsch.

»Sorry, die eine Haarsträhne wollte nicht sitzen«, entgegne ich trocken und nehme am Kopf des Tisches Platz. »Vielleicht hättest du ebenfalls später kommen sollen. Dein Hosenstall steht offen.«

Sofort läuft er rot an. Er hasst es, nicht perfekt zu sein, sieht an sich herunter, doch natürlich ist der Hosenstall zu.

»Scheißgefühl, vorgeführt zu werden, oder?«, füge ich ruhig hinzu und schlage die Mappe vor mir auf. »Wo seid ihr?«

»Bei dem Hotel in Atlanta.«

»Welches Atlanta?«, frage ich nach und blättere zu der entsprechenden Seite, wo ich bereits sehe, dass es das in Georgia ist.

»Nein«, sage ich. Ich will diesen Kasten aus den Siebzigerjahren nicht im Portfolio haben.

»Die Zahlen sind gut«, meldet sich mein Manager für die Mergers & Acquisitions, die Firmenzusammenschlüsse und -aufkäufe, zu Wort.

»Nein, wir kaufen diesen Schrottklotz nicht.«

»Aber wir machen dabei Gewinn«, mischt sich Richard ein.

»Dann rennst du also in Zukunft jedem billigen Dollar hinterher? Leute, unsere Aktionäre wollen Qualität. Wir fangen nicht an, in Schrottimmobilien zu investieren, nur um unsere Bilanz zu beschönigen. Punkt.«

Ich hatte glatt vergessen, wie sehr ich meinen Alltag manchmal hasse. Als Frau an der Spitze von Blue Sky muss ich mir oft so einiges gefallen lassen. Sobald frauenfeindliche Kommentare kommen, schalte ich meine Ohren auf Durchzug – oder gebe selbst die heftigsten von mir. Was tut man nicht alles, um die Truppe bei Laune zu halten? Aber am Ende des Tages treffe ich die Entscheidungen. Das ist auch der Grund, warum ich meine Zeit im Tease & Please so genieße. In der devoten Rolle werden mir die Entscheidungen abgenommen. Ich kann mich fallenlassen.

Wenn ich allerdings an Ian denke …

»Hey! Hier spielt die Musik«, ermahnt mich Richard und schnippst vor meinem Gesicht herum. »Hör auf, darüber nachzudenken, ob deine Haare sitzen, oder hier …« Mit einem Grinsen schiebt er mir sein Handy mit der Spiegel-App zu. »Mach dich kurz frisch.«

Mist, heute ist die Stimmung noch gereizter als sonst. Mir ist klar, dass Westwood an meinem Stuhl sägt und zu gerne meine Stelle hätte. Aber das kann er vergessen.

»Mutig, Richard«, sage ich und spiele mit seinem Smartphone in der Hand. »Was, wenn ich das Display zerbreche und dir als Besitzer sieben Jahre schlechter Sex drohen?«

Die Männer in der Runde lachen dreckig. Ich gebe ihm sein iPhone zurück, und die Spannung im Raum lässt für einen Augenblick nach. *Gut so.*

»Ich bleibe dabei: Nein, wir kaufen das Hotel nicht. Was ist das nächste Objekt?« Ich blättere schon weiter und lese die Eckdaten zu einer Hotelanlage an der Küste. *Nett.*

»Atlanta würde gut in unser Portfolio passen«, sagt Richard erneut.

»Ehrlich? Sind wir damit noch nicht fertig?« Seufzend blättere ich in den Unterlagen zurück und sehe, dass die Entscheidungen zu drei anderen Gebäuden in meiner Abwesenheit unüblicherweise bereits getroffen worden sind. Nur zwei davon trage ich mit. Aber die dritte? »Und was ist das hier? Das machen wir auch nicht«, sage ich, als ich die Freigabe für den Erwerb einer Villa entdecke. »Was sollen wir überhaupt damit? Privatzeug kaufen wir nicht. Think big! Denkt groß. Schon vergessen?«

»Was Großes hat die auch nötig«, murmelt jemand.

Ich tue so, als hätte ich das nicht gehört.

»Wo sind die Prüfungen der Grundstücke?«, wende ich mich an unseren Firmenanwalt Matthew Silverstone, denn bevor ich weitere Entscheidungen infrage stelle, brauche ich sämtliche Informationen.

Er reicht mir eine Akte.

»Das ist alles?!« Die Dokumentation ist unvollständig, vor allem die Baupläne fehlen. Und ohne die passiert bei Blue Sky nichts.

»Mehr gibt es nicht«, sagt er.

Ich reiche ihm die Papiere zurück. »Dann grabt weiter!«

»Wenn wir weitergraben, kommen wir in China raus. Mehr gibt es nicht.«

Wieder Lacher in der Runde.

Was ist denn heute nur los?

»Finde mehr, oder wir lassen es«, sage ich.

Das Machtwort ist damit gesprochen. Der restliche Termin verläuft konzentrierter und zivilisierter, und ich bin zufrieden.

Das anschließende Meeting, das ich nur mit Matthew habe, ist dagegen erneut schwierig – vor allem, da ich ständig an Ian denken muss und wie anders er als Firmenanwalt agiert.

Matthew ist ein blasser Typ mit fadem Teint ohne Feuer in den Augen. Und wenn er hart wird, dann weil er einen neuen Paragrafen zum Auslegen gefunden hat. Nicht wegen einer Frau. Und erst recht – oder zum Glück – nicht meinetwegen.

Ganz anders als Ian. Der unglaublich kreativ in seinem Job ist, auch nicht unbedingt hundertprozentig hinter dem Klub steht, aber loyal hinter seinem Bruder. Alles für die Gäste tut. Jemand, dem man blind vertrauen kann.

Jemand, den du gerne hättest, denke ich, meine eigentlich für meinen Job, doch bei dem Gedanken an diesen Mann zieht sich meine Pussy glücklich zusammen.

Verdammt! Konzentrier dich!

»Catherine? Hey! Was ist mit den Genehmigungen? Machen oder lassen?«

Ich gebe mir einen Ruck und blinzele Matthew an. »Entschuldigung! Wo waren wir?«

»Was ist in letzter Zeit los mit dir?«, meint er. »Wenn dir dein Job zu viel wird, solltest du vielleicht darüber nachdenken, den Vorsitz abzugeben.«

Oh bitte, er jetzt auch noch? »An Richard doch nicht etwa?«, fauche ich.

»Er kennt sich mit allem aus und –«

Was geht hier denn ab?! »Raus!«, sage ich nur, unterschreibe ein Papier, damit er weiterarbeiten kann, und zeige zur Tür.

»Aber –«

So einen Mist muss ich mir echt nicht bieten lassen. »Raus, Matthew. Ich hab ein Mal eine schlechte Woche. Die darf ich doch wohl haben?«

»Sicher. Nur wenn wir ehrlich sind, betrifft das die letzten Monate. Du bist der Boss, also lass deine Probleme zu Hause oder hol dir Hilfe.«

Mein Herz rast. Das eine ist, dass Richard an meinem Stuhl sägt. Doch dass auch andere Manager merken, dass ich nicht bei der Sache bin … Damit ist mein Problem ernster als gedacht.

»Danke für die Warnung, Matthew«, sage ich nur. »Und jetzt trotzdem: raus! Ich mach meinen Job, mach du deinen. Und mal so am Rande: Du hast ebenfalls nachgelassen«, gifte ich zurück. »Also werd wieder besser, sonst muss ich mir jemand anderen für den Job suchen.«

»Ach ja?«, antwortet er keine Spur versöhnlich, sondern so, als hätte er genau auf diese Reaktion von mir gewartet. »Na dann viel Spaß mit dem Laden, Catherine. Ich kündige.«

»Was?!« Ich falle aus allen Wolken.

Er wirft mir seine Personalkarte auf den Tisch. »Ich hab es satt, dass dir nichts gut genug ist, während du selbst Mist baust. Grab du dich mal schön bis China durch. Bye.«

Mit den Worten verlässt er mein Büro, locker, souverän, entspannt und grinsend.

Scheiße, Scheiße, Scheiße. So viel dazu, dass der Typ keinen Schneid hat.

Schockiert sinke ich in meinem Chefsessel zurück.

Nora steckt ihren Kopf in mein Büro. »Was war das denn?«, fragt sie nach.

»Matthew hat gekündigt.«

»Er hat was?!«, ruft sie.

Schwerhörig?, denke ich und versuche, meinen Ärger zu unterdrücken.

»Und jetzt?«, fragt sie.

Neue Wut steigt in mir hoch. *Was glaubt sie, was nun passiert? Dass Sektkorken knallen?* »Ruf das Personalbüro an. Sie sollen Matthews Rechnerzugänge sperren und eine Stellenausschreibung fertig machen.«

»So schnell werden wir niemanden finden«, sagt sie.

Ach was?! Und was ist deshalb zu tun, liebe Assistentin? Denkt hier auch mal jemand mit?

»Sie sollen mir einen Vertreter schicken, der übergangsweise Matthews Job miterledigt«, sage ich.

»Willst du denn nicht versuchen, ihn zurückzuholen? Das wäre doch das Einfachste.«

»Nein«, sage ich nur. Seit wann ist ›einfach‹ gleichbedeutend mit ›richtig‹? Seine Kündigung kam mir zu plötzlich und zu entspannt. So als wäre sie geplant gewesen. Vielleicht damit mir der Laden um die Ohren fliegt und Richard dann übernehmen kann. Aber das werde ich nicht zulassen.

»Was ist mit deinem nächsten Termin?«, fragt sie. »Bist du bereit?«

»Wer?«, frage ich.

»Dein Hotelkontakt.«

Ich schüttele den Kopf. »Sag den ab!« Ich zögere, fälle eine Entscheidung. »Und allen anderen für heute auch.«

»Wie du willst.«

Sobald sie weg ist, nehme ich mir sämtliche Unterlagen der Projekte des letzten Jahres vor und fange aus einem

Verdacht heraus an, sie zu überprüfen. Ich delegiere sonst sehr gerne und gut Aufgaben, das ist mein Job. Den Leuten um mich herum habe ich dabei vertraut. Aber plötzlich frage ich mich, ob das so klug war. Denn je länger ich im Büro sitze – erst wird es Abend, dann Nacht –, desto mehr Fehler entdecke ich.Und dass mehr Personen als Matthew und Richard in die Sache verwickelt sind.

Am liebsten würde ich sofort allen Beteiligten kündigen, doch das geht nicht – bei der Menge von Entlassungen brauche ich die Zustimmung des Aufsichtsrates und einen Plan, wie die Firma trotz des Personalmangels handlungsfähig bleibt.

Wie konnte ich all das nur übersehen?, frage ich mich.

Und die Antwort liegt auf der Hand: *weil du mit dir und deinem kleinen Problem beschäftigt warst.*

Aber damit ist nun Schluss!, beschließe ich, als die Sonne aufgeht. Ich trage die Verantwortung für Hunderte von Mitarbeitern. Ich bin dem Aufsichtsrat gegenüber verpflichtet – ebenso den Aktionären. Mein Bedürfnis, das Kapitel Tease & Please abzuschließen, wird größer denn je. Von Ian kamen bisher keine Terminvorschläge für seinen nächsten idiotischen Test. Kein Ding. Voll Aktionismus wähle ich seine Nummer.

»Reece Randall hier«, meldet sich der falsche Mann.

IAN

Obwohl ich mir eine Auszeit nehme, beantworte ich meine Mails und kümmere mich weiter um das Tease & Please. Komplett kann ich Reece damit nicht alleine lassen.

Die restliche Zeit bin ich jedoch am Strand, gehe schwimmen, laufe zwischen den Dünen entlang und merke, wie mir der Abstand zum Klub guttut.

Nur Catherine geht mir nie ganz aus dem Kopf.

Ich vermisse ihren Duft, ihr Lächeln, ihre Haut an meiner. Ihr freches Mundwerk, ihr Lachen und wie flehend sie einen anschauen kann, wenn sie kommen will. Von diesem Blick sollte man Fotos schießen. Die würden sich massenhaft verkaufen.

Ich stürze mich erneut in die Wellen, bin im Hier und Jetzt – dabei stört mich zum ersten Mal, niemanden an meiner Seite zu haben, mit dem ich mein Leben teilen kann.

Verdammt, du wirst auch einer dieser Softies, rüge ich mich selbst.

Ich schwimme immer weiter vom Ufer weg, bis ich außer Atem bin. Erst als die Erschöpfung einsetzt, kämpfe ich mich zurück. Jeglicher Gedanke ist aus meinem Kopf verschwunden. Ich bin ganz im Moment. *Perfekt!*

Sobald ich wieder am Ufer bin, spüre ich eine angenehme Müdigkeit in den Muskeln. Ich durchquere die Dünen, nehme die Holztreppe hoch zum Haus und stutze, als ich auf den Stufen sitzend jemanden entdecke, den ich kenne. In zerknitterten Büroklamotten, mit einem neben sich liegenden Blazer und neben sich stehenden High Heels.

»Catherine!« Ich blinzele, aber sie ist keine Fata Morgana.

Sie steht auf, will was sagen, doch weshalb auch immer sie gekommen ist, Hitze und Hunger flackern plötzlich in ihrem Blick.

»Zufrieden mit mir?«, scherze ich und pose gespielt sexy.

Statt einer Antwort tritt sie auf mich zu, legt mir ihre Arme um den Hals und schmiegt sich wortlos an mich. Und wie ein Handtuch saugt ihr Outfit die salzigen Wassertropfen von meiner Haut auf.

»Hey, was ist denn los? Ich mach dich ganz nass«, murmele ich, erwidere ihre Umarmung und küsse ihre Stirn, an mehr komme ich nicht, da sie ohne ihre Mörderabsätze nicht mehr auf Augenhöhe mit mir ist.

Sie drückt sich enger an mich, als wollte sie mir unter die Haut kriechen. Dann knurrt mein Magen.

»Ich bin sofort bei dir«, sage ich und will mich lösen. »Lass mich nur schnell duschen.«

Ihr Griff verstärkt sich. Wie ein menschlicher Schraubstock.

»Seit wann so übergriffig?«, necke ich sie und fahre ihr über den Rücken. »Lass mich mir was anziehen. Ich muss außerdem was essen. Okay?«

Auch ihr Magen knurrt.

»Das werte ich als Ja.« Obwohl sie immer noch an mir hängt, hebe ich ihre Sachen auf und bugsiere sie mit mir Richtung Haus. »Was ist passiert?«

»Nur Stress bei Blue Sky«, erwidert sie leise. »Den ich vergessen will.«

Mehr nicht? Skeptisch mustere ich sie. Sie sieht müde aus. Zu müde.

»Honey, willst du dich vielleicht auch frisch machen, während ich dusche?« Ihre Bluse klebt nun nass auf ihrer Haut, und ich kann ihren Spitzen-BH durch den Stoff erkennen. »Oder warte hier draußen. Ich bin gleich wieder bei dir.«

»Du bist ja doch dominant«, sagt sie grinsend.

»Oder fürsorglich.« Ich grinse auch und kämme ihr durch die Haare. »Einer muss ja außerdem das Richtige tun. Also los, hopp, tu, was ich dir sage!«

Ich dränge sie zu einem der Stühle, lege ihre Sachen ab, drücke ihr noch mal einen Kuss auf die Stirn und verschwinde dann im Haus, um Essen für zwei zu bestellen, zu duschen und mir was anzuziehen.

Dass sie hier ist, ist seltsam.

Aber es gefällt mir.

So als hätte ich keinen Urlaub gebraucht, sondern Catherine Malone, die meine Nähe sucht.

10. Kapitel

CATHERINE

Es muss an der Meeresbrise liegen, denn je länger ich auf der Terrasse sitze, umso schwerer werden meine Augenlider. Ich lehne mich zurück, spüre die Sonne in meinem Gesicht. Im Hintergrund rauschen die Wellen. Ich merke, wie ich einnicke. Gleichzeitig brennt mein Körper.

Ian Randall halb nackt zu sehen hat mich völlig aus dem Konzept gebracht. Keine Ahnung, warum ich ihm um den Hals gefallen bin, aber da war so viel Haut, und ich brauchte ihn einfach, brauche ihn schon wieder. Verzehre mich nach seiner Nähe.

Ein Zittern durchfährt mich, die Art, bei der ich im Klub ›Gelb‹ rufen würde. *Wie seltsam!*

Ich reibe mir über das Gesicht und erinnere mich daran, weshalb ich hergekommen bin. Um seinen Test zu beenden, die Klubmitgliedschaft zu kündigen, einen Schlussstrich zu ziehen.

Aber hier zu sein und Ian zu sehen fühlt sich nicht nach einem Schlussstrich an.

»Hey, du bist ja noch da. Ich hab das also nicht geträumt!«, ruft Ian, taucht umgezogen in Shorts und einem locker sitzenden Hemd auf und bringt Essen, das geliefert wurde, ohne dass ich es mitbekommen habe.

Während Ian mir erzählt, was der Lieferservice gebracht hat, höre ich nur halb zu und schaue stattdessen auf seine gepflegten Hände, die das Geschirr verteilen und das Essen auftun – und unwillkürlich stelle ich mir vor, wie seine Fingerspitzen mich berühren.

»Honey?«

Seine besorgte Stimme reißt mich aus meinen Gedanken. »Ja?«

»Sag mir, was los ist!«

»Was soll los sein?«

»Ich frag dich, was du essen willst, und alles, was ich als Antwort erhalte, ist ein Brummen.« Er grinst. »Ein sexy Brummen, aber auch eines, das mir zeigt, dass du gerade ganz woanders bist.«

»Zu viel Arbeit«, erkläre ich knapp.

»Probleme bei Blue Sky?«

Ich nicke und fahre mir über das Gesicht, verdränge die Müdigkeit – und das Verlangen nach diesem Mann. »Können wir über was anderes sprechen?«

Er nickt. »Fisch oder Fleisch?«

Ian hat Fast Food, asiatisches und italienisches Essen bestellt, und sofort läuft mir das Wasser im Mund zusammen. Ich kann mich gar nicht entscheiden. »Alles«, sage ich.

»Exzellente Wahl.«

Ian tut mir von allem etwas auf einen Teller. Sobald ich esse, nimmt er sich einen Burger, verdrückt ihn in Rekordzeit und sieht mich dann wieder aufmerksam an.

»Woher wusstest du, wo ich bin?«, fragt er.

»Von Reece«, sage ich. Durch Zufall, denn er ging an Ians Bürotelefon. Wir haben uns unterhalten, und als er mich gefragt hat, ob ich zu Ian will, hab ich, ohne nachzudenken, Ja gesagt.

»Wundert mich, dass er dir erzählt hat, wo ich bin«, murmelt er.

Also freut er sich nicht? Ich stehe mit meinem halb leer gegessenen Teller auf, um ihn ins Haus zu bringen. »Ich dachte, es wäre okay, wenn ich komme, schließlich ist da ja noch diese eine Sache offen … und du wolltest Termine schicken … Aber wenn du mich nicht hier haben willst, lasse ich dich wieder allein.«

Ich komme nicht weit. Bevor ich verschwinden kann, angelt Ian mit dem Arm nach mir und zieht mich auf seinen Schoß. »Ich freue mich, dass du hier bist«, sagt er sanft. »Reece gibt meine Adresse nicht an irgendjemanden weiter, doch zum Glück hat er bei dir eine Ausnahme gemacht. Und jetzt: Iss weiter!«

»Ian, ich –«

»Honey, muss man dir alles befehlen?«

Er meint es scherzhaft, aber sein Blick brennt wie Feuer in mir.

Gehorsam nehme ich wieder einen Bissen.

»Na bitte, geht doch!«, murmelt er zufrieden und isst ebenfalls weiter.

Es ist seltsam, wie leicht es mir fällt, in der Gegenwart dieses Mannes loszulassen. Obwohl er gar nicht diese Dom-Nummer abzieht.

Sobald ich restlos satt bin, lehne ich mich müde an ihn und döse ein, während er weiterisst. Ab und zu fährt er mir dabei über die Schultern oder die Haare, wirkt entspannt, obwohl ich seine Erektion spüre.

Vorsichtig bewege ich meine Hüfte, seufze.

»Später«, flüstert er mir ins Ohr.

Sofort steigt Hitze in mir auf, als mir klar wird, was er meint. Dass wir miteinander schlafen.

»Aber –«, setze ich protestierend an, doch er legt mir einen Finger auf die Lippen.

»Du siehst müde aus, Catherine, und ich bin auch völlig fertig. Also: später.«

Klingt vernünftig.

Er isst auf. Ich wische ihm Ketchup aus dem Mundwinkel. Er hebt mich mit sich hoch und trägt mich zu einer Liege im Halbschatten.

»Ich denke, ›später‹?«, frage ich verwundert nach, als er sich neben mich legt.

»Richtig«, murmelt er lächelnd mit geschlossenen Augen. »Jetzt machen wir mal was ganz Perverses aus meiner Welt.«

Ich runzele die Stirn, habe keine Ahnung, worauf er anspielt.

»Wir schlafen, ohne miteinander zu schlafen, Honey.«

Wahnsinnig schmutzig, will ich antworten. Doch wieder schießt Hitze durch mich hindurch. Eine andere Art als sonst. Gute Hitze. Und ich verkneife mir den Kommentar und nicke ein.

IAN

Catherine schläft noch, als ich wach werde – halb auf mir, als hätte sie Angst, dass ich abhauen könnte.

Niedlich!

Ihre gleichmäßigen Atemzüge wirken so beruhigend auf mich wie das Rauschen der Brandung. Ich rühre mich nicht, um sie nicht zu wecken. Sie hat müde ausgesehen und soll so lange schlafen, wie sie muss. Ich weiß, wie viel Arbeit Reece mit dem Tease & Please hat. Sie muss als Vorstandsvorsitzende von Blue Sky, dieser riesigen Immobilienfirma, noch mehr haben.

Ihr Duft steigt mir wieder intensiver in die Nase, und obwohl ich es verhindern will, übermannt mich das Verlangen nach ihr.

Während ich sie auf mir spüre, werde ich härter und härter. Schließlich kann ich mich nicht länger zurückhalten und lasse meine Hand unter ihren Rock wandern, fühle die Rundung ihres Pos und tätschele ihn sanft, weil ich davon ausgehe, dass sich dort immer noch die Folge der Strafe abzeichnet, und ich ihr nicht wehtun will.

Ich bewege meine Hand weiter und ertaste die Spitze eines winzig kleinen Slips. Spielerisch ziehe ich am String, und Catherine belohnt meine Bemühungen mit einem tiefen, wohligen, verschlafenen Stöhnen.

Wirklich erstaunlich, wie sexy diese Frau sein kann!

Ich schiebe den Rock etwas höher, damit ich besseren Zugang habe, komme an den Slip und ziehe ihn beiseite.

»Fuck!«, keuche ich, als ich spüre, wie nass sie ist, wie heiß, wie bereit.

Neckend fahre ich über ihre Spalte, verteile ihre Feuchtigkeit, lächele, als sie wimmert und sich mir entgegenstreckt.

Ich will sie länger schlafen lassen, aber ich muss sie einfach küssen, knabbere an ihrem Hals, ihrem Ohrläppchen, drehe sie sanft auf den Rücken, grabe meine Hände in ihre Haare und streife mit meinen Lippen ihre.

»Ian!«, seufzt sie, zunehmend wacher.

»Ja, Honey?«

Ihre Lider flattern, während ich nun rücksichtsloser weitermache, mit meinen Fingern über ihre Pussy gleite und dabei ihren Kitzler mit Absicht reibe.

»Mehr!«, keucht sie, greift in meine Haare und wölbt sich mir entgegen.

»Hol es dir!«, necke ich sie.

Sie reißt die Augen auf, sieht mich sauer und sinnlich an.

»Hi, Catherine!«

Ihr Blick ist so ziemlich das Schönste, was ich je erlebt habe. Aufgeweckt, zufrieden, sexy. Sie umfasst mein Gesicht, küsst mich als Begrüßung, atmet mich ein, macht mich mit ihrer Zunge ganz wild.

»Langsam«, keuche ich.

»Ich kann nicht langsam«, antwortet sie, tastet sich zu meinem Schritt vor und reibt über meine Erektion. »Und du auch nicht.« Wieder ein Kuss. »Ich will dich in mir spüren, Ian, bitte.«

Ich muss amüsiert grinsen.

»Sorry fürs Betteln«, schiebt sie schnell hinterher.

Ich beuge mich tiefer und dringe mit zwei Fingern in sie, krümme sie leicht und schlucke ihren erstickten Schrei. »Manchmal ist das durchaus sexy.«

»Gut«, sagt sie, und ihr Griff an meinem Schwanz lässt kurz locker, als ich einen empfindlichen Punkt von ihr berühre und sie sich windet. »So gut!«

Ich löse meine Hand, ignoriere ihren Protest und knöpfe, sie küssend, ihre Bluse auf, ganz langsam, jede Sekunde davon auskostend, während die Abendsonne scheint und der kühle Wind mich unsere Hitze umso intensiver wahrnehmen lässt.

»Mehr!«, bettelt sie wieder.

Ich knabbere an ihrem Hals, spüre, wie sie erzittert.

»Ich mach mein Tempo und mag, wie schnell wir hier vorankommen«, sage ich. »Wenn du allerdings daran was ändern willst …«

Zu meiner Überraschung reckt sie sich, damit ich ihr die Bluse abstreifen kann. Dann schiebt sie ihren Rock etwas höher, sodass sie mich mit den Beinen umschlingen kann, greift in meine Shorts und tastet schwer atmend nach meiner Erektion, erkundet, wie hart und groß ich bin.

»Mir gefällt das«, sagt sie.

»Ja?« *Welcher Mann hört das nicht gerne?*

»Oh jaaa!« Ihre Augen leuchten.

Erregt beuge ich mich zu ihr, schiebe die BH-Schalen tiefer und lecke gierig über ihre harten Nippel.

»Ian!« Überrascht packt sie meinen Schwanz fester, sodass ich erschauere. Und dann wiederum viel zu locker, weil sie wie von Sinnen ist und sich nicht auf das konzentrieren kann, was sie macht.

»Catherine?«, frage ich unschuldig und hauche ihre feuchte Haut an.

»Ian, hör auf damit!«

Ich mache weiter, sauge im Wechsel hart und sanft an ihren Nippeln und streichele dabei ihre Seiten. Weil sie das mag.

»Gott, ich hasse dich!«, ruft sie, drückt jedoch ihren Rücken durch und reckt sich mir entgegen, weil sie das nicht ernst meint.

Ich nutze ihre Bewegung aus, löse den BH-Verschluss und befreie sie von dem Teil.

»Bring mich doch auch dazu, dich zu hassen«, necke ich sie, lasse meine Hände über sie gleiten, öffne den Reißverschluss ihres Rocks und ziehe ihn ihr ebenfalls aus. Nun trägt sie nur noch diesen kleinen Slip, der kaum etwas verbirgt, und ich muss mir an meinen Schwanz greifen, um den Druck auszuhalten.

Gerade als ich mich wieder über sie beugen will, drückt sie mich zurück, setzt sich auf meine Hüfte – ihr feuchter Schritt ist meiner Erektion so verlockend nah – und beginnt, mein Hemd aufzuknöpfen.

Ich stemme mich hoch, küsse sie, muss sie einfach berühren, doch sie weist mich ab.

»Ich denke, ich bin dran«, sagt sie spitz.

»Jeder, wie er will, Honey«, necke ich sie. »Wenn du in dem Tempo weitermachst, müssen wir eh gleich unterbrechen. Die Kondome sind im Haus.«

Schließlich hat sie mein Hemd auf und küsst sich von meinem Hals über meine Brust, dann meinen Bauchnabel tiefer nach unten.

»Sicher, dass du die Kondome *jetzt* willst?«, fragt sie.

Bläst sie mir einen? »Honey, du musst nicht –«

Sie befreit meinen Schwanz aus den Shorts und leckt über meine pralle Eichel, als wäre sie eine Kugel Eis.

Fuck!

»Hast du was gesagt?«, fragt sie, schaut teuflisch unschuldig zu mir hoch und nimmt mich dann ganz in ihren Mund.

»Du Biest!« Ich will ihr das überlassen, aber ich greife in ihre Haare und dirigiere ihren Kopf, weil ich mehr brauche. Sofort.

Sie lacht beziehungsweise gluckst mit meinem Schwanz in ihrem Mund, und das Gurgeln davon lässt mich beinahe auf der Stelle kommen.

Ha, ha, Honey!

»Lachst du auch bei deinen BDSM-Spielchen?«, frage ich sie stöhnend.

Sie weicht kurz zurück und umspielt erneut meine Eichel. »Nur wenn ich bestraft werden will«, antwortet sie und nimmt mich wieder tief auf, ohne mich dabei aus den Augen zu lassen.

Eis schießt augenblicklich durch meine Adern. Weil ich diese Scheiße von ihr fast vergessen habe, so gut fühlt sich das hier an. Doch nun erinnere ich mich, wie Kostolany ihr den Hintern versohlt hat.

Sie merkt es, hält inne. »Sexy Strafen, Ian. Nicht alle tun weh.«

Ach ja? »Welche zum Beispiel?« Ich kann nicht glauben, dass ich das tue, aber wenn es Mittel und Wege gibt, diese Frau mehr zu erregen, so will ich sie kennen. Ich will, dass ihre Pupillen vor Lust noch größer werden, ich will sie noch nasser haben, ich will, dass sie nachher einen Orgasmus hat. Mit mir. Als erstem und einzigem Mann.

»Zum Beispiel benutzt zu werden, von meinem Dom, bis er kommt«, erklärt sie, sieht mich an, prüfend, wie ihre Worten auf mich wirken.

Ja, dass ihr solche Strafen Spaß machen, kann ich mir vorstellen.

Ein erster Lusttropfen löst sich bei ihren Worten.

Lächelnd leckt sie ihn auf und gleitet endlich wieder tiefer, nimmt mich ganz in ihren Mund auf – weiß, wie verrückt sie mich macht.

»Fuck!«, knurre ich, packe ihren Kopf, verliere die Kontrolle und stoße in sie. Ich spüre ihren überraschten Widerstand, aber auch wie geil sich das anfühlt, in ihr zu sein – und dass sie das genießt. *Wie perfekt ist das denn?*

Nicht mehr lange, und ich spritze ab. Aber ich will nicht.

Schwer atmend zwinge ich mich, meinen Griff zu lockern, und löse mich von ihr.

»Du brichst das jetzt nicht ab, oder?«, fragt sie mit roten Wangen und beleckt sich die Lippen. So als würde sie zu gerne wieder meinen Schwanz lecken. Oder meinem Geschmack hinterherspüren. *Himmel!*

»Keine Sorge.« Die Versuchung, zurück in ihren warmen Mund zu gleiten, ist groß. Doch bevor ich nachgebe, stehe ich auf und befreie mich von meinen Shorts.

»Was dann?«, fragt sie. Unsicher. Was ich hasse.

»Ich bin gleich wieder da!«, murmele ich, küsse sie schnell und verschwinde nach einem Schulterblick nach drinnen. »Spiel so lange an dir rum, Honey! Ich will dich bis ins Haus stöhnen hören.«

Aus dem Bad hole ich die gesamte Kondompackung. *Man weiß ja nie.*

Zurück auf der Terrasse stelle ich den Karton auf dem Tisch ab, ziehe ein Päckchen raus und sehe Catherine zu, wie sie gefangen in ihrer Lust die Augen geschlossen hat und mit einer Hand ihre Brüste massiert und mit der anderen an ihrer Pussy herumspielt. Ab und zu stöhnt sie. Nicht so laut, dass man sie bis ins Haus hören könnte, aber das ist völlig okay.

»Schieb deine Finger rein!«, befehle ich ihr.

Ihre Augenlider fliegen wieder auf, und sie sieht mich ertappt an, als hätte ich sie bei einem schmutzigen Tagtraum gestört – einem, der sich garantiert um mich gedreht hat.

»Mach schon!«, sage ich, während ich das Kondom aus der Folie nehme.

Ihre Fingerspitzen tauchen ein.

»Tiefer!«, verlange ich heiser.

Sie gehorcht, zieht die Luft ein.

»Wie fühlt sich das an?«, frage ich.

»Nach zu wenig«, gesteht sie.

Eindeutig.

Ich rolle mir das Kondom über und gehe zu ihr, muss mich zwingen, nicht zu rennen. Als ich bei der Liege bin, packe ich Catherine an der Hüfte und ziehe sie zu mir, greife nach ihrer Hand, nehme sie von ihrer Pussy weg und sauge an ihren feuchten Fingern.

Sie wimmert.

»Nicht gut?«, frage ich sie.

Sie angelt mit einem Bein nach mir. »Nein, nicht gut, aber auf dem Weg der Besserung«, sagt sie.

Lachend beuge ich mich über sie, küsse sie langsam und ruhig, obwohl ich genau merke, dass sie es schneller und wilder will. Was eine Ader in mir weckt, das hier erst recht ohne Eile anzugehen. Ein kleiner Sadist steckt wohl doch in mir.

»Ian!«, stöhnt sie wieder.

»Catherine«, gebe ich keuchend zurück.

»Bitte!«

So sexy!

Ich kann nicht länger warten und schiebe mich langsam in sie, spüre, wie nass sie ist, wie warm, aber auch wie eng. Zumindest für mich.

Je tiefer ich in sie dringe, desto heftiger verkrampft sie sich. Vor Lust, weil sie das hier so sehr braucht. Doch wenn sie nicht bald locker lässt, wird das nichts mit ihrem Orgasmus.

»Ganz ruhig, Honey, lass dich einfach fallen!«, raune ich ihr zu.

»Das tue ich doch«, zischt sie – extrem aggressiv.

Ich spüre ihre Verzweiflung, ihre Bedenken, ihre Einwände und will sie ihr alle nehmen.

»Schon vergessen, hier geht es nicht um Sex«, sage ich, küsse sie und bewege meine Zunge in ihrem Mund im gleichen Rhythmus, wie ich mich in ihr bewege.

»Worum dann?«, stöhnt sie.

Fast bin ich ganz in ihr, und ich kann nicht anders, mit einem letzten harten Stoß dringe ich tief in sie ein. »Um dich und mich.«

»Oh Gott!«

11. Kapitel

CATHERINE

Was passiert hier? Es ist doch nur Sex. Ganz normaler Sex. In einer total langweiligen Stellung. Ohne Spielzeuge, Hilfsmittel, nur mit unseren Körpern, nur uns. Dennoch zerfließe ich und halte das Verlangen kaum noch aus.

»Oh Gott, beweg dich!«, keuche ich, als wir uns so nahe sind, wie sich zwei Menschen nur sein können.

»Was, Honey?«, murmelt er, bewegt sich nicht, sondern küsst mich, als wäre ich alles, was er zum Leben braucht.

»Bitte, beweg dich!«

Endlich zieht er sich zurück. Ich atme auf, rechne mit dem nächsten süßen Stoß, doch er hält inne.

»Verdammt, Ian, was soll das? Beweg dich!« Ich sehe ihn an. Es gibt nur ihn und mich, und ich brauche mehr von ihm, mehr von seiner Kraft, mehr von dem Kribbeln, das er in mir auslöst. Mehr von uns.

»Das war nicht zu viel?«, fragt er.

Ich schüttele den Kopf. »Das war perfekt. Es sei denn, du hörst jetzt auf.«

Tut er nicht. Er dringt wieder in mich, und ich lege meine Beine um ihn, umarme ihn, suche seine Lippen und genieße, wie himmlisch sich mein Körper durch diesen Mann anfühlt.

Jede Faser von mir glüht, und als er sich schneller bewegt, merke ich, wie ich abhebe.

Ich will die Initiative ergreifen. Er hat mich die letzte Stunde so oft dazu ermuntert, und ich liebe es, ihm zu zeigen, was mir gefällt. Doch ich bin plötzlich total fertig und lasse mich mehr und mehr von der Leidenschaft davontragen. Ich kann mich nur festklammern und Ian ansehen. Ich spüre seine Lippen auf meiner Haut, erwidere die Berührungen und ertrinke in seinem intensiven Blick. Bis ich glaube, dass ich es nicht mehr aushalte, seine Hüften greife, ihn aufhalten will.

Was stellt dieser Mann hier mit mir an?

Jede meiner Nervenfasern glüht und vibriert. Ich will weg und gleichzeitig mehr, mehr, mehr.

»Noch nicht«, sagt er rau.

Ist er verrückt geworden? Ich kann nicht mehr klar denken, klammere mich an ihn, muss ihn küssen, zittere unter seinen Lippen.

»Gleich, aber noch nicht, Honey«, wiederholt er.

Weshalb auch immer er will, dass ich mich zurückhalte, das kann er vergessen. Ich versuche, den Ton anzugeben, zu bestimmen, was passiert. Aber Ian hat die Kontrolle. Statt mich mit den harten, langsamen Stößen an diesen süßen Abgrund zu treiben, foltert er mich nun mit schnellen Bewegungen.

»Du bringst mich um«, stöhne ich, kralle mich in seine Schultern, recke mich ihm entgegen.

»Das ist gut so. Vertrau mir, du machst das ganz toll.«

Ach ja?

Oh Gott, ja!

Sie sagen, wenn man stirbt, zieht das Leben an einem vorbei. Keine Ahnung, was bei mir los ist, aber ich sehe all meine sexuellen Versuche der Vergangenheit, jeden Ex, jeden Partner. Mein Körper erinnert sich an jede Empfindung, und ich weiß, dass das hier komplett anders ist, neu und schön.

»Bitte«, keuche ich. »Ian, bitte.«

Statt weiterzumachen, hält er inne, dringt tief in mich, und sobald ich nach Luft schnappe, verschließen seine Lippen meine, und wir küssen uns – so intensiv und leidenschaftlich, wie ich noch nie jemanden geküsst habe.

»Rot«, rufe ich. Das mit ihm fühlt sich anders an als jeder Sex, den ich je hatte, und ich habe Angst vor dem, was kommen wird. »Verdammt, rot, Ian!«

Er lächelt zufrieden, hört jedoch nicht auf mit seiner süßen Qual.

Ich schlage auf seinen Rücken, will ihm wehtun, doch mir fehlt dazu die Kraft. »Was soll das denn?«, frage ich. »Ich hab Stopp gesagt.«

»Das ist echter Sex. Da gibt es kein Safeword, nur Vertrauen, uns.« Wieder seine Küsse, die mich heiß durchdringen und erfüllen, und sein Schwanz, den er so sinnlich in mir bewegt. »Vertraust du mir?«

»Blödmann!«, werfe ich ihm an den Kopf und klammere mich zugleich fester an ihn, weil ich sterbe, sollte ich den Kontakt verlieren.

»Sehr gut, Honey«, raunt er mir zu und küsst mich hungriger. »Lass es einfach raus!«

Merkwürdige Reaktion! Unter anderen Umständen hätte ich für meine Beleidigung eine Strafe kassiert. Doch Ian küsst mich, als würde er nicht genug von mir bekommen, und ich fluche immer lauter und jammere und bettele und will, dass das hier aufhört – aber nicht, indem Ian von mir ablässt, sondern indem wir uns ganz vereinigen.

»Ja, ich vertraue dir«, stöhne ich. »Himmel, ich vertraue dir.«

Ian stöhnt, lehnt seinen Kopf an meine Schulter, küsst meine Haut, atmet schwer.

Meine Pussy krampft um ihn, so als würde sie zufrieden antworten.

»Lass das!«, faucht er, zittert heftiger, streicht mir durch die Haare, am Rande der Selbstbeherrschung.

Wow! Ist Blümchensex immer so? Oder nur Sex mit Ian? Ich spanne meine Muskeln erneut an – dieses Mal mit Absicht, denn ich stehe kurz davor, die Kontrolle zu verlieren, und er soll sich genauso fühlen.

»Fuck!«, flucht er wieder, gleitet zurück und bewegt sich. »Fuck, fuck, fuck!«

Ohne mich aus den Augen zu lassen, packt er mich und stöhnt, sobald ich meine Hände in seine Schultern grabe. Die Hitze zwischen uns wird unerträglich. Er nimmt mich. Ihm wird heißer, mir wird heißer, und Lust schießt immer wilder durch meine Adern. Bis aus dem bekannten quälenden Pulsieren in mir plötzlich ein einziges tief erschütterndes Beben wird, wie ich es so nie zuvor erlebt habe.

»Oh mein Gott, oh mein Gott, oh mein Gott, Ian!«

Ich kann nicht fassen, was mit mir passiert. Ich spüre diesen Mann über mir, er lacht, ein zufriedenes, raues, sexy Lachen, und er benutzt mich weiter, als wüsste er genau, was ich brauche. Mit seinen Stößen und seinen Lippen und seiner Haut an meiner sorgt er dafür, dass das Beben durch meinen gesamten Körper fährt. Ich werde in meinen Grundfesten erschüttert, löse mich in meine Einzelteile auf und werde dann wieder neu zusammengesetzt.

Der Wahnsinn!

Ich bezweifele, dass es noch besser werden kann, da merke ich, wie Ian ebenfalls kommt, laut stöhnend und meinen Namen murmelnd, als wäre ich seine Erlösung.

Verschwitzt bricht er auf mir zusammen, und so bleiben wir eine ganze Weile noch verbunden liegen. *Krass!*

Als er sich bewegen will, stoppe ich ihn, will den Augenblick möglichst lange auskosten. Ich bin gekommen, hatte den ersten Orgasmus meines Lebens. Und er war großartig. Das Gefühl war großartig. Ian war großartig. Kein Wunder, dass alle darum so einen Wirbel machen. Wie konnte ich nur bisher ohne auskommen? Ich fühle mich so gut wie nie zuvor, als wäre die Welt plötzlich ein bisschen sonniger und wärmer und schöner und besser.

Und dann laufen mir die Tränen über die Wangen.

IAN

Heftig!

Das war einfach nur heftig.

Ich höre Catherines Herz rasen, meines, spüre ihre Hitze, ihre Feuchtigkeit, unseren Schweiß, ihre Pussy, die immer noch schwach zuckt und bebt, und ihren Körper, der ganz entspannt unter mir ist.

Sie ist gekommen, sie ist definitiv gekommen! Durch mich. Animalischer Stolz erfüllt mich. Und noch etwas, das ich gerade nicht benennen kann, aber uns beide betrifft.

Vorsichtig bewege ich mich, und augenblicklich schlingt sie ihre Beine um mich, will nicht, dass ich sie verlasse, was meinen Schwanz sofort wieder hart werden lässt.

Ich stütze mich über ihr auf und sehe ihre feuchten Wangen. Freudentränen. Die ich ihr sanft wegküsse.

»Kannst du aufstehen?«, frage ich sie.

»Ich will nicht aufstehen.«

»Sondern noch mal kommen?«, rate ich.

Sie nickt.

»Du wirst mich morgen dafür hassen.«

»Wie schlimm kann es werden?«

Süß, wie ahnungslos sie ist! »Schlimm«, sage ich und reibe mit meinem stoppeligen Kinn an ihrer Wange.

»Mir egal.«

Ich lache. »Sorry, aber du bist wie ein Teenager, der seinen ersten Rausch erlebt und nicht weiß, wie sich ein Kater anfühlt. Das kann ich dich nicht entscheiden lassen.«

»Ian, wehe!«, beschwert sie sich.

Ich küsse sie beschwichtigend, schmecke ihren Mund, will mich lösen, woraufhin sie mich verärgert beißt. Als könnte ich *jetzt* die Finger von ihr lassen!

»Entspann dich, Honey! Ich muss das Gummi wechseln, mehr nicht.« Ich streichle ihre Wange und ertrinke in ihrem Blick. »Außerdem habe ich Durst und muss was trinken, du bestimmt auch. Und dann machen wir drinnen weiter.« Draußen wird es langsam zu kühl, und die ersten Mücken sind da.

Ihre Pussy zuckt zustimmend an meinem Schwanz.

»Sieh mal einer an. Das heißt wohl Ja«, sage ich grinsend.

»Das hast du gemerkt?!«, fragt sie erstaunt.

Ich bewege mich nur ganz leicht, und sie atmet sofort wieder so sexy tief. »So wie du offensichtlich das hier.«

Obwohl sie mich nach wie vor festhalten will, löse ich mich von ihr, ziehe das Gummi ab, gehe zur Packung mit den Kondomen und gebe sie ihr. »Halt das mal!«

Verwundert nimmt sie den Karton und kreischt, als ich sie hochhebe.

Ich setze sie in der Küche ab. Durstig trinke ich das Wasser direkt aus der Flasche und reiche diese dann an sie weiter. »Hier, nimm auch was!«

»Das ist eklig«, sagt sie.

»Total eklig«, wiederhole ich grinsend, nicht ihrer Meinung, denn das ist kaum anders als ihre Zunge, die eben meinen Mund erforscht hat.

Sie trinkt, und ich sehe sie an, will wieder in ihr sein, bin hart. Doch halte mich zurück. Sie ist noch nicht wieder so weit, und ich würde in zwei Sekunden kommen.

»Kann es jetzt weitergehen?«, fragt sie da, stellt die Flasche ab und packt meinen Schwanz.

»Fuck«, stöhne ich. »Lass das!«

»Warum?« Grinsend verstärkt sie den Druck. »Gefällt es dir nicht?«

Meine Beherrschung bröckelt. Ich spritze direkt in ihre Hand und werde schlaff. »Deshalb.«

»Verdammt!«, flucht sie, greift nach meinem Schwanz und macht ein enttäuschtes Gesicht, als wäre ihr Lieblingsspielzeug kaputt gegangen, denn da tut sich für den Moment nichts.

»Ich hab dich gewarnt.«

Wir wechseln ins Schlafzimmer, machen es uns im Bett gemütlich und schmiegen uns aneinander.

»Das war wirklich dein erster Orgasmus?«, frage ich sie.

»Ja.« Sie umschlingt mich, will mich, reibt sich an meinem allmählich härter werdenden Schwanz, und ich finde es fantastisch, sie ohne Gummi zu spüren. Ihre Haut warm und feucht an meiner.

»War er gut?«, frage ich sie.

»Hmm«, tut sie unentschlossen. »Ich glaube, ich muss das noch mal erleben, um mir ein Urteil zu bilden.«

»Aha«, mache ich nur und lache, weil sie so leicht zu durchschauen ist und einfach mehr will.

»Es war unglaublich«, gesteht sie.

»Was meinst du, woran es liegt, dass es jetzt geklappt hat?«, frage ich sie und ziehe mit den Fingern Kreise auf ihren Schultern.

»Du willst ja nur hören, dass es an deinen Superkräften gelegen hat!«

»Hat es das etwa nicht?«, tue ich entrüstet, fange mich aber. »Ernsthaft, Catherine, woran? Das ist wichtig. Was war anders?«

»Ich konnte loslassen. Das war es.«

»Ich denke, im Klub lässt du auch los.«

»Das ist was anderes. Und jetzt: Fragestunde beendet.«

Ich will sie dazu bringen, sich weiter bewusst zu machen, was passiert ist, damit sie das Wissen in Zukunft nutzen kann. Doch diese Frau hat den Dreh voll raus, wie sie mich dazu bringt, nach ihrer Pfeife zu tanzen. Kein bisschen devot fordert sie Sex ein, küsst mich und holt schließlich aus der Kondompackung ein neues Gummi, sobald ich eindeutig hart bin.

»Darf ich?«, fragt sie.

»Leg los!«

Ich setze mich hin, sie ist vor mir und hantiert mit dem Gummi herum. Ich lasse sie machen, küsse sie, genieße, dass sie mich berührt.

»Schau hin, ob ich das richtig mache!«, ruft sie, windet sich unter meinen Lippen und rollt das Teil über meine Erektion.

»Bestimmt«, nuschele ich und will sie zurück in die Matratze drängen. So ein Kondom ist ja keine komplizierte Sache.

»Verdammt, ich glaube nicht!«, flucht sie kichernd und rollt es wieder ab, was mich beinahe um den Verstand bringt.

»Honey, etwas zarter bitte!«, stöhne ich. »Das ist ein Penis aus Fleisch und Blut, kein Joystick.«

Sie beißt mich in die Unterlippe, bis ich sie anschaue. »Dann pass gefälligst auf, was ich hier tue!«, ermahnt sie mich.

Sehr übergriffig.

»Okay.« Dieses Mal lasse ich sie nicht aus den Augen, greife jedoch, als sie das Gummi ansetzt, zwischen ihre Beine und streichele ihre Klit. Das lenkt sie ab, und prompt will sie das Kondom falsch herum abrollen, und ich lache. »Soll ich helfen?«

»Mistkerl!«, knurrt sie, küsst mich, nimmt das dritte Päckchen und reißt es auf.

Grinsend stütze ich mich zurück auf meine Unterarme, sehe meinen Schwanz, der hart und groß und bereit steht und gleich wieder in ihr sein wird, und wie sie konzentriert das Kondom abrollt und mich schließlich Beifall heischend anschaut.

»Brav!«, lobe ich sie. »Und jetzt teste mal dein Werk!«

Breitbeinig klettert sie auf mich, lässt sich tiefer sinken und bewegt sich auf und ab. »Wow, hab ich gut gemacht!«

Ich lache und stöhne. »Fuck, ja, hast du gut gemacht, Honey.«

Es fällt mir unglaublich schwer, Catherine die Führung zu überlassen. Sie entdeckt gerade erst, was ihr gefällt, und mal ist sie mir zu schnell, mal zu langsam, und wenn das Tempo stimmt, dann ist der Moment viel zu bald wieder vorbei. Aber dafür ist ihr Anblick die ganze Zeit über perfekt. Sie auf mir, mit wippenden Brüsten, harten Nippeln und diesem herrlich ernsten, konzentrierten, fragenden Gesichtsausdruck, jedes Mal, wenn sie besonders große Lust empfindet.

Bis ich es nicht länger aushalte.

»Genug herumprobiert?«, frage ich sie, werfe sie auf den Rücken und übernehme das Tempo.

»Keine Ahnung«, seufzt sie. »Meinst du denn, ich komme noch mal?«

Ihre Pussy zuckt und pulsiert verlockend warm. »Klar«, sage ich und knabbere an ihrem Ohrläppchen. »Und dieses Mal ist der Spaß nicht so schnell vorbei.«

»Sicher? Du kommst doch, wenn ich dich auch nur anpuste.« Sie krampft ihre Beckenmuskulatur sexy zusammen, was mir kurz den Atem raubt. Die hat sie bestimmt seit Jahren trainiert, um ihre Orgasmusfähigkeit zu verbessern. Denn so was hab ich bisher nie gefühlt.

»Vielleicht«, sage ich grinsend. »Aber dafür habe ich anders als draußen auf der Liege die ganze Nacht, um über dich herzufallen. Wann immer mir danach ist.«

Gefällt ihr! Wieder krampft ihr Innerstes, dieses Mal, wenn ich raten müsste, nicht bewusst, sondern weil sie nicht anders kann.

Ich dringe tiefer in sie, spüre, wie eng sie ist, dränge mich noch weiter, will, dass sie jeden verfickten harten Zentimeter von mir spürt.

»Ich glaub, ich komme schon wie–«, setzt sie an, verstummt jedoch, als sich alles in ihr verengt und mich erneut heftig pulsierend umschließt.

Ich stoße in sie, ficke ihren Orgasmus in die Länge und muss grinsen, als sie unter mir liegen bleibt, wieder so geschafft und völlig verwundert. Wieder so absolut unwiderstehlich.

Obwohl ich nicht gekommen bin, will ich aus ihr gleiten, ihr einen Moment geben, doch da umschlingt sie mich mit ihren Beinen.

»Ich muss mich bewegen«, erkläre ich ihr rau.

»Dann beweg dich!«

Ein Schauer gleitet heiß über meinen Rücken. »Aber ich will dir nicht wehtun!«

»Das tust du nicht.«

Ich ziehe die Augenbrauen hoch.

»Na gut, ein bisschen, doch das geht gleich vorbei. Bitte, bleib!«

Diese Diskussion kann ich nicht gewinnen. Ich schiebe mich vorsichtig wieder in sie, gleite vor und zurück. Wenn es zu heftig wird, krallen sich ihre Finger schmerzhafter in meine Arme, sie schnappt nach Luft, fordert dann aber sofort mehr ein.

Eine ungewohnte Welle der Zärtlichkeit erfasst mich. Denn obwohl ich schon jede Menge guten Sex erlebt habe, der mit Catherine stellt alles in den Schatten. Ich fühle mich mit ihr verbunden, als wären wir eins. Ihre Lust ist meine und umgekehrt. Ich habe sie ganz nah an mich herangelassen. Und sie mich an sich.

Mein Höhepunkt ist zum Greifen nah, und ich gebe alles, um den Moment hinauszuzögern. Wir küssen uns, und Catherine merkt, wie viel Mühe es mich kostet, nicht zu kommen. Aber sie ist es wert, mich zurückzuhalten, denn ich will noch mal mit ihr gemeinsam diesen abgefahrenen Moment erleben.

Ihre Lippen an meinem Hals foltern mich. Jedes Mal, wenn ich in sie stoße, schlingt sie ihre Beine fester um mich, als wollte sie noch mehr von mir, was verrückt ist, weil sie schon alles hat. Und so schaukeln wir uns sanft immer weiter hoch, immer heftiger gen nächsten Orgasmus, bis sie mich wieder so anschaut, wieder diesen Blick kriegt …

»Lass los, Honey, es ist okay.«

»Ich weiß nicht, ob ich kann.«

Verdammt, sie soll aufhören zu zweifeln und sich mitreißen lassen.

»Komm einfach noch mal! Komm und bring mich auch zum Kommen!«

Meine Worte lösen ihre Blockade, sie explodiert erneut, flippt wieder unter mir aus. Und plötzlich gibt es auch für mich kein Halten mehr. Ich komme ebenfalls. *Was der Wahnsinn ist!*

»Ich würde gerne noch mal«, sagt sie leise.

Lachend streichele ich über ihren Rücken, inhaliere ihren sexy Duft. »Aber?«, frage ich, weil sie so klingt, als würde ein Einwand folgen.

»Ich kann nicht mehr.«

»Das ist okay«, sage ich, löse mich von ihr, ziehe ein Laken heran und decke uns zu, während sich unsere Körper erneut umschlingen.

Ich lausche auf ihren gleichmäßigen Atem, staune, wie alles zwischen uns begonnen hat, und muss plötzlich wieder an ihre Kündigung denken. Um die es hier eigentlich geht.

»Honey, damit bleibst du übrigens Klubmitglied. Das ist dir klar, oder?« Was mir einerseits nicht gefällt, weil sie auf diesen Mist steht. Was mir andererseits doch gefällt, weil sie gekommen ist.

Ein leichtes Zittern durchfährt sie.

»Hey, was ist denn?«, frage ich und küsse ihre Stirn. »Wieder gegen meine Entscheidung?« Schließlich gibt es nun keinen Grund, dass sie vorzeitig aus dem Vertrag austritt.

»Halt mich einfach, Ian!«

»So?« Ich ziehe sie enger an mich heran.

»Mmh«, murmelt sie, schmiegt sich an mich und schläft ein.

Doch obwohl ich müde bin, bleibe ich wach, lege ein Bein um sie, will, dass alles so bleibt, wie es ist. Aber das wird es nicht.

Ich hatte zwar den Eindruck, als könnte sie auch ohne diese BDSM-Scheiße zufrieden sein. Doch auf Dauer wird ihr das zu wenig sein.

Fuck, Honey! Schade. So schade.

12. Kapitel

CATHERINE

Dass man sich so gut fühlen kann!

Ich werde wach, spüre kühle Morgenluft im Gesicht, die von draußen durch die offenen Fenster reinkommt, Ians Wärme an meiner Seite und jeden einzelnen Knochen. Und ich fühle mich wunderbar. So als hätte mein Körper nach Jahrzehnten eine Wellnessbehandlung der Extraklasse über sich ergehen lassen.

Ich grinse.

Stimmt ja auch in gewisser Weise.

Ich drehe mich auf die Seite und betrachte Ian, der noch tief und fest schläft – auf dem Bauch, das Gesicht ins Kissen geknautscht, die Haare zerzaust, ein Arm ins Kopfkissen gegraben, den anderen um meine Hüfte geschlungen.

Für jemanden, der kein Dom ist, war der Sex unglaublich. Stellenweise absolut unschuldig und dann wieder richtig schmutzig. Und plötzlich frage ich mich, was ich eigentlich wirklich brauche. Die letzten Jahre sind meine Praktiken immer extremer geworden, aber das gestern war vergleichsweise harmlos und doch das Beste, was ich je erlebt habe. Ich liebe es, wenn ein Mann mich fesselt und ich sein

Spielzeug bin. Aber ich liebe auch, wenn ich ihn benutzen und einfordern kann, was ich will.

Ich möchte Ian nicht wecken, kann mich jedoch nicht zurückhalten und muss ihn berühren. Sanft streiche ich über seinen Rücken, fahre mit meiner Hand in seinen Nacken und schließlich vorsichtig in sein Haar.

Sein Griff um mich verstärkt sich, und er stöhnt leise. Der Laut ist so männlich zufrieden, dass mein Körper sofort reagiert. Meine Nippel werden härter, und meine Pussy zieht sich zusammen – was ein bisschen wehtut, weil ich Sexmuskelkater habe.

Dennoch kann ich nicht aufhören, genieße es, ihn zu spüren, darauf zu hören, wie regelmäßig er atmet, seinen Duft zu inhalie–

Moment mal, er atmet gar nicht mehr regelmäßig, sondern tiefer und schwerer.

Ich halte in meiner Bewegung inne. »Sorry, ich wollte dich nicht wecken«, sage ich schuldbewusst.

Ian lässt die Augen zu, lächelt jedoch. »Mach ruhig weiter, das gefällt mir. Viel besser, als von der nervigen Wecker-App aus dem Bett geschmissen zu werden.«

Ich kratze ihn.

»Au!« Seine Augen fliegen auf, aber er grinst dabei. »Wofür war das?«

»Dafür, dass du mich mit einer Wecker-App verglichen hast. Natürlich bin ich besser! Das versteht sich ja wohl von selbst!«

»Und schon fährt sie ihre Krallen aus …« Mit dem Arm zieht er mich enger, mir wird heißer, und ich schmelze dahin angesichts seines zerrupft-verschlafenen Looks. »Bist du morgens immer so?«, fragt er.

»Wie?«

»Frech.«

Ich grinse breit, mehr fällt mir dazu nicht ein. Und noch während ich das tue, schiebt er sich halb über mich, stützt sich auf und knabbert an meinem Hals. Seine Bartstoppeln kitzeln mich, und kichernd versuche ich, mich ihm zu entziehen. Was mir misslingt.

»Und so verflucht wach!«, ergänzt er.

»Oh Gott, stopp, Ian!«, japse ich. »Bitte, Erbarmen!«

Lachend weicht er zurück. Ich atme tief durch, und er sieht mich an, mit funkelnden Augen, und bevor ich was sagen kann, küsst er mich richtig. Dieser Mann versteht was davon. Seine Lippen sind eine Sexpraktik für sich, denn augenblicklich schießt neue Lust durch meinen Körper. Ich werde feuchter. Keine Ahnung, ob mein Körper bereit für weiteren weltbewegenden Sex ist, aber ich schiebe mich Ian entgegen und öffne ihm einladend meine Beine.

»Schon wieder so nass!«, murmelt er, sobald er an meine Mitte greift und meine Spalte reibt.

Ein bekanntes Glühen erfasst mich, doch zum ersten Mal frustriert es mich nicht, weil ich weiß, dass es eine Erlösung gibt.

»Kommst du an die Kondome?«, fragt er mich.

»Du thronst über mir. Solltest du das nicht eher hinbekommen?«, gebe ich zurück, verrenke mich jedoch, um zu schauen, wo die Packung liegt.

»Dann müsste ich dich allerdings loslassen. Und dafür fühlst du dich zu gut an.«

Das hat mir noch nie ein Mann gesagt, und seine Worte durchdringen mich warm. »Wo ist denn der verfluchte Karton?«, frage ich.

»Hinter dir«, keucht er.

Ich sehe ihn, will danach greifen, doch Ian hält mich auf.

»Wenn ich sie holen soll, musst du mich auch lassen«, ermahne ich ihn frustriert.

»Ich weiß«, murmelt er unter Küssen, leckt meinen Hals, knabbert an meinem Ohrläppchen, hat seine Finger in mir, bewegt sie träge vor und zurück und steigert meine Erregung. »Aber es fällt mir schwer.«

Offensichtlich!

Mit dem Fuß angele ich nach dem Lakenzipfel. Auf dem steht die Packung. Ich ziehe die Decke näher, bis ich sie ganz zu fassen kriege, schließlich an den Karton komme und ein Kondom rausfische.

»Gut gemacht«, sagt Ian und grinst. »So heiß auf meinen Schwanz?«

»Ja«, hauche ich nur.

Er macht keine Anstalten, nach dem Kondom zu greifen.

»Was ist?«

»Wirklich sicher, dass du Sex willst? Du wirst es hassen. Ich spüre doch, wie geschwollen du bist, Honey.« Er schiebt seine Finger tiefer, und für einen Augenblick kann ich nichts tun, als unter seinen Berührungen zu erzittern.

»Wenn du es mir nicht besorgst, besorg ich es mir selbst!«, rutscht mir raus.

»Ich dachte, das geht sonst nicht.«

»Mist, stimmt!«, gebe ich zu und verliere plötzlich die Lust an Sex, weil ich mich an mein altes Leben erinnere.

Ian bemerkt seinen Fehler, küsst mich jedoch weiter. »Vielleicht solltest du es üben«, meint er. »Gib mir deine Hand!«

»Ich kann doch nicht –«

»Angst, Honey?«, unterbricht er mich.

Nie!

Ich halte meine Hand hoch. »Hier, sie gehört dir!«

Grinsend legt er seine Finger über meine. »Und jetzt schließ die Augen!«

»Aber ich will dich ansehen, wenn –«

»Zumachen!«, befiehlt er.

Ich gehorche und spüre, wie er meine Hand über meinen Körper führt, was sich vertraut und gleichzeitig fremd anfühlt.

»Wie ist das?«, fragt er und lässt meine Fingerspitzen um meine Klit kreisen.

»Guuut«, stöhne ich.

»Schon mal gemacht?«

»Klar.«

»Schon mal dabei gekommen?«

Ich schüttele den Kopf und genieße, mich durch ihn wahrzunehmen. Ja, es sind meine Fingerspitzen. Doch Ian bestimmt den Druck, das Tempo, die Art der Bewegung. Und anders als ich scheint er ein viel besseres Gespür für das zu haben, was mich erregt. *Unglaublich!*

Als er aufhören will, protestiere ich. »Noch nicht!«

»Dann mach du weiter!«, sagt er und küsst mich sanft.

Allein, meint er. Das lasse ich mir nicht zweimal sagen.

Ich mache weiter, Ian stützt sich über mich auf, und wir küssen uns, was mein Empfinden intensiver werden lässt.

»Honey, wenn du dich genau so weiterstreichelst, kommst du früher oder später.«

»Glaub ich nicht.« *Das hat bisher nie geklappt!*

Er grinst. »Vertrau mir!«

Ich will erneut widersprechen, aber merke, wie mein Körper immer heißer wird. So wie ich es zum ersten Mal gestern erlebt habe.

Grinsend zieht er meine Hand weg.

»Was soll das?«, fauche ich frustriert.

»Neue Stelle«, meint er nur und nimmt wieder meine Hand.

Ich will weiter meine Klit berühren, doch stattdessen streichelt er mit mir meine Mitte, meine Innenschenkel, lässt mich spüren, wie feucht ich bin. Ich kenne all das, aber es fühlt sich durch ihn so anders an, so neu, so aufregend. Und dann führt er einen meiner Finger zusammen mit seinem Finger in mich.

»Oh Gott!«, keuche ich, lehne mich zurück und recke mich automatisch unseren Händen entgegen.

»Gut?«, fragt er.

Das weiß er ganz genau. »Krass gut!«, antworte ich und werde mit einem Kuss auf die Kehle belohnt.

»Bereit für eine Steigerung?«

Ich nicke. »Unbedingt.«

Er krümmt meine Finger.

»Himmel!«, seufze ich.

»Spürst du dich selbst?«, fragt er zufrieden lächelnd.

Ich recke mich ihm und mir weiter entgegen, und ja, ich spüre mich, erkunde mich, bringe mich zum Zittern.

Er löst seine Finger von meinen. Nun bin nur noch ich es, die sich diese Lust verschafft. Zum ersten Mal!

»Oh Gott!«, keuche ich wieder und halte inne.

Er küsst meinen Hals. »Schön weitermachen, Honey!«

Obwohl ich mich kenne, wirklich gut kenne, empfinde ich mich völlig neu. Da ist dieser eine Punkt, und sobald ich ihn reibe, habe ich das Gefühl zu sterben.

Ohne dass Ian es mir sagen muss, löse ich meine andere Hand von ihm und verwöhne nun meine Klit, so wie er es eben bei mir gemacht hat. Er zieht seine Finger ganz von mir weg, ich nehme einen zweiten dazu und spüre, wie das Zittern in mir immer heftiger wird.

»Ian!«, rufe ich mit einer Mischung aus Verwunderung und Freude.

»Ich bin hier!«, sagt er sanft, greift mit seiner Hand, die gerade in mir war, in meine Haare, und küsst mich, hungriger, als ich ihn zurückküssen kann. Denn jedes Mal, wenn das Zittern in mir stärker wird, bin ich so konzentriert, so fixiert auf mich und meine Lust, dass ich ihn glatt vergesse.

»Soll ich zählen?«, fragt er.

»Was zählen?«, presse ich verwirrt hervor, während er an meinen Ohrläppchen knabbert.

»Wie lange du bis zu deinem Orgasmus brauchst.«

Wieder erschüttert mich dieser süße Impuls, der mir sagt, wie nah ich meinem Höhepunkt bin.

»Das hat bisher nie geklappt«, keuche ich.

»Vertrau mir, Honey!«

Da ist es wieder. Dieses eine besondere Wort. Und ich weiß, das tue ich. Ich vertraue ihm. Und Ian fängt an, leise zu zählen. Nicht mal angefangen bei zehn, sondern direkt bei drei … zwei … eins …

»Oh Gott!« Während ich noch denke, wie verrückt das alles ist, was ich mit Ian erlebe, komme ich. Nicht ganz so heftig wie mit ihm, aber ich komme. Ich spüre die Erlösung, wie mein Körper erzittert, all die aufgebaute Spannung sich auflöst, wie ich schwebe und wie gut sich das anfühlt.

»Das war der Wahnsinn«, keuche ich, als die Welle über mich hinweggerauscht ist.

»Du bist der Wahnsinn!«, sagt er anerkennend und streichelt zärtlich meinen Hals, meine Schultern, meinen Bauch, meine heiße Mitte.

Ich zucke zusammen, empfinde seine Berührung im ersten Moment als zu viel, doch dann will ich Ian endlich in mir spüren. Keine Ahnung, ob ich einen weiteren Orgasmus haben kann, aber ich brauche die Verbindung zu ihm.

»Komm noch mal in mir«, flüstere ich ihm zu.

»Bist du dir sicher?«

»Jetzt habe ich extra die Kondome geholt.«

Lachend küsst er meine Nasenspitze. »Was für ein schwaches Argument!«

»Ich spüre an meinem Bauch dagegen ein sehr starkes.« Ian ist nämlich hart, verlockend hart.

»Fuck … warte!« Ian wendet sich kurz von mir ab, nimmt ein Päckchen, reißt es auf und streift sich das Gummi über. »Bereit?«

»Finde es heraus!«, sage ich, ziehe ihn näher und seufze, als er vorsichtig in mich dringt.

Ja, ich bin bereit, unglaublich bereit.

Mit jedem Zentimeter, den er mich erobert, steigt meine eigene Erregung. Und als er ganz in mir ist, stütze ich mich auf, um ihn zu küssen. Er packt mich, wir drehen uns, und ich sitze plötzlich auf ihm und lasse meine Hüften kreisen.

Ian greift nach meiner Taille und überlässt sich meinen Bewegungen, auch wenn es ihn sichtlich Mühe kostet, nicht sein eigenes Tempo durchzusetzen.

Ich rechne nicht damit, erneut zu kommen, aber ich genieße, dass ich mich so großartig und vollständig fühle wie nie zuvor. Es ist, als würde ich erst jetzt und durch Ian begreifen, wer ich wirklich bin, was noch alles in mir steckt. Als hätte ich eine geheime Powerkraft, die ich durch ihn entdeckt habe.

»Komm her!«, sagt er sanft, legt seine Hände auf meinen Rücken und zieht mich zu sich herunter.

Er bewegt nun seine Hüften und stößt in mich. Ich küsse ihn, kann gar nicht anders, brauche seinen Atem, brauche seine Erregung und kann nicht glauben, dass meine eigene wieder heftiger wird.

Wir drehen uns, und plötzlich liege ich doch wieder unter ihm, und er nimmt mich in einem sexy Rhythmus, der jede Nervenzelle von mir zum Beben bringt.

»Fuck … ich …!«

Ian kann sich nicht mehr zurückhalten. Er kommt, obwohl ich dieses Mal noch nicht so weit bin. Aber das ist in Ordnung. Schließlich habe ich ihn die Kontrolle verlieren lassen.

»Sorry, Honey«, murmelt er, als er ausgepowert zurücksinkt und mich mit sich zieht.

»Nicht schlimm.«

Er hat die Augen geschlossen, grinst. »Wie vielen Typen hast du das schon gesagt?«

»Es gibt keine Strichliste. Aber es ist wirklich okay.« Ich schmiege mich an ihn, genieße die Nähe und fühle mich nach wie vor so vollkommen wie nie zuvor. Auch ohne Orgasmus.

»Verdammt, so sollte unser letztes Mal eigentlich nicht ablaufen«, sagt er.

Alles in mir erstarrt, während seine Worte wie ein Echo im Raum hängen.

»Wie meinst du das?«, frage ich cooler, als ich mich fühle.

Sanft streichelt er über meine Haut, macht all die Dinge, nach denen ich neuerdings süchtig bin, und wirkt bedauernd, was mich besänftigt und gleichzeitig vollends verwirrt.

»Schau mich nicht so an, Catherine, Honey. Du hast nach wie vor deine Vorlieben, ich meine. Das mit uns ist nichts für die Ewigkeit.«

»Was war das hier dann für dich?«, frage ich.

»Verdammt guter Sex.«

Wo er recht hat, hat er leider recht.

»Aber merkst du nicht, dass da noch mehr ist?«, forsche ich nach, denn ich kann kaum glauben, dass nur ich diese besondere Verbindung zwischen uns gespürt haben soll.

»Vielleicht. Doch wozu es erkunden, wenn diese eine Sache zwischen uns bleibt? Du bist devot, Honey. Vielleicht kommst du mit mir klar, aber ich auf Dauer nicht mit dir.«

IAN

»Warum nicht?«, fragt sie. »Erklär es mir!«

Ich sehe die Enttäuschung in ihren Augen und hasse es.

Ja, ich würde das hier gerne weiterführen. Aber da sie devot ist, wäre sie dauerhaft nicht glücklich. Sie hätte wieder eine Sache, die ihr fehlen würde. Das will ich nicht. Sie sollte beide Seiten ihrer Lust ausleben können. Und vielleicht kann sie das jetzt sogar ohne mich. Vorhin ist sie nur von ihren Fingern gekommen. Das werte ich als gutes Zeichen.

»Es geht eben nicht«, sage ich und tätschle ihren Hintern. Bis mir bewusst wird, dass der immer noch Spuren von der Session vom Sonntag trägt, und ich damit aufhöre.

»Wie kannst du dann den Klub unterstützen? Das ist ja ein bisschen so, als würde ein Pazifist für einen Waffenhändler arbeiten.«

Ich muss lachen, dabei ist der Vergleich treffend. »Weil Reece mein Bruder ist. Darum.«

Sie runzelt die Stirn.

Versteht sie es wirklich nicht? »Ich könnte Reece mit dem Klub nicht alleine lassen. Wenn ich für ihn arbeite, ist das der beste Weg, um für ihn da zu sein. Außerdem bin ich selten vor Ort und meist im Büro. Das ist in Ordnung.«

»Und wenn du BDSM mal ausprobierst? Vielleicht gefällt es dir ja.«

Sobald ich mir vorstelle, wie ich die Peitsche schwinge und jemand meinetwegen vor Schmerz aufschreit, wird mir schlecht. »Keine Chance.«

Sie bemerkt meinen Stimmungswandel. »Reece hat dir das schon mal angeboten, oder?«

»Ein Mal? Ständig! Aber was soll ich sagen: Ich packe gerne fester zu …« Wie zu Demonstrationszwecken drücke ich sie enger an mich. »Doch ich schlage niemanden.«

»Dann muss dein Bruder als Kind mit dir ja ein leichtes Spiel gehabt haben«, sagt Catherine und versucht, die Stimmung wieder aufzulockern.

Ich drehe sie, gleite aus ihr raus, ziehe endlich das Gummi ab, bin nicht erregt, sondern schäkere mit ihr. »Keine Sorge, verteidigen kann ich mich.« Ich spanne ein paar Muskeln an. »Und wenn jemand, der mir was bedeutet, in Not ist, teile ich sogar aus. Aber ich kann niemandem einfach nur so wehtun. Es kickt mich nicht. Und zu wissen, dass es meine Partnerin anmacht, reicht mir in dem Fall nicht, um über meinen Schatten zu springen und eine Ausnahme zu machen.«

»Aber du weißt, dass es neben einem Spanking noch zig andere Dinge gibt, die man machen könnte?«

»Willst du mich um den kleinen Finger wickeln?«, necke ich sie, denn natürlich weiß ich, dass da mehr ist. »Statt mich zu überreden, auf die dunkle Seite der Macht zu wechseln: Würdest du denn umgekehrt darauf verzichten?«

Sie denkt nach. Lange. Noch länger. *Zu lange.*

»Aha!«, mache ich nur. »Damit ist die Diskussion beendet.«

»Woher kommt das?«, fragt sie.

Ein bisschen merkwürdig! »Du weißt schon, dass die meisten Leute eher fragen, warum man auf Schläge steht statt warum man nicht darauf steht …«, ziehe ich sie auf.

»Weiß ich«, sagt sie und streift mit ihren Lippen meine. »Aber ich halte dich für einen Mann, der gerne Dinge ausprobiert. Konventionen kümmern dich nicht. Was steckt also dahinter?«

Ich küsse ihre Nasenspitze. »Du willst wirklich wissen, warum ich Menschen und vor allem Frauen, die wehrlos sind, nicht schlagen kann?« Die Antwort taucht sofort vor meinem inneren Auge auf.

»Es ist was passiert?«, rät sie vorsichtig.

Ich seufze. »Ja, es ist was passiert.«

»Erzählst du es mir?«

»Es ändert nichts. Zumindest nicht für mich.«

»Ich will dich aber verstehen, Ian.«

»Warum, wenn das hier unser letztes Mal ist?«

»Vielleicht weil du mich auch so gut verstehst.«

Fuck. Da ist wirklich mehr zwischen uns als Sex. Und trotzdem nicht genug, damit es eine Zukunft hätte.

Ich setze mich aufrecht hin, fahre mir durch die Haare, hole mir Wasser vom Nachttisch und reiche ihr auch welches. Dann lehne ich mich ans Kopfteil. Catherine kommt dazu, sieht mich fragend an, und ich lege den Arm um sie, brauche sie an meiner Seite.

»Ich hab dir doch erzählt, dass ich drei Beziehungen hatte, richtig?«

Sie nickt. »Während der Highschool, an der Uni und später als Anwalt.«

»Dazwischen gab es natürlich Affären.«

»Natürlich«, sagt sie in spitzem Ton, der mich zum Lachen bringt.

Fehlt nur noch, dass sie ›du toller Hengst‹ hinzufügt. Macht sie zum Glück nicht.

Ich grinse. »Ich hatte Affären. Punkt.«

Sie nickt. »Okay, und dann?«

»Eine meiner ersten war mit Rita. Wir haben uns in einer Bar kennengelernt, geflirtet, uns gut verstanden. Es war klar, dass wir nicht heiraten werden. Doch das war in Ordnung. Wir waren beide auf Spaß aus, und wir hatten Spaß.«

»Aber?«

»Was ich nicht wusste, war, dass sie einen Freund hatte. Der arbeitete auf einer Bohrinsel, kam alle paar Monate nach Hause.« Ich schlucke. »Und schlug sie grün und blau.«

»Oh mein Gott! Was?!«

Ich bin erleichtert, dass Catherine so schockiert reagiert und nicht zu denen gehört, die häusliche Gewalt herunterspielen. Es ist eben ein Unterschied, ob man geschlagen wird und das will oder ob man geschlagen wird und darunter leidet.

Tief durchatmend reibe ich mir über das Gesicht und versuche, die Bilder von damals loszuwerden. Aber ich kriege sie nicht weg. Das hab ich nie.

»Der Mistkerl hat es verstanden, sie so zu züchtigen, dass man an Gesicht und Armen nichts sah«, erzähle ich weiter. »Niemand bekam etwas mit.«

»Du auch nicht?«

»Nein, am Anfang der Affäre nicht.«

Sie schmiegt sich an mich, schlingt ihre Arme um meinen Hals, und es tut gut, sie zu spüren. Warm und heil.

»Wodurch hat es sich geändert?«, fragt sie leise.

Obwohl es lange her ist, erlebe ich den Moment so unmittelbar wie damals. »Als ihr Freund kurz Urlaub hatte und bei ihr war, mussten wir unsere Treffen aussetzen. Sobald er zurück auf der Bohrinsel war, haben wir uns wieder getroffen. Aber sie war seltsam, zurückhaltend, defensiv. Ich hab es darauf geschoben, dass sie ihren Freund vermisst – und hab sie bedrängt, dass ich sie gerne über ihren Verlust hinwegtrösten würde.« *Ich war so ein Arsch. Nur auf meine Befriedigung aus. Unsensibel. Nicht unbedingt meine Sternstunde.*

»Hey, das ist doch nicht deine Schuld. Woher solltest du wissen, was wirklich los war?«, wendet sie ein und versucht, die Stimmung aufzulockern. »Davon mal abgesehen, dass du Scheißkerl einer Frau beim Seitensprung geholfen hast«, tadelt sie mich scherzhaft.

»Schuldig«, gebe ich etwas leichter zu.

»Ich nehme mal an, du hast sie rumgekriegt?«

»Hab ich«, sage ich. »Wir hatten Sex im halb dunklen Flur ihrer Wohnung, schnell und schmutzig gegen die Wand. Man sah kaum was. Es war heiß. Sie war heiß.«

Wieder wird mir übel, und ich streichele Catherines unversehrte Haut, mag ihre Wärme und wie sie mir durch die Haare fährt. Tröstlich und sinnlich zugleich.

»Und dann?«, fragt sie.

»Am nächsten Morgen änderte sich alles. Ich war über Nacht geblieben. Die Sonne schien und hatte mich geweckt. Ich hab Rita zu mir heranziehen wollen und dabei die Abdrücke auf ihrem Hintern und ihrem Rücken entdeckt. Dunkle Blutergüsse, von der üblen Sorte.«

Ich muss die Augen schließen, doch die Bilder werden deutlicher, also reiße ich sie wieder auf und sehe zu Catherine.

»Du dachtest, du hättest das gemacht?«, rät sie.

»Ja, dachte ich.« Erneut steigen all die Gefühle von damals in mir auf. Die Angst, die Sorge, der Ekel vor mir selbst. »Doch als sie wach geworden ist, hat sie mich angelächelt, als wäre alles super. Als würde ich mir das nur einbilden. Das fand ich krank.«

»Scheiße!«, sagt sie nur und schlingt die Arme enger um mich.

»Wir hatten einen Streit«, erzähle ich weiter. »Dabei hat sie allen Ernstes so getan, als wäre gar nichts. Aber damit hat sie mich nicht beruhigt, sondern mir mehr ihrer Haut bei Tageslicht gezeigt. Was mir endgültig den Rest gegeben hat. Ihr Hintern war blau, ihre Rippen geprellt, ihre Oberschenkel mit Blutergüssen überzogen. Ein Abdruck war auf ihrer Brust. Ich schwöre, er hatte etwa die Größe meiner Hand. Sie wollte wieder mit mir schlafen, aber ich konnte nicht.«

»War es das dann?«

Ich schüttele den Kopf. »Ich hab mit Reece darüber gesprochen, was im Streit endete. Zu der Zeit hatte er angefangen, all das BDSM-Zeug zu entdecken, und er meinte allen Ernstes: Wenn sie sagt, dass es okay ist, dann ist es okay. Ich sollte einfach den tollen Sex genießen. Er hat es gut gemeint, doch das war nicht, was ich brauchte. Das war noch kranker.«

»Du hast die Affäre trotzdem nicht beendet?«

»Nein, dämlich, oder?« Das fällt in die Kategorie der wenigen Dinge, die ich im Leben bereue.

»Ein bisschen«, sagt sie, was mich seltsamerweise nicht aufregt, sondern erleichtert. Sie hätte mir damals wohl nicht geraten, was Reece mir geraten hat, sondern das ernst genommen.

»Es ging weiter, aber der Sex veränderte sich. Ich wurde vorsichtiger, hab mich zurückgenommen, wurde sanfter. Das fand sie wiederum nicht so geil. Bis sie meinte, sie sei nicht aus Zucker, ich solle sie gefälligst wie eine richtige starke Frau behandeln. Daraufhin ist es aus mir herausgeplatzt, dass sie, wenn sie so stark wäre, ihren Mann verlassen sollte. Und das hat sie wiederum nicht verstanden.«

Unzählige Diskussionen fallen mir wieder ein.

»Ich weiß von Reece, dass der schwächere Partner letztlich die Macht hat, denn er definiert die Grenzen. Rita wollte das genauso sehen. Doch Fakt war nun mal, dass sie ihrem Mann nicht explizit erlaubt hat, sie zu schlagen, er hat es einfach getan. Und das war nicht in Ordnung. Auf gar keinen Fall.«

»Aber wenn du den Unterschied zwischen echter Gewalt und freiwilliger sexueller Unterwerfung kennst, warum kannst du dann nicht –?«

»Weil es mich nicht anmacht«, unterbreche ich sie wütend. »Weil ich vielleicht auch Angst habe, dass was schiefgehen kann. Weil ich die Verantwortung scheue. Keine Ahnung, Catherine. Aber es ist für mich ein Tabu, eine Grenze, die ich nicht überschreiten werde.« Ich umschlinge sie fester. »Sorry. Ich mag dich wirklich gerne, verurteile dich nicht für deine Neigungen und bereue nicht, was passiert ist. Es hat sich verdammt gut angefühlt. Aber ich kann es nicht weiterführen.« Ich küsse sie wieder, nicht mehr auf den Mund, sondern die Wange.

»Nicht mal ein Klaps auf den Hintern ist drin?«

»Nicht mal das.« Ich lache leise. »Du müsstest doch besser als die meisten Leute wissen, wie es ist, wenn Grenzen übertreten werden. So wäre das für mich. Würdest du das wollen? Könntest du das verantworten?«

Sie schüttelt den Kopf. »Nein.«

Jetzt wäre der Moment, um mir zu sagen, dass sie auf das Ausleben ihrer Neigungen verzichten könnte. *Wie schwer kann das sein?* Leider tut sie das nicht. *Warum auch? So kurz wie wir uns erst kennen.* Aber immerhin bleibt mir die Gewissheit, dass ich der erste Mann war, der sie zum Kommen gebracht hat. Dadurch wird sie mich nie vergessen und ich sie nicht. Sexy, kinky Catherine Malone.

»Sehen wir uns denn in Zukunft?«, fragt sie schließlich.

»Wenn du den Klub noch mal verklagst …«, beginne ich scherzhaft und streiche über ihre Arme. »Oder durch Zufall im Tease & Please.«

»Das wäre aber ein großer Zufall. Wir sind uns bisher auch nie über den Weg gelaufen.«

»Ja, das wäre es«, gebe ich zu.

Sie schmiegt sich an mich, atmet wieder tief durch. »Ich will dich nicht loslassen, Ian.«

Ich lege mein Kinn an ihren Kopf. Mir geht es ähnlich, denn dann ist das hier zwischen uns vorbei. Und das wird es früher oder später sein …

Mit einem Ruck löse ich mich. »Na los, Catherine, hopp, hoch mit dir! Ich mach uns Frühstück, du kannst zuerst ins Bad, und dann ruft das Leben!« Mit all seiner Pracht – und ohne diese spannende Frau. Egal wie sehr ein Teil von mir sie nach wie vor will. Heftig will.

13. Kapitel

CATHERINE

Seltsam, wie eine Nacht so vieles verändern kann, wie gute und schlechte Momente so nah beieinanderliegen können. Ich werde Ian vermissen, aber ich weiß, dass der Abschied richtig ist. Ich respektiere, dass Ian meine Welt ablehnt. Und ich weiß, dass ich nicht auf sie verzichten kann – auf ein sexy Spanking, das warme Kribbeln auf der Haut und das Gefühl, dem anderen komplett ausgeliefert zu sein.

»Halt mich noch mal!«, sage ich, als ich nach dem Frühstück abmarschbereit bin.

Ian zieht mich an sich, eng und so, dass möglichst viel von seinem Körper möglichst viel von meinem berührt. Draußen pfeift der Wind um das Haus. Das Meer tobt. Die Sonne scheint. Wolken rasen am Himmel entlang, verändern permanent ihre Form. So wie sich alles ändert.

»Nein, noch nicht«, sage ich, als er sich lösen will.

»Honey, irgendwann muss ich dich loslassen.«

»Ja, aber noch nicht.«

Er seufzt, verstärkt jedoch seinen Griff und legt seinen Kopf behutsam auf meinen. »Du solltest nicht so an mir hängen, Catherine.«

»Ich weiß. Trotzdem.«

Mist, was rede ich denn da?! Ich atme noch mal seinen Duft ein, versuche, mir jedes Detail des Moments einzuprägen.

»Komm, lass mich los!«, verlangt er sanft.

»Ich soll es zuerst tun?!« Erschrocken sehe ich zu ihm auf.

»Da du mich nicht lässt: ja.« Er beugt sich an mein Ohr. »Na los, sei ein braves Mädchen.«

Ich schlucke, reibe meine Nase an seiner Schulter. »So funktioniert das nicht. Wenn ich ein braves Mädchen bin, werde ich belohnt. Ohne Aussicht auf was Schönes muss ich mich auch nicht benehmen.«

Lachend kämmt er mir durch die Haare. »Ich werde eine Notiz in deiner Akte hinterlassen. Für die nächste Session. Also?«

Ich will darum streiten, ihn länger zu halten. Außerdem ist eine Belohnung von irgendjemandem nicht das Gleiche wie eine Belohnung von Ian. Aber ich weiß, ich muss ihn loslassen. Es ist das Beste. Bevor der Abschied noch schmerzhafter wird.

»Blödmann!«, fauche ich und löse mich.

»Hey, für fiese Beleidigungen gibt es keine Beloh–«

Belohnung will er sagen, doch ich will nicht noch einen dieser neckenden Wortwechsel mit ihm, drehe mich hastig um und renne fast aus dem Haus.

Ich bin aufgewühlt, zugleich fühle ich mich so ruhig und konzentriert wie nie zuvor. Weil ich zum ersten Mal in meinem Leben diese innere Anspannung los bin.

Dank Ian.

***

Als ich bei Blue Sky ankomme, hält das Gefühl an. Zunächst recherchiere ich weiter, was Matthew hinter meinem Rücken angestellt hat, sammele Beweise und denke über eine groß angelegte Umstrukturierung nach. Auch die Termine am Nachmittag meistere ich mit Bravour. Ich habe einen wirklich guten Tag.

Auffallend gut.

»Sag mal, nimmst du irgendwas?«, fragt Nora mich.

»Wie meinst du das?«

»Du strahlst so.«

»Ähm, nein, ich trinke die gleichen grünen Detox-Drinks wie immer.«

»Oder bist du schwanger?«

»Nicht dass ich wüsste.«

»Was ist es dann?«, hakt sie nach.

Ich hatte Sex, denke ich im Stillen, werde das jedoch nicht laut sagen. *Mit einem tollen Mann.* Auch das behalte ich für mich.

»Keine Ahnung, vielleicht hab ich nur mal länger schlafen müssen.«

»Mehr ist da echt nicht?«

»Nein.«

Dabei hat diese eine Nacht alles für mich geändert.

***

Als ich gegen 20 Uhr Feierabend mache, bin ich immer noch voller Energie. *Premiere!*

In Feierlaune öffne ich mir zu Hause eine Flasche Weißwein und bestelle Pizza. Ich denke an Ian, der dafür verantwortlich ist, dusche, esse und mache es mir mit einem Liebesfilm im Bett gemütlich.

Immer öfter muss ich an Ian denken.

Ich vermisse ihn, wird mir klar.

Ich vermisse ihn richtig heftig.

Aber davon will ich mir die Laune nicht verderben lassen. Jetzt, da ich weiß, dass ich doch Orgasmen haben kann, will ich meinen Körper erkunden.

Ich fahre mit meiner Hand unter die Bettdecke, und sinnlich, wie ich es mit Ian geübt habe, umkreise ich mit meinen Fingern meine Klit, reize mich, necke mich, wecke jede Faser meines Körpers.

Heißes Verlangen steigt in mir auf. Der Film läuft weiter, doch ich bekomme nicht mit, was dort passiert. Ich sinke tiefer in meine Kissen, und mit geschlossenen Augen dringe ich mit zwei Fingern in mich ein und verwöhne mich. Die Vorstellung, dass Ian mir dabei zuschaut, sorgt für zusätzliche Hitze. Meine Pussy zuckt bereits.

Gott, ja, wie schön! Endlich!

Ich komme diesem erlösenden Pulsieren immer näher, sehne den Moment mehr und mehr herbei, kann es kaum noch erwarten, bin so weit. Bin so was von bereit.

Doch etwas ist anders …

Mein Körper brennt wie eh und je. Nein, sogar heftiger.

Aber ich komme nicht.

IAN

Am liebsten würde ich im Strandhaus bleiben. Doch jetzt ist es der Ort, an dem ich mit Catherine geschlafen habe. Ich sehe sie förmlich vor mir. Sie und ihren blauen Hintern. Nicht unbedingt das, was man unter einer Auszeit versteht!

Dazu kommt, dass ich sie vermisse.

Ich stehe hinter meiner Entscheidung, das mit ihr beendet zu haben, bevor es überhaupt begonnen hat. Dennoch fehlt sie mir.

Um auf andere Gedanken zu kommen, packe ich am nächsten Tag meine Sachen zusammen und fahre zurück in die Stadt.

»Na, Auftrag erfüllt?«, fragt Reece grinsend, als er im Büro vorbeischaut.

Fragend ziehe ich die Augenbrauen hoch.

»Ich hab gerade in Catherines Akte gestöbert. Du Oberschwanz hast unsere störrische Madame zum Höhepunkt gebracht. Glückwunsch.«

»Leck mich!«, knurre ich nur, weil ich Oberschwanz gleich auf seine italienischen Schuhe kotzen muss, wenn er noch mal so über Catherine spricht.

»Hast du dir 'nen Tripper eingefangen?«, scherzt er. »Oder bist du untervögelt, weil sie dich für ihre Orgasmen missbraucht, dir aber keinen gegönnt hat?«

»Lass den Scheiß!« Bevor ich selbst kapiere, was ich hier tue, habe ich ihn am Kragen gepackt und gegen die Wand gedrückt.

»So empfindlich?«, feixt er keine Spur eingeschüchtert von meinem Gehabe.

»Ja, so empfindlich«, gebe ich gefährlich leise von mir. Und wenn er noch einen dummen Kommentar von sich gibt, dann poliere ich ihm die Fresse, bis er seine Nahrung nur noch durch einen Schlauch aufnehmen kann.

Zum Glück erkennt er den Ernst der Lage und runzelt verwirrt die Stirn. »Sorry, Mann! Was ist zwischen euch passiert?«

»Nichts.«

Die Stirnrunzeln werden tiefer, sodass ein Schönheitschirurg Botox spritzen müsste, um sie wegzubekommen.

»Bis auf den Sex nichts«, schiebe ich hinterher und verrate damit nicht mehr, als er eh schon weiß.

»Und der war gut?« Das Grinsen ist zurück. »Vielleicht solltest du dir in Zukunft doch öfter devote Frauen nehmen.« *Echt jetzt?*

»Vielleicht legst du es in Zukunft darauf an, verprügelt zu werden. Von einem Typen statt deiner kleinen falschen Domina. Was ist los mit dir?«

Aber Reece lässt sich nicht von mir einschüchtern. Stattdessen wird sein Grinsen noch breiter. *Der Vollarsch.*

»Du magst sie«, stellt er fest.

»Sie ist eine interessante Frau«, gebe ich in meinem besten Diskussion-beendet-Tonfall zu.

»Habt ihr auch rumgeknutscht?«, hakt er nach.

Mein Griff wird fester. *Was ist los mit Reece?*

»Hast du sie in den Arm genommen?«

Meine Muskeln zucken.

»Und ihr ständig die Haare zerzaust?«

Genug ist genug. Ich will ausholen und ihm eine verpassen. Aber Reece sieht den Schlag kommen und hält mich am Arm fest.

»Gut für dich«, sagt er nur.

»Soll das ein Witz sein? Wenn ja, dann ist er nicht lustig. Wir hatten Sex und das war's. Ende der Geschichte«, sage ich schroff und gehe auf Abstand, bevor ich noch mal die Kontrolle verliere. »Und jetzt verpiss dich und lass mich meinen Job erledigen. Ist bestimmt einiges liegen geblieben?«

»Ein bisschen. Ja. Audrey wollte mit dir den Termin für die Einführung des neuen Sicherheitssystems abstimmen.«

»Sonst noch was?«

»Ein paar Vertragssachen, mehr nicht.«

»Wundervoll.« Ich setze mich an meinen Schreibtisch und fahre meinen Computer hoch.

»Wenn ich aber noch was hinzufügen darf?«

Jetzt so nett? »Du meinst, ohne dass ich dir dafür eine reinhaue?«

»Ganz genau.«

Ich lehne mich in meinem Stuhl zurück, verschränke die Arme und wippe leicht. »Nur zu, du alte Plaudertasche!«

»Seit Catherine Malone Klubmitglied ist, war sie jeden Tag im Klub.«

»Und? Erzähl mir was, das ich nicht weiß.«

»Als du ihren Weg gekreuzt hast, gab es eine Pause.«

»Logisch, weil sie kündigen wollte.«

»Und auch gestern war sie nicht da, nachdem sie eine Nacht bei dir war«, erklärt Reece.

Ich wette, weil ihre Pussy etwas Ruhe braucht. Oder weil Catherine sich selbst verwöhnt hat. »Aber?«, hake ich nach. »Komm zum Punkt, Reece, ich hab hier noch was zu tun.«

Er räuspert sich. »Heute Morgen hat sie sich für die gesamten nächsten zwei Wochen eingebucht. So weit im Voraus, wie wir es maximal erlauben.«

»Sie spielt also wieder im Klub. Und?« Das wundert mich nicht. Sie hat deutlich gemacht, wie wichtig ihr das Ausleben ihrer Neigungen ist. Und jetzt, da sie weiß, dass sie Orgasmen haben kann, wird sie so einiges neu ausprobieren wollen. Ohne mich.

»Das ist für dich in Ordnung?«, fragt Reece überrascht.

Zu wissen, dass sie sich verprügeln lässt? Scheiße, nein! Zu wissen, dass sie nun, da sie den Dreh raus hat, einen Orgasmus nach dem anderen haben wird? Von fremden Männern? Fuck, auf keinen Fall!

Aber mit welchem Recht geht es hier um mich?

»Sicher, alles in Ordnung«, lüge ich.

14. Kapitel

CATHERINE

Mein Leben kommt mir vor, als hätte ich Jahresurlaub gemacht. Wer kennt das nicht? Erst ist man total ausgelaugt. Dann kehrt man vollgetankt mit Energie zur Arbeit zurück, hat richtig viel Schwung. Und nach wenigen Tagen, beziehungsweise bei mir ist es eine Woche, ist man wieder im gleichen alten Trott, ohne dass man es verhindern kann.

Was das heißt?

Ich bin erneut unkonzentriert.

Ich sehne mich wie eh und je nach Befriedigung.

Die Besuche im Tease & Please bringen nichts.

Und – das ist allerdings neu – ich träume jede Nacht von Ian Randall. Dem Mann, der mein Leben komplett auf den Kopf gestellt hat.

Klasse!

Als würde das nicht genügen, muss ich weiter ertragen, dass Richard mich im Hintergrund diskreditiert und dass aufgrund von Bankrottgerüchten der Aktienkurs von Blue Sky in den Keller rauscht.

Hinter meiner Stirn pochen Kopfschmerzen, und ich kann nicht fassen, dass sich mein Leben innerhalb von nur einer Woche erneut so dramatisch entwickeln konnte. Ich sehne mich nach einer Auszeit, träume von den Stunden am Meer und wie schön es war, einmal loszulassen. Aber die Realität sieht ganz anders aus.

Es klopft an meiner Bürotür, und ich speichere die aktuelle Analyse und schaue auf. »Richard, was gibt es?«, wende ich mich an meinen Finanzchef.

»Der Aufsichtsrat will dich sehen.« Wortlos klatscht er mir einen Bericht auf den Tisch. »Deshalb.«

Meine inneren Alarmglocken schrillen. Das Datum auf dem Bericht ist eine Woche alt, aber ich kenne kein einziges Wort davon.

Sofort lasse ich alles stehen und liegen und gehe zum Konferenzraum, wo alle unsere Sitzungen stattfinden.

»Meine Herren«, begrüße ich die Runde. »Wenn Sie mir nicht die nächsten Stunden vorlesen wollen, was in dem Bericht steht, dann muss ich Sie auf einen späteren Termin vertrösten.«

»Sie hatten genügend Zeit, das zu lesen«, ermahnt mich Joseph, der Vorsitzende des Aufsichtsrates.

Mein Herz hämmert in meiner Brust. *Nie im Leben habe ich diesen Bericht übersehen. Ja, ich mag viel um die Ohren haben, aber so verpeilt bin ich nicht.*

»Und ich brauche noch einen Tag«, gebe ich möglichst beherrscht zurück. »Ich habe von dem Bericht gerade erst erfahren.«

»Sie hat es wirklich nicht im Griff«, murmelt ein Typ aus Texas, leider so laut, dass man es nicht überhören kann.

Ich lächele freundlich, obwohl ich innerlich explodiere. »Was war das bitte?«

»Wir sind froh, dass uns Ihr Kollege so gut auf dem Laufenden hält. Wenigstens einen interessiert das Wohl von

Blue Sky und die Zufriedenheit der Aktionäre«, meint wieder Joseph. »Es scheint, als seien Sie in letzter Zeit anderweitig beschäftigt, Miss Malone.«

Worauf zum Henker will er hinaus? Dass ich schlafe? Das tun wir alle. Wir sind schließlich Menschen!

Abwartend runzele ich nur die Stirn, bis mir jemand Fotos reicht. Von Ian und mir. Vor einer Woche. Lachend am Strand.

Meine Gefühle fahren Achterbahn. Weil ich mich an den schönen Moment mit Ian erinnere. Weil ich ihn vermisse. Und weil ich nicht fassen kann, dass jemand aus der Firma anscheinend einen Privatdetektiv beauftragt hat, mich zu überwachen, um Schwachstellen zu finden, die er gegen mich verwenden kann. Richard, wenn ich raten müsste.

»Ja, ich habe ein Privatleben«, entgegne ich ruhiger, als ich mich fühle. »Das haben Sie doch wohl auch.«

»Sicher«, ergreift wieder der Texaner das Wort. »Allerdings nicht unter der Woche, vormittags um neun.«

Punkt für ihn. Aber so leicht gebe ich nicht auf.

»Warum nicht?«, frage ich zurück. »Wenn ich es dafür nicht am Sonntag um neun habe, weil ich da gearbeitet habe?«

Finstere Blicke treffen mich.

Nicht gut.

»Hören Sie, ich werde das jetzt lesen, ob Ihnen das zeitlich passt oder nicht. Denn ich sehe den Bericht heute zum allerersten Mal und werde mich nicht zu einem Sachverhalt äußern, über den ich nicht Bescheid weiß. Wenn Sie Ihren Job machen, dann prüfen Sie doch bitte, wie es passieren konnte, dass ich diese Dokumente erst so spät zu Gesicht bekomme.«

»Gut, bis morgen geben wir Ihnen Zeit«, sagt Joseph zum Glück einlenkend.

»Bis morgen?«, wiederhole ich, weil das verflucht knapp ist.

»Diese Sachen dulden keinen Aufschub. Wir kommen Ihnen entgegen, Sie uns.« Er räumt bereits seine Unterlagen zusammen. »Andernfalls war es das mit Ihnen auf dieser Position, und wir benennen jemanden, der vertrauenswürdiger ist.«

Etwa Richard?! Bloß nicht! Ich nicke. »Danke. Dann bis morgen!«

Zurück in meinem Büro lese ich den Bericht in Ruhe durch und verstehe, warum der Aufsichtsrat besorgt ist. Einige Projekte, die ich nicht direkt koordiniere, sondern Managern übertragen habe, laufen unrund. Das bis morgen zu erklären wird alles andere als leicht, ist jedoch nicht unmöglich. Schließlich habe ich neulich schon vorgearbeitet. Es wird Zeit, die Fehler bei Blue Sky anzugehen.

Ich sitze an dem Bericht, bis meine Konzentration nachlässt, und völlig durch den Wind mache ich gegen elf Uhr Schluss und fahre wie die anderen Tage auch ins Tease & Please.

Es ist nie clever, so unter Strom zu spielen. Aber ich will für einen Moment die Aus-Taste drücken, brauche das, will einen Orgasmus und – wenn ich ehrlich zu mir selbst bin – will ein bisschen von dem Gefühl zurück, das ich bei Ian hatte. Irgendwie war an seiner Seite alles leichter. Und heute Abend brauche ich das. Unbedingt. Um morgen zu retten, was zu retten ist.

IAN

Ich vermisse Catherine.

Mehr als ich es für möglich gehalten hätte.

Den Sex, ihre frechen Kommentare, sie.

Und dabei ist gerade mal eine Woche vergangen, seit ich sie das letzte Mal gesehen habe.

Als Firmenanwalt habe ich Zugang zu allen Systemen. Dort ist protokolliert, wer sich wann wie wo anmeldet. Für Abrechnungen, Auswertungen, Verbesserungen. Dabei sind die Kunden natürlich nur Nummern. Aber ich kenne die von Catherine auswendig. *834793CaMa.*

Frustriert überprüfe ich ihre Aktivitäten, halte es für ein gutes Zeichen, dass sie heute noch nicht im Klub war. Bis ich sehe, dass sie sich gerade registriert hat. Ungewöhnlich spät, selbst für ihre Verhältnisse.

Irgendwas stimmt nicht. Es ist nur eine Ahnung, aber die lässt sich nicht abschütteln.

Ich ignoriere meine Müdigkeit und fahre ebenfalls zum Tease & Please.

***

»Also, so oft, wie du in letzter Zeit hier vorbeischaust, könnte ich fast denken, in dir steckt doch einer der Perversen«, zieht mich Reece auf, als er mich entdeckt.

Es ist nicht voll. Ein normaler Wochentag. Aber es ist auch nie leer.

»Ja, ein ganz spezieller Perverser«, antworte ich und schaue mich um. *Einer, der auf Catherine Malone steht.*

»Sie spielt am Andreaskreuz«, sagt Reece.

»Wer?«, gebe ich irritiert zurück und scanne weiter die Gäste.

»Die Frau, nach der du suchst.«

»Woher weißt du, wen ich suche?«

Er grinst. »Seit wann kennen wir uns?«

Okay, das ergibt Sinn. »Und wieso hast du ein Auge auf sie?«

»Weil ich weiß, dass sie dir wichtig ist. Also ist sie jetzt auch für mich wichtig.« Ich will weiter, aber er hält mich auf. »Was ist im Strandhaus wirklich passiert?«

Alles in mir zieht sich zusammen, als ich an diesen perfekten Abend, die perfekte Nacht und den perfekten Morgen danach denke. »Du weißt, was passiert ist«, sage ich.

»Ihr hattet Sex. Ja, hast du erzählt. Und weiter?«

»Was meinst du?«

»Sie war direkt danach nicht hier, dann war sie es und wirkte verändert, gelöster, ruhiger, aber heute –«

Alles in mir versteift sich. »Was?«

»Heute ist sie wie immer. Eine kleine Sub, die alles mit sich anstellen lässt und – wenn ich das hinzufügen darf – nicht kommt. So wie die anderen Tage auch nicht.«

»Echt?!« Das überrascht mich.

Er grinst. »Du Orgasmunator. Was auch immer dein Trick ist, bitte verrat ihn mir.«

»Ha, ha«, mache ich nur.

Ich lasse meinen Bruder stehen und gehe zum Andreaskreuz. Und da ist sie. Catherine. Nackt, erregt, feucht, wie so oft, kurz davor zu kommen. Aber etwas blockiert sie. Was ich nicht verstehe, weil ich dachte, sie hätte endlich begriffen, was sie tun muss, um loszulassen.

Statt mich in Ruhe zu lassen, ist Reece mir gefolgt und beobachtet sie nun ebenfalls, was mir nicht passt. So wie mir die anderen Paare missfallen, die immer wieder interessiert zu ihr schauen.

»Warum spielen sie in keinem der Räume?«, frage ich gereizt.

»Dan wollte das so.«

Ihr heutiger Dom? »Mmmh«, brumme ich.

»Zuschauer sind kein Tabu von ihr. Das weißt du.«

»Klar.« *Muss mir ja trotzdem nicht gefallen.*

Ich sehe, wie Dan ihr Nippelschmuck anlegt, der mit einer Kette verbunden ist.

Catherine windet sich – vor Schmerz, nicht vor Lust. Was augenblicklich dafür sorgt, dass mir die Haare zu Berge stehen.

»Und jetzt?«, meint Reece. »Happy, dass sie keucht, stöhnt und schwitzt? Oder willst du selbst spielen? Ich bin mir sicher, dass Dan dich mal ranlässt.«

Mir wird schlecht. *Um ihr wehzutun? Am Kreuz?* »Keine Chance.«

»Oder wenn du sie nur ficken willst …«

Mein Schwanz zuckt. *Vielleicht.*

Aber das Blöde ist, ich will sie ficken und gleichzeitig lieben. Ich will, dass sie mir dabei in die Augen schaut und die nicht wie im Moment geschlossen hält. Ich will, dass sie bei mir ist und sich nicht von der Wirklichkeit entfernt und in eine Traumwelt aus Lust und Schmerz flüchtet. Ich will ihre Wärme auf meiner Haut, ihren Duft in meiner Nase, ihren heißen Atem in meinem Gesicht – und ich will, dass sie weiß, dass es nur einen Ort auf der Welt gibt, an den sie gehört. Zu mir.

Abgefahren!

»Was ich jetzt brauche, ist was zum Trinken«, sage ich und steuere die Bar an.

»Whiskey?«, fragt Reece.

Ich schüttele den Kopf und reibe mir müde die Augen. »Tee. Schwarz.« Etwas, das mich wach hält und gleichzeitig runterbringt.

»Hat dich etwa diese Gesundheitswelle erfasst?«, witzelt mein Bruder.

»Ha, ha«, mache ich humorlos.

Er legt mir eine Hand auf die Schulter. »Warum bist du wirklich hier, Ian? Alles geht mit rechten Dingen zu, wie immer.«

Gute Frage! Eine Million Dollar für die Antwort!

Ihretwegen.

Wobei ich dann auch zu ihr nach Hause hätte fahren können. Ich kenne ihre Adresse. Oder ich hätte sie anrufen oder sie bei Blue Sky in der Mittagspause treffen können. *Warum fahre ich ausgerechnet in den Klub, wo ich mir ansehen muss, wie sie diesen abgefuckten Scheiß mit sich anstellen lässt?*

»Vielleicht sollte ich es doch probieren«, sage ich mehr zu mir als zu meinem Bruder.

»Was? Dominant sein?« Sonst reißt Reece immer Witze drüber, aber nun mustert er mich eindringlich.

»Warum so überrascht? Seit Jahren ziehst du mich damit auf. Vielleicht macht es mir ja Spaß.«

»Für sie?«, fragt er.

Die bloße Vorstellung mit Catherine allein zu sein, erregt mich. Diese Frau macht mich hart. Und sie weckt noch zig andere Gefühle in mir. »Für sie«, gebe ich leise zu. *Für wen sonst?*

Auf Reeces Wink hin taucht Violet auf, eine der Subs im Klub. »Lust, meinen Bruder als Dom zu entjungfern?«, fragt er scherzhaft.

»Scheiße, ja!«, ruft sie begeistert. Alle stehen auf Reece, und da der nun mit Audrey spielt, bin ich der naheliegende Ersatz.

»Na dann, ab mit euch ins Spielzimmer, ihr zwei Hübschen!«

Ich kann kaum glauben, was ich da tue, aber ich werde das durchziehen. Ich bin im Tease & Please. Die Frau, die ich begehre, ist ebenfalls hier, und obwohl es mir nicht behagt, bin ich bereit, mein eigenes Tabu zu brechen. Für sie.

Außerdem: Wie kann ich es mögen, fester zuzupacken, mit meinen Nägeln Spuren auf Catherines Haut zu hinterlassen, sie so zu küssen, dass sie Knutschflecken bekommt, doch ein Klaps auf den Hintern, der nicht mal eine rote Stelle hinterlässt, der ist nicht drin? Das ergibt keinen Sinn. *Zeit, die Grenzen neu zu ziehen!*

Violet und ich besetzen eines der Spielzimmer.

»Du weißt, was du zu tun hast?«, fragt sie.

»Auch wenn es sich für mich seltsam anfühlt, ja, ich kenne die Abläufe.« Ich gehe zum Panel im Zimmer und lese mir ihre Dos & Don'ts durch. »Bereit?«, frage ich sie.

»Bereit, Sir.«

»Hinknien!«, befehle ich, spüre dabei jedoch nach wie vor nichts.

Violet gehorcht dagegen mit einem zufriedenen Seufzen. *Immerhin!*

»Arme auf den Rücken!«

Sie macht mit.

»Und jetzt lass deine Hände genau dort, ohne dass ich sie zusammenbinden muss, verstanden?«, sage ich, weil ich mir unsicher bin, ob ich sie fesseln soll oder nicht.

Sie nickt und schluckt, mag, was ich tue. Ich höre ihren schneller gehenden Atem, so als wäre sie bereits erregt, als würde ihr das hier gefallen, während ich nichts fühle, absolut nichts. Ich könnte genauso Gemüse für ein Essen schnippeln. Oder Playstation spielen. Erregungspotenzial null.

Was nun?

Die Antwort wird mir abgenommen. Gerade als ich überlege, mir als Einstieg von ihr den Schwanz lutschen zu lassen, fliegt hinter uns die Tür auf und Reece erscheint.

»Willst du etwa zusehen, wie ich meine erste Session absolviere?«, frage ich ihn angepisst. »Oder glaubst du, ich brauche eine Anleitung?«

Er atmet schwer und fährt sich durch die Haare, und mir wird klar, dass ihn zero interessiert, was ich hier treibe. Etwas ist passiert, was mir nicht gefallen wird. Mit Catherine.

»Fuck!«, fluche ich. »Violet, sorry. Du bist wundervoll, aber ich fürchte, wir müssen die Sitzung abbrechen.«

»Gut, Sir«, sagt sie.

Für sie vielleicht, nicht für mich.

Ich lasse sie allein und gehe zu Reece. »Was ist los?«

»Sie hat ihr Safeword nicht gesagt«, sagt er. »Das ist los.«

»Wie ernst ist es?«

»Richtig ernst.«

Fuck! Also krasser als mit Kostolany. *Warum, Catherine?*

15. Kapitel

CATHERINE

Weiter, denke ich mir. *Bitte, mach verdammt noch mal weiter.* Ich bin so nah, viel näher als neulich mit Kostolany, als Ian die Session abgebrochen hat. Nur ein bisschen mehr, und ich komme.

Gott, was würde ich dafür geben, kommen zu können!

Der Schmerz wird intensiver, die Lust heftiger. Und gerade als ich denke, dass ich fliegen werde, sabotiert mich mein Körper und gibt auf. Meine Nerven zittern unkontrolliert. Ich will etwas sagen, kann es jedoch nicht. Ich sehne mich immer noch nach dem Orgasmus, aber spüre parallel, wie mein Körper schlappmacht und wie jeder Kontakt mit der Außenwelt schmerzt.

Selbst die bescheuerte Luft brennt!

Und ich kann nichts tun. Gar nichts.

Ich bin hier und doch nicht da. Bin wie erstarrt.

Ich sehe, wie Dan mit ernster Miene die Fesseln löst, merke, wie er mich hochhebt und in eine der privaten Unterkünfte bringt.

Warum habe ich nicht Stopp gesagt? Warum habe ich nichts aus der Session mit Kostolany gelernt? Wieso erlebe ich schon wieder keinen Höhepunkt? Mit Ian ging das so einfach. Mit ihm war mein ganzes Leben einfach. Jetzt habe ich das Gefühl, dass der Nippelschmuck, den ich sonst so mag, wie Blei an mir hängt, und dass das Halsband mir die Luft zum Atmen nimmt.

»Finger weg von ihr!«, ertönt plötzlich eine mir vertraute Stimme, und ein Schluchzen löst sich aus meiner Kehle. Der erste Ton, den ich seit Ewigkeiten von mir gebe, das merke ich an den Reaktionen der anderen. Denn sie sehen zu mir. Während ich nur Augen für *ihn* habe.

Ian ist hier.

Hass steigt in mir auf. Weil er es ist, der mich erst in diese Lage gebracht hat. Er mit seiner Weigerung, meine Kündigung zu akzeptieren. Er, der mir gezeigt hat, wie Orgasmen sind. Er, der mich wieder allein gelassen hat.

Aber gleichzeitig ist da Herzklopfen. Liebe, Dankbarkeit, Freude, all die guten Gefühle, die man für einen anderen Menschen empfinden kann.

»Ich will ihr nur helfen«, meint Dan als Erklärung.

»Das übernehme ich«, grollt Ian.

Er kommt zu mir, löst behutsam die Nippelklemmen und als Nächstes die Manschetten, die ich an meinen Fesseln und Handgelenken trage. Er reibt meine kalten Hände warm, und ich merke, wie mich tausend Nadelstiche zum Leben erwecken.

»Ich hole Collins, der –«, fängt Reece Randall an, der von dem Zwischenfall offensichtlich Wind bekommen hat.

»Verpisst euch alle!«, knurrt Ian, lässt meine Hände los und öffnet nun das Halsband. Und da bin plötzlich nur noch ich, ohne all den Schnickschnack, und ich fühle mich endlich leichter.

»Es gibt für das hier Vorschriften«, meint Reece.

»Meinst du, die kenne ich nicht? Ich hab sie mir ausgedacht«, motzt Ian seinen Bruder an, während er mich hält. »Geht schon! Na los!«

Ich sehe nicht, ob wirklich alle gehen, aber ich spüre, wie sich Ian entspannt. Und das entspannt wiederum mich, Zelle für Zelle.

»Honey, warum tust du so einen Mist?«, fragt er und reibt mir über den Rücken. »Ich dachte, wir hätten das geklärt.«

Ich will ihm antworten, ihm sagen, dass ich einfach nur loslassen wollte. Dass es nicht meine Absicht war, dass so was passiert. Dass ich ihn nicht vergessen konnte. Doch in dem Moment berührt seine Hand mich dort, wo ich heftiger brenne als je zuvor, und bringt mich völlig aus dem Konzept.

»Spreiz deine Beine«, verlangt er sanft.

Glaubt er ernsthaft, ich mache mit? Ich bin irgendwo anders, irgendwo – Ich sehe selbst, wie sich meine Knie öffnen.

»Sehr gut, Honey!«

Sein Lob rauscht wie ein Aphrodisiakum durch meine Adern. *Verrückt!*

Vorsichtig reibt er über meine Klit und schiebt schließlich zwei Finger in mich hinein. So wie ich es die letzten Tage selbst gemacht habe, und doch fühlt es sich anders an. Bei ihm tut es das immer.

Ein sehnsüchtiges Wimmern entschlüpft meinen Lippen.

Ian hält inne, sieht mich liebevoll an, küsst meine Stirn. »Gleich, Honey, ich weiß. Gleich.«

Ich bin mir ziemlich sicher, dass das nicht das Protokoll für solche Situationen ist. Aber ich vertraue Ian mehr als jedem anderen Menschen auf der Welt, will nicht Dr. Collins oder ein Beruhigungsmittel, sondern ihn.

Und tatsächlich, neues Leben rauscht mit jeder Bewegung seiner Finger durch meinen Körper. Die Spannung, die mir so vertraut ist, baut sich erneut in mir auf, aber anders als sonst, besser.

Ian zieht mich enger und küsst mich. Gleichzeitig reibt er mit dem Daumen meine Klit. Ich explodiere heftig unter ihm, atme, spüre alles, fühle mich plötzlich wieder ganz da, wenn auch etwas benommen und fertig und verwirrt.

Wer sagt, dass der Kuss der wahren Liebe einen ins Leben zurückbringt? Es reicht nur dieser eine Mann, diese eine Berührung, seine Nähe – und ein wunderschöner Orgasmus.

»Oh Ian«, schluchze ich.

»Alles ist gut«, sagt er nur und drückt mich an sich. »Dir ist nichts passiert. Ich bin hier. Alles ist gut.« Die Worte legen sich wie eine Decke um mich. »Schlaf ein bisschen!«

»Ich bin nicht müde«, sage ich leise, obwohl das nicht stimmt. Aber ich habe Angst, dass er weg ist, wenn ich wieder aufwache.

»Vertrau mir, Honey.«

»Du bleibst?«

Er zögert, und mir wird ganz schlecht.

»Bitte geh nicht!«, flehe ich.

»Schlaf, Catherine!« Er zieht mich enger an sich. Mich stört sein Hemd. Ich möchte viel lieber seine Haut spüren, aber meine Finger gehorchen mir nicht, sind ungeschickt, kriegen die Knöpfe nicht mal ansatzweise auf.

»Bitte bleib!«, beharre ich.

Er seufzt. »Ich glaube, ich kapiere langsam, wieso Leute darauf stehen, angebettelt zu werden …«

Ich habe keine Ahnung, wovon er redet. *Davon, was zwischen Dom und Sub passiert? Und wieso versteht er es plötzlich?*

Aus Angst, dass er geht, klammere ich mich nur noch fester an ihn. *Sag Ja, bitte sag Ja*, denke ich.

»Ich bleibe«, erlöst er mich.

Alles in mir entspannt sich.

IAN

Ich halte Catherine, ziehe ein Laken über ihre Schultern und bin erleichtert, als sie einschläft.

Sie hat mir eben den Schreck meines Lebens eingejagt. Ihre leichenblasse Haut, die blauen Lippen, das Zittern ihrer Glieder. *Himmel!* Ich kann mich nicht daran erinnern, jemals so große Angst um einen Menschen gehabt zu haben.

Und gleichzeitig bin ich wütend, dass so was passiert ist. Sie ist erfahren. Sie weiß, wie Sessions ablaufen. Sie hätte abbrechen müssen. Sicher, der Dom trägt eine gewisse Verantwortung. Sie allerdings auch.

Ich verstehe, dass sie einen Orgasmus haben wollte und wie scheiße das ist, keinen zu kriegen. Aber dafür so weit zu gehen ist unverantwortlich.

Dass ich sie obendrein zum Kommen gebracht habe, ist für das BDSM-Machtgefälle außerdem eher schlecht. Sie hätte eine Strafe, keine Belohnung verdient. Und zwar eine, die sich gewaschen hat … Doch bevor mir eine einfällt, schlafe auch ich ein. Im Klub. *Premiere!*

***

Wach werde ich am nächsten Morgen, als ich merke, wie Catherine sich davonstehlen will. Erst rückt ihr Hintern von mir ab, dann bewegen sich ihre kitzelnden Haare an meinem Kinn, und schließlich löst sich Arm eins von meiner Seite und Arm zwei von meiner Hüfte. Die Matratze wippt.

Sie ist aufgestanden.

»Wo willst du hin?«, frage ich sie verschlafen.

Ertappt mit dem Laken vor ihrem Körper bleibt sie stehen. Sie sieht total zerzaust aus, weil ihre sonst immer perfekt für die Session zusammengebundenen Haare nun gelöst sind – und absolut liebenswert.

»Ich muss ins Büro«, erklärt sie.

Ist das ihr Ernst? Ja, sie hat eine Nacht über alles geschlafen, aber so einen Absturz sollte man nicht auf die leichte Schulter nehmen. Sicherheit geht vor, das müsste sie doch wissen! Das hier ist nicht wie beim letzten Mal mit Kostolany.

»Erst checkt dich ein Arzt durch«, sage ich und folge endlich dem Protokoll.

»Dafür hab ich keine Zeit.«

Eigentlich halte ich Catherine für eine sehr kluge Frau. Gerade benimmt sie sich jedoch so dumm, als wären gestern Abend bei ihr ein paar Gehirnzellen durchgebrannt. Binnen Sekunden beschleunigt sich mein Puls, und ich bin wacher als von einem Liter Kaffee. »Du bist noch im Klub, hier gelten die Regeln des Tease & Please, und die sind eindeutig: Du lässt dich untersuchen.«

Trotzig reckt sie das Kinn, ganz Kämpferin, keine Spur Sub. »Wenn du mich nicht gehen lässt, dann verklage ich den Klub auf Körperverletzung. Denn das gestern hätte gar nicht passieren dürfen.«

Ich lächele dünn. Sie ist definitiv nicht in Form. »Du uns? Oder wir nicht eher dich? Du hättest abbrechen müssen, Catherine. Warum hast du es nicht getan? Das war absolut unverantwortlich.«

Auf ihrer Stirn bildet sich eine steile Zornesfalte, und sie funkelt mich an, als wollte sie mich erwürgen. »Was glaubst du wohl, warum?«

»Ich habe nicht den blassesten Schimmer«, sage ich ebenfalls lauter.

»Weil du keine Ahnung hast, was du mir angetan hast.«

Wie bitte?! »Was habe *ich* damit zu tun?«

»Du hast mir gezeigt, was möglich ist. Und ich brauchte das.«

Jetzt dämmert mir, wovon sie redet. »Einen Orgasmus?«, rate ich.

»Ja, einen Orgasmus!«, schleudert sie zurück. »Was denn sonst?«

»Oh Honey …« Besänftigt stehe ich auf und nehme sie in die Arme. Sie hat sich selbst befriedigen wollen, doch es ist ihr wieder nicht gelungen.

»Gut, ich verklag euch nicht. Und nun lass mich!«, sagt sie wirr.

»Keine Chance.« Statt sie gehen zu lassen, halte ich sie fester, bin zwar verschlafen, aber dennoch stärker als sie. So aufgewühlt, wie sie ist, kann sie unmöglich arbeiten.

»Verdammt, Ian! Ich weiß, dass das hier nicht optimal ist, aber ich muss ins Büro. Beziehungsweise mich fertig machen und dann los. Wirklich. In der Firma geht es drunter und drüber, und ich bin nicht irgendeine kleine Angestellte, ich bin die Vorstandsvorsitzende.«

Ich verstehe, was sie sagt, sehe allerdings auch, wie sie aussieht. Sie ist immer noch etwas blass und wacklig auf den Beinen. »Ist es so wichtig?«, frage ich und klemme ihr eine Haarsträhne hinter das Ohr.

»Ist es«, murmelt sie meine Berührung genießend, als hätte sie keine andere Wahl.

»Dann komme ich mit.«

»Du kannst nicht einfach –«

»Ich komme mit, oder du bleibst hier und wir warten auf Collins. Deine Entscheidung.«

»Ian!«

»Catherine!«

Sie seufzt geschlagen. »Meinetwegen! Dann tu, was du nicht lassen kannst, und komm eben mit!«

16. Kapitel

CATHERINE

Erst fahren wir zu Ian, damit er sich umziehen kann, dann zu mir. Ich dusche und gehe eingewickelt in ein Handtuch in meine Ankleide, um nach einem geeigneten Outfit zu suchen. So viel steht auf dem Spiel. Und wieder bin ich ganz angespannt.

Ian nimmt mich in den Arm, was meine Nerven sofort etwas beruhigt.

»Ich finde immer noch, dass du dir nach letzter Nacht zu viel zumutest«, sagt er. »Willst du mir sagen, weshalb genau du in die Firma musst?«

»Du machst dir Sorgen? Um mich?«

»Und wie!«

Ich zögere.

»Honey?«

»Der Aufsichtsrat will mich rauswerfen«, rücke ich schließlich raus.

»Mit welcher Begründung?«

Ich seufze, weil ich nicht weiß, wo ich anfangen soll. Außerdem ist mir das unangenehm. Ich hab meinen Laden eigentlich im Griff.

So stehe ich nun wie eine Möchtegernunternehmerin da.

»Rede mit mir!«, sagt er sanft. Er ist für mich da, was ich bisher nicht gewohnt bin, was sich aber gut anfühlt.

Ich hole tief Luft. »Sie behaupten, ich wäre meinen Pflichten nicht nachgekommen.«

»Und stimmt das?«

»Nein!« Ich schlucke. »Oder vielleicht doch.«

Frustriert gebe ich Ian eine kurze Zusammenfassung der letzten Monate in der Firma. Wie mein unerfülltes Verlangen mich immer mehr abgelenkt hat. Und wie sich hinter meinem Rücken Widerstand formiert hat, ohne dass ich es mitbekommen habe.

»Wie schlimm ist es?«, fragt er ruhig.

»Schlimm. Allerdings nicht so, dass ich es nicht wieder hinkriegen könnte.« Ich sehe ihn an. »Ich muss es wieder hinkriegen. Hier geht es nicht nur um mich, sondern auch um meine Mitarbeiter, die Firma, mehr.«

»Du schaffst das.«

»Stell dich nicht auf meine Seite, um mir ein gutes Gefühl zu geben.«

»Mach ich nicht.«

»Warum bist du dir dann so sicher?«

»Weil ich weiß, wie toll du bist.«

»Woher das denn?!«

Er lächelt. »Ich erinnere mich noch sehr gut an die Frau, die in den Randall Tower marschiert und für die Kündigung ihrer Klubmitgliedschaft eingetreten ist. Du bist eine Kämpferin, Catherine. Und was noch viel wichtiger ist, du kämpfst aus den richtigen Gründen.« Sein Lächeln wird breiter, und er greift nach einem eleganten Businesskleid, das ich nur selten trage, da ich meist auf Zweiteiler zurückgreife. »Nimm das hier«, sagt er ruhig.

»Daran könnte ich mich gewöhnen, Sir«, sage ich neckend.

»Wie meinst du das?«

»Dass du hier bist. Bei mir«, antworte ich ernst.

»Ich mich auch«, gibt er zu.

Ich ziehe mich um, und er beobachtet mich, lässt mich nicht aus den Augen. Und Wärme durchströmt mich, und plötzlich wird mir klar, was gerade passiert. Ich brauche Ian in meinem Leben. Egal wie. Ich kann nicht anders und schmiege mich an ihn.

»Ian?«, frage ich leise und sehe zu ihm hoch.

»Ja, Catherine?«, sagt er und hält mich.

Ich will es ihm gleich sagen, und auch, dass ich *ihn* viel mehr brauche, als von jemandem den Hintern versohlt zu bekommen. Ich weiß, ihm wird nicht gefallen, dass ich auf etwas verzichte. Aber wenn ich dafür *ihn* kriege, etwas viel Besseres, dann ist es das wert. Leider ist der Moment zum Reden denkbar ungünstig.

»Wir müssen los«, meine ich nur, schmiege mich jedoch enger an ihn, will am liebsten unter seine Haut kriechen.

»Ich weiß«, sagt er und kämmt durch meine Haare. »Dann lass mich los, Honey.«

»Bin dabei«, sage ich und lächele schwach, weil es mir so schwerfällt. Mal wieder.

»Soll ich helfen?«, fragt er frech.

»Ha, ha!« Sein provozierender Tonfall bringt mich dazu, ihn augenblicklich loszulassen. »Glaub nur nicht, dass du so unwiderstehlich bist!«

»Nicht?« Er muss lachen, richtig laut.

»Blödmann!«, zische ich, weil wir beide wissen, dass er das für mich ist. So wie ich es für ihn bin. »Bist du jetzt ernst, Ian?«

»Aber natürlich, Miss Malone!«, sagt er, und sein Blick wird hart und durchdringend.

Ich werde feucht.

Mist!

IAN

Während ich Catherine ansehe, verändert sich etwas in mir, zwischen uns, generell.

Ich will sie nicht nur in meinem Bett. Gestern Nacht war ich sogar bereit, eine Session auszuprobieren. Mit Violet. Aber warum nicht gleich mit ihr? Mit der Frau, die mir aus irgendeinem Grund so unter die Haut geht.

Nur, ihr das jetzt zu sagen ist der falsche Moment. Sie soll sich auf ihren Termin konzentrieren.

»Können wir los?«, frage ich sie.

»Ich … Ja … natürlich.«

Können wir nicht.

»Was ist?«, frage ich.

Sie beißt sich auf ihre Unterlippe. »Ich hätte nie gedacht, dass diese Seite in dir steckt.«

»Welche Seite?«

»Diese wahnsinnig dominante Art.«

Ich weiß, wie sexy Autorität sein kann. Im Tease & Please sehe ich das ständig. Nur dass Catherine gerade schwach wird, war nicht meine Absicht.

Da hilft nur eines …

»Sei ein gutes Mädchen …«, sage ich sanft und registriere, wie sich ihr Puls erhöht. »Schieb dein Kleid hoch!«

Sie zittert, müsste fragen, warum ich das will, oder mir sagen, wie unpassend das ist. Stattdessen gehorcht sie.

»Und jetzt entscheide dich: Slip ausziehen oder beiseiteschieben.«

Sie hält sich an meinen Schultern fest, will, dass ich das für sie bestimme.

Missbilligend schüttele ich den Kopf.

»Du machst mich schwach«, seufzt sie.

»Ich weiß.«

Und es gefällt mir.

Schwer atmend löst sie eine Hand von mir, lässt sie tiefer gleiten, schiebt ihr Kleid hoch und den Zwickel beiseite, macht sich frei. Für mich. Was mir einen höllischen Ständer beschert.

»Berühr dich!«, fordere ich sie auf.

»Ian, ich weiß nicht, ob das gerade so gut ist, wenn –«

Fast muss ich lachen. Sie weiß nie, was gut für sie ist. »Berühr dich, Catherine. Jetzt sofort!«

Sie gehorcht, wirft mit einem Seufzen den Kopf zurück und schließt die Augen.

»Wie fühlt es sich an?«, frage ich sie.

»Gut.«

»Bist du feucht?«

»Ja. Sehr.«

»Nimm deine Hand weg!«

Sie will nicht, zögert, gehorcht dann allerdings.

Automatisch will sie wieder meine Schultern packen, doch ehe ihre nassen Finger Flecken auf meinem Anzug hinterlassen können, sage ich: »Schieb sie unter das Jackett, Honey.«

Sie atmet schwer, aber macht, was ich will, als wäre es das Natürlichste der Welt. Es fühlt sich unglaublich an, und ich berühre ihre Mitte.

»Du tropfst fast«, stelle ich fest.

Sie wird rot, obwohl sie sonst recht schambefreit ist.

»Bitte, Ian!«, wispert sie.

»Wie heißt es richtig?«, frage ich zurück und reibe über ihre Spalte, spiele mit ihr, treibe ihre Hitze und ihr Verlangen weiter nach oben.

Für eine Sekunde sieht sie mich verwirrt an. Dann weiten sich ihre Augen überrascht – und erregt.

»Bitte, Sir«, sagt sie so würdevoll, wie es geht, wenn man mit einem hochgeschobenen Kleid und einer fremden Hand am Schritt dasteht.

Mit einem Kuss an ihrem Hals schiebe ich meine Finger tief in sie, woraufhin sie kurz strauchelt.

»Ist das gut?«, frage ich sie.

»Ja«, keucht sie. »Mach weiter!«

Ich halte inne.

Erst merkt sie es nicht, aber dann sieht sie zu mir auf. »Was ist?«, fragt sie.

»Seit wann erteilst du hier die Befehle?« Nicht dass ich was dagegen hätte. Aber gerade sind die Rollen klar verteilt.

»Es tut mir leid, bitte, mach weiter. Bitte, Ian.« Sie beißt sich auf die Lippe, räuspert sich, hat diesen Blick, der genügt, damit mein Schwanz zuckt. »Bitte, Sir.«

Scheiße, nicht nur ich spiele mit ihr, sie auch mit mir. Und sie genießt, dass es mir gefällt!

»Wie ist das?«, frage ich und reibe mit dem Daumen hart über ihre Klit.

»Ich weiß nicht, mach es noch mal«, tut sie unbeeindruckt, dabei zittern ihre Knie, und sie hat Mühe stehen zu bleiben.

»Mutig, Honey«, hauche ich ihr ins Ohr, packe sie fester und kratze sanft mit dem Fingernagel über ihre empfindlichste Stelle, bevor ich sie wieder nur massiere.

Ungläubig schaut sie erst mich an, dann nach unten, dorthin, wo meine Hand zwischen ihren Beinen ist, und schließlich zum Ärmel meines Hemdes, den Manschettenknöpfen, dem Jackettsaum. Es ist offensichtlich, wie sehr es sie kickt, dass ich diesen Anzug trage.

»Ian!«, krächzt sie schwach und bedürftig.

»Konzentrier dich!«, raune ich ihr zu, küsse wieder ihren Hals, bewege meine Finger, gleite erneut tief in sie, spüre, wie nass sie ist, wie heiß, wie sie sich schon jetzt ab und zu enger um meine Finger zusammenzieht. »Ich zähle jetzt langsam von zehn runter bis eins, Honey. Und wenn ich fertig bin, kommst du.«

»Ich weiß nicht, ob –«

»Dein Problem«, sage ich streng, dabei bin ich mir sicher, dass es klappt. So wie neulich.

»Das stresst mich«, will sie sich beschweren, doch ihre wütenden Worte gehen in einem Stöhnen unter, als ich wieder diesen einen Punkt treffe.

»Soweit ich es fühle, gefällt es dir. Zehn, Catherine. Neun. Acht …«

Egal wie viel sie herumzetert, ich zähle ungerührt weiter, bewege dabei meine Finger und massiere mit dem Daumen ihre Klit. Woraufhin sie immer wackliger auf den Beinen ist, sich mir immer gieriger entgegenreckt.

»Sieben … sechs … fünf … vier …«

Mein Schwanz ist hart, und ich will in ihr sein, wenn sie gleich explodiert. Ihr so nah sein, wie man einem Menschen nur sein kann. Aber dann kommen wir hier nie mehr weg. Das jetzt ist für sie.

Nur für sie.

»Drei … zwei … eins«, zähle ich gleichmäßig zu Ende, ramme meine Finger bei der letzten Zahl noch mal besonders tief in sie und beiße sie sanft in den Hals.

Bingo!

Sofort kommt sie, zieht sich um meine Finger zusammen, klammert sich an mir fest und würde fallen, wenn ich sie nicht halten würde.

»Ja, ja, ja!«, schreit sie. Ich spüre den festen Griff ihrer Finger, ihre Hitze an meiner Hand, ihren heißen Atem und wie sie sich schließlich an mich lehnt, befriedigt, ausgepowert, entspannt. »Scheiße, Ian!«

Ich muss lachen. »Wäre nicht ein Danke angebracht?«

Sie lacht zurück. »Mistkerl!«

»Gern geschehen.« Ich ziehe vorsichtig meine Finger heraus und schiebe ihren Slip wieder zurecht. »Jetzt bereit?«, frage ich sie.

Sie atmet tief durch. »Ja, jetzt bin ich bereit.«

17. Kapitel

CATHERINE

Mit Ian bin ich bereit für alles. Ich spüre, wie er mich beobachtet, aufmerksam ist, schaut, dass es mir gut geht. Es ist so, als wäre ich auf einem Trapez und hätte ein Sicherheitsnetz unter mir gespannt, sodass ich mir keinerlei Sorgen machen muss, dass mir was passieren könnte. Und falls doch, dann wird Ian mich auffangen.

»Wie heißen Sie?«, fragt Ian meine Assistentin, sobald wir bei Blue Sky sind.

»N-N-Nora«, stottert sie und blickt unsicher zwischen mir und Ian hin und her, weil sie nicht ganz einordnen kann, wer er ist und was er hier zu suchen hat.

»Nora, was für ein schöner Name!«, säuselt Ian. »Könnten Sie bitte bis auf den Termin beim Aufsichtsrat alle Meetings von Miss Malone für heute absagen.«

»Was soll ich?«, ruft sie und schaut zu mir.

Ich wiederum fange einen warnenden Blick von Ian auf. Er würde sich mit mir streiten, wenn ich jetzt Kontra gäbe. Er ist hier, damit ich mich nach letzter Nacht nicht überfordere, und er nimmt seine Rolle ernst. Also nicke ich. Sie soll tun, was er sagt.

»Gut, kann ich machen«, sagt Nora. »Sonst noch was?«

»Bringen Sie Getränke und ein paar Häppchen«, bittet Ian ruhig und hält mir dann die Tür zu meinem Büro auf, als wäre es seines.

»Häppchen?«, wiederholt sie verdattert.

»Muffins, Bagels ... Was immer Sie hier so anbieten«, präzisiert Ian.

Nora sieht wieder zu mir.

»Häppchen«, bestätige ich und schaue ihr nach, als sie sich auf den Weg macht, alles zu besorgen. »Du bist unmöglich«, zische ich Ian zu, als ich an ihm vorbei in mein Büro trete.

»Gern geschehen, Honey.«

Worauf habe ich mich da nur eingelassen?!

Sobald wir unter uns sind, setze ich mich an meinen Schreibtisch und schalte den Computer an. Ich muss dringend die Präsentation für den Aufsichtsrat fertigstellen. Ian sieht sich derweil um und nimmt, als Nora kommt, die Getränke entgegen.

»Dir macht das Spaß, oder?«, frage ich ihn.

Statt einer Antwort gießt er mir ein Glas Wasser ein. »Hier, trink was! Du hast heute noch nichts gehabt.«

»Du auch nicht«, gebe ich gereizt zurück.

Seine Augen verengen sich. »Gelb, Honey.«

»Gelb?« Für einen Moment stutze ich. *Was will er mir denn damit sagen?* Bis mir klar wird, dass er das Ampelsystem des Klubs benutzt. »Was passiert bei Rot?«

»Abbruch«, erklärt er. »Was glaubst du wohl? Dann beende ich das Ganze hier ruckzuck, werfe mir die Vorstandsvorsitzende von Blue Sky über die Schulter und schleife sie direkt aus ihrem Büro in meine Höhle.«

Eine Spur Humor ist in seiner Stimme. Aber seine Augen sagen mir, dass er das todernst meint.

»Her mit dem Wasser«, sage ich ergeben.

»Geht doch.«

Ich trinke und merke, wie gut mir das tut. Ian trinkt auch etwas.

»Wäre schön, wenn du dich nachher vor den anderen nicht so aufführst«, sage ich.

»Dann benimm du dich besser ordentlich!«, antwortet er amüsiert.

Ich gebe einen frustrierten Laut von mir. Sosehr ich einen Partner an meiner Seite auch schätze, ich muss mich an das, was Ian macht, erst noch gewöhnen.

»Aber jetzt darf ich arbeiten?«, frage ich bissig. *Denn wenn nicht, dann –*

»Jetzt darfst du arbeiten.«

Ian setzt sich an den runden Besprechungstisch, arbeitet an seinem Handy und lässt mich meine Pflicht tun. Er mischt sich nicht in meine Sachen ein, sagt mir nicht, was ich anders machen soll. Sondern vertraut mir, dass ich immerhin fachlich weiß, was ich tue. *Sehr schön.*

Als Nora mit dem Essen kommt, unterbricht er seine Tätigkeit und lässt mich, nachdem ich auch was gegessen habe, erneut in Ruhe.

Der Termin ist für zwei Uhr angesetzt, und ich beeile mich, die Anschuldigungen des Aufsichtsrats zu entkräften. Natürlich geht das nicht innerhalb weniger Stunden. Aber das, was ich am Vorabend erarbeitet habe, ist ganz brauchbar. Ich bin endlich konzentriert, schaffe heute mehr und finde für die schwerwiegendsten Probleme sogar Lösungen. *So weit, so gut.*

Und dann ist da noch Richard – plus ein Teil der Belegschaft, die mir all das eingebrockt haben. Seufzend lehne ich mich zurück.

Ein Fehler, denn sofort sieht Ian mich an, als hätte er ein Radar für meine Stimmungen.

»Pause, Honey«, sagt er sanft.

»Gleich«, murmele ich und setze mich wieder aufrechter hin.

Ian kommt zu mir, stellt sich hinter mich und massiert mir die Schultern. »Die sind steinhart. Pause, Catherine. Sofort. Hände weg von der Tastatur.«

»Das ist ja wie bei einer Prüfung. Stift fallen lassen, sonst hat das Konsequenzen«, witzele ich.

Er dreht mich in meinem Stuhl, bis wir uns anschauen. »Hat es auch.«

Ich merke, wie besorgt er ist. Meinetwegen.

»Es geht mir gut«, sage ich. Zumindest besser als je zuvor. »Ein bisschen Stress bringt einen nicht um. Das solltest du wissen.«

»Eine Pause bringt einen auch nicht um, das solltest du genauso gut wissen«, entgegnet er.

Ich atme tief durch, entspanne mich tatsächlich etwas. »Reicht das?«

Er lacht. »Honey, du bist so dermaßen schlecht darin abzuschalten! Du hast nicht nur ein Orgasmus-, sondern auch ein Freizeitproblem.«

»Pah!«, mache ich gespielt empört über die Anschuldigung, dabei weiß ich, dass er recht hat. Ich will trotzdem weiterarbeiten. Doch er lässt mich nicht. »Was, Ian?«

»Moment!« Er greift in seine Jackettinnentasche, holt Kopfhörer raus und steckt sie mir in die Ohren.

»Das ist deine Art, Pause zu machen?«, frage ich eine Spur genervt, weil ich mitmachen muss.

»Wirkt Wunder«, meint er nur, stöpselt den Stecker in sein Handy und tippt dann etwas auf dem Display herum.

Sekunden später höre ich Wasserplätschern und Wind in den Bäumen. *Naturgeräusche.*

»Ernsthaft, Ian?!« Esoterikzeug ist so gar nicht meins.

»Schon vergessen, warum ich hier bin?«, gibt er nur zurück. »Los, mach die Augen zu und lass den Sound auf dich wirken. Du musst echt mehr Pausen in deinen Alltag integrieren. Das tun alle.«

»Fünf Minuten«, sage ich und mache mit.

»Okay, fünf Minuten«, stimmt Ian mir zu.

Wenigstens etwas.

Ich lehne mich zurück, schließe brav die Augen und versuche abzuschalten. Aber es funktioniert nicht, kein bisschen. Sofort fliegen meine Lider wieder auf.

»Das waren zehn Sekunden«, stellt Ian amüsiert fest.

»Es klappt nicht«, informiere ich ihn und will mich wieder zu meinem Bildschirm drehen.

»Nichts da! Zweiter Versuch!«

Ian sieht sich um und setzt sich schließlich in seinem Anzug auf den weichen Teppich, der vor meinem Besprechungstisch liegt. »Komm her!«

»Nein!«, protestiere ich, weil ich ahne, was er vorhat.

»Doch! Komm her. Schon wieder gelb, Honey.«

Ich zögere.

»Gelborange.«

Notgedrungen gehe ich zu ihm, setze mich auf den Boden und lasse zu, dass wir uns beide zurücklehnen. Ich will keine Strafe kassieren.

»Mach die Augen zu!«, sagt Ian wieder und startet den Track erneut.

Ich spiele mit, und dann passiert etwas Unglaubliches. Ich liege neben ihm, spüre seine Wärme, wie ruhig sein Atem geht, wie er mich hält, all die Geräusche wirken auf mich ein, und plötzlich bin ich nicht mehr in meinem modernen Büro, sondern mitten in der Natur.

Erst befürchte ich, vor lauter Entspannung, müde zu werden. Doch das ist unbegründet. Es ist eher so, als würde mir die Sonne ins Gesicht scheinen und jeden eingerosteten Nerv wachkitzeln.

Sobald das Stück endet, zieht Ian mir die Kopfhörer ab und richtet sich mit mir auf. Ich blinzele.

»Gut, oder?«, meint er.

Ich nicke. »Total gut.«

»Dann darfst du jetzt weiterarbeiten.«

Ich stehe auf, will schon zu meinem Schreibtisch, aber drehe mich noch mal um und falle Ian um den Hals. »Danke.«

»Danke, dass du mich lässt«, antwortet er.

Wir küssen uns flüchtig, und als ich mich wieder vor den Rechner setze, strotze ich vor neuer Energie.

Ich überprüfe die Unterlagen für den Aufsichtsrat, entdecke dabei sogar noch einen Fehler, den ich eilig korrigiere, und drucke schließlich alles aus. *Fertig! Wahnsinn! Ich bin bereit.*

Als es Zeit wird, zum Meeting zu gehen, fühle ich mich so gut vorbereitet wie nie zuvor. Ich stehe auf, Ian ist an meiner Seite und schon die Begrüßung der Herrenrunde fühlt sich für die Umstände unerwartet locker an.

Die nächsten zwei Stunden halte ich meine Verteidigung.

Ich entkräfte dabei nicht nur die Vorwürfe, sondern gebe einen Ausblick auf die kommenden Monate und spreche obendrein die anstehenden personellen Veränderungen an, über die zunächst heftig diskutiert wird, die aber schließlich mit einer knappen Mehrheit genehmigt werden.

***

»Gut gemacht«, lobt mich Ian, als der Termin vorbei ist.

Ich spüre, wie eine Last von meinen Schultern fällt, aber auch, dass mir leicht schwindelig ist.

»Hey, tief durchatmen! Du hast es geschafft«, sagt er sanft.

Keine Ahnung, was nun schon wieder mit mir los ist, doch mein Körper fühlt sich nicht so an, als wollte er diesen Erfolg feiern. Ich hasse es, Schwäche zu zeigen. Ich hasse es wirklich. Aber ich erkenne, wie recht Ian hatte. Der Stress der letzten Nacht ist definitiv zu viel für mich gewesen.

»Ian? Mir ist irgendwie seltsam«, sage ich leise.

Wir sind gerade auf dem Weg zu meinem Büro, doch er bleibt sofort stehen und legt seinen Arm um mich. Was mich noch panischer werden lässt, weil mich niemand so sehen soll. Mit ihm, einem Mann, in der Firma. Und dann auch noch kurz vorm Umkippen.

»Was ist in dem Raum dort?«, fragt Ian und zeigt auf eine geschlossene Bürotür.

»Ähm …« Mein Gehirn braucht etwas länger, um zu schalten. »Elektronikzeug.«

Ian bugsiert mich hinein, schließt die Tür hinter uns und setzt sich mit mir von innen dagegen.

»Hier ist furchtbare Luft«, stelle ich das Offensichtliche fest. Es ist heiß und stickig. Und in der Dunkelheit leuchten Lämpchen an diversen Leitungen, die die Rechner von Blue Sky verbinden.

»Könnte schlimmer sein«, sagt er und hält mich. »Atme einfach ruhig ein und aus.«

»Mir wäre ein Orgasmus lieber.«

Er lacht leise. »Keine Chance. Nicht hier. Es muss noch einen anderen Weg geben, um Stress abzubauen.«

»Soll ich dich schlagen? Oder laut schreien?«, knurre ich humorlos.

»Was machst du sonst?«

Sport, denke ich. Aber dazu fühle ich mich gerade nicht in der Lage. Oder ein kaltes Bad nehmen. Was auch nicht geht, weil meine Badewanne ein paar Häuserblocks von Blue Sky entfernt steht.

»So schlimm war es noch nie«, sage ich statt einer Antwort.

»Na dann, schlag mich!«

»Was?« *Meint er das ernst?* »Das kann ich nicht.«

Er lacht leise. »Bitte, Mistress. Ich brauch genau das!«

Ich lache mit ihm, lauter. »Ian, so klappt das nicht!«

»Bitte, bitte, bitte.« Er beugt sich über mich, als würde er mich überwältigen wollen. »Bitte, brems mich, ich bin ein ungezogener Junge und habe es verdient, in die Schranken gewiesen zu werden.«

»Du hast doch 'nen Knall!«

»Schlag mich schon!«

Wie stellt er sich das vor? Ich stemme mich gegen seinen Griff, kann jedoch nicht viel ausrichten. Ich setze mein Knie ein, um mich gegen ihn zu wehren, aber der Winkel ist falsch, um ernsthaft etwas auszurichten. *Wenn Ryan mich so sehen könnte!*

»Das ist doch nicht alles, was du draufhast!«, provoziert mich Ian.

Doch! Und ich hasse es!

Dieser Mann ist viel stärker als ich. Aber je mehr ich gegen ihn kämpfe, desto besser geht es mir seltsamerweise. Bis ich ihn plötzlich doch in der Dunkelheit niedergerungen habe. Ian liegt auf dem Rücken. Ich halte seine Arme seitlich auf den Boden gedrückt. Wir atmen beide schwer – von der Anstrengung und weil es in diesem Raum gefühlt vierzig Grad sind. Und vor Erregung. Denn ich sitze auf ihm und spüre seine Erektion unter mir.

»Von wegen, du stehst nicht auf Schläge«, ziehe ich ihn auf.

»Von wegen, du bist devot, Honey«, gibt er zurück.

Seine Worte treffen mich, und ich begreife eines: Ich bin nichts von alledem und alles gleichzeitig. Es gibt kein Label für mich und mein Verlangen. Meine eigentliche Neigung heißt Ian Randall. Dieser Mann macht mich schwach. Egal wie, egal womit, egal wann.

»Ich will dich«, wispere ich.

»Ich dich auch.«

Seine Worte rauschen durch mich hindurch. »Können wir nicht doch hier …«, beginne ich.

Mit Schwung dreht mich Ian herum, zeigt, dass er die ganze Zeit die Kontrolle hatte. »Sex in einem Technikraum? Nie im Leben!« In der Dunkelheit, angestrahlt von den Lämpchen, sehen wir uns an, und er küsst mich sanft. »Ich sag dir, was wir machen, Honey. Wir ordnen unsere Klamotten, du leitest die Kündigungen in die Wege, und dann ist Feierabend!«

»Das hast du nicht zu entscheiden.«

»Doch, habe ich. Ich bin deinetwegen hier, also zeig mir, dass du das zu schätzen weißt.«

»Das ist Erpressung«, fauche ich.

»Und ich kann deine Erregung riechen, Catherine. Die Masche gefällt dir.« So als wüsste er, dass er gewonnen hat, küsst er mich wieder, diesmal lang und tief. »Gern geschehen.«

IAN

»Und jetzt?«, fragt sie trotzig, als sie eine Stunde später mit den Kündigungen fertig ist.

»Jetzt folgst du mir.«

Ich nehme ihre Sachen, schalte den Rechner aus und habe den Autoschlüssel in der Hand. Catherine sieht mich an, hat zig Fragen, aber verkneift sie sich und erhebt sich mit einem Nicken. *Endlich mal einsichtig.*

Wir laufen die nahezu leeren Büroflure entlang. Es ist noch nicht spät, doch die meisten Angestellten haben schon Feierabend.

Mit dem Fahrstuhl fahren wir in die Tiefgarage. Ich steuere den Wagen an, drücke auf den Türöffner.

»Steig ein, Honey!«

»Willst du mir nicht sagen, wohin wir fahren?«

»Nein«, antworte ich kurz angebunden und muss grinsen.

Sie steigt ein und lehnt sich in den Sitz zurück. »Du fährst mich nicht nach Hause und gehst dann, oder?«, fragt sie.

Mir entgeht nicht der merkwürdig unsichere Unterton in ihrer Stimme. »Wie kommst du denn darauf?«

»Du meintest heute Morgen, dass du mich nicht allein lässt. Aber nachdem der Termin nun vorbei ist, könntest du …«

Obwohl es unpassend ist, muss ich lachen.

Fragend sieht sie mich an, und ich greife nach ihrer Hand und küsse ihre Fingerknöchel.

»Honey, du machst mich schwach. Glaubst du, ich spiele einen kompletten Tag Nanny, nur um dich dann schnellstmöglich loszuwerden?«

»Wenn du es so formulierst … Vermutlich nicht.«

Vermutlich? »Ganz sicher nicht«, stelle ich klar. »Ich bin hier, weil mir was an dir liegt. Ich kann und ich werde dir jetzt nicht sagen, wie viel. Aber was ich weiß, ist, dass alles in mir will, dass es dir gut geht.«

»Und du willst Sex mit mir?«

Mein Schwanz zuckt, sobald das Schlagwort gefallen ist, als hätte das Teil Ohren! »Ja, und ich will Sex mit dir. Oft, wie ich vielleicht hinzufügen sollte.«

»Aber ich dachte, das wird nichts, weil ich auf Dinge stehe, die für dich tabu sind?«

Klasse! Ich hätte nie gedacht, dass ich dieses Gespräch in einer Tiefgarage führe. Aber ihr Einwand ist berechtigt.

»Ja, ich weiß, dass ich das gesagt habe. Aber ich weiß auch, was ich fühle und dass ich das nicht ignorieren kann.« Ich drehe mich zu ihr, streiche ihr durch die Haare. »Honey, gestern Abend war ich gerade dabei, meine erste Session zu starten.«

Sie sieht mich verletzt an. »Mit wem?!«

»Violet, einer Sub vom Klub.«

»Wie kannst du nur!?«, giftet sie, will aussteigen, doch geistesgegenwärtig drücke ich die Zentralverriegelung und vereitele ihre Flucht. Zur Sicherheit beuge ich mich über sie, greife nach dem Gurt und schnalle sie an, was sie nur mit einem erstickten Luftholen kommentiert.

»Und wie kannst du dich mit Dan vergnügen?«, gebe ich zurück. Ich bin nicht eifersüchtig, finde aber, dass das vergleichbar ist. Sie nackt mit jemand anderem gesehen zu haben gehört definitiv nicht zu den schönsten Momenten in meinem Leben.

Störrisch presst sie ihre Lippen zu einer schmalen Linie zusammen, schnappt dann nach Luft, um etwas einzuwenden, verkneift es sich jedoch.

»Wenn es dich beruhigt: Es ist nichts mit Violet passiert, sie hat mich nicht als Dom entjungfert«, sage ich scherzhaft. »Wir standen ganz am Anfang. Sie wartete auf Knien auf den ersten Schritt. Aber du hast mir das ruiniert.«

»Wie das denn? Ich kenne Violet nicht mal!«

»Weil das an dem Abend war, als du bei Dan dein Safeword nicht gesagt hast. Dir ging es nicht gut. Also hab ich Violet stehen lassen und bin mit fliegenden Fahnen zu deiner Rettung geeilt.« Ich räuspere mich. »Das Entscheidende ist: Ich weiß nicht, ob ich dich jemals schlagen kann, Honey. Aber ich weiß, dass ich es liebe, wenn deine Augen mich so anschauen, als wäre ich allein deine Erlösung. Ich liebe den Gedanken, dass du meinetwegen so feucht bist. Ich liebe es, dich zu erobern, zu überraschen und noch zig Dinge mehr. Ich bin lange genug in der Szene, um zu wissen, dass BDSM nicht gleich BDSM ist. Ich bin bereit, mich langsam heranzutasten. Deinetwegen.«

»Oh mein Gott«, wispert sie, wobei ich nicht einschätzen kann, ob das nun gut oder schlecht ist. Sie löst den Gurt, und für einen Moment befürchte ich, dass sie wieder abhauen will. Stattdessen beugt sie sich zu mir und fällt mir um den Hals.

»Gefällt dir das?«, frage ich erleichtert, fahre über ihren Rücken. Schon werde ich wieder härter, weil mein Verlangen nach ihr extrem groß ist – und ich bei ihr einen unglaublichen Sexdrive habe.

»Ja«, haucht sie. »Ja, Ian, das gefällt mir.« Sie schaut zu mir hoch. »Ich hab auch über uns nachgedacht. Du kannst ein ziemlicher Mistkerl sein.«

»Wer? Ich?«, tue ich empört.

»Aber ein smarter Mistkerl«, fügt sie hinzu und wuschelt mir durch die Haare.

»Na dann!«, sage ich lachend. Damit kann ich leben.

»Ich liebe das Spiel aus Dominanz und Unterwerfung«, sagt sie und beleckt sich die Lippen, beherrscht in dem Augenblick eindeutig mich, nicht umgekehrt ich sie. »Doch der Sex mit dir hat alles noch mal getoppt.«

»Weil du bei mir kommst?« Ich muss grinsen. *Welcher Kerl hört das nicht gerne?*

»Himmel, ja, weil ich komme. Ich dachte immer, mit mir stimmt was nicht. Aber es sieht so aus, als hätte ich nur einen Mann gebraucht, der mir das Gefühl gibt, perfekt zu sein. Der alles richtig macht und für mich da ist, damit ich loslassen kann.« Sie schluckt »Dieser Mann bist du, Ian.«

»Oh, Catherine …« Mir fehlen die Worte.

Überwältigt küsse ich sie, hungrig, gierig, bis wir beide außer Atem sind.

»Ich will nicht, dass wir getrennte Wege gehen«, sagt sie und macht den Moment noch perfekter. »Ich will mehr von dir, Ian. Ich bewundere deine ruhige, bedachte Art und deinen Humor und dass du echt frech sein kannst.«

»Ich? Frech?«, tue ich entrüstet, als würde ich das zum ersten Mal hören.

»Und schmutzig«, ergänzt sie mit funkelnden Augen.

»Keine Ahnung, was du meinst. Ich dusche täglich.«

»Und heiß«, fügt sie nach einem Augenrollen hinzu.

Ich muss sie wieder küssen.

»Und natürlich fände ich es schön, wenn wir auch mal eine Session haben könnten. Aber eigentlich will ich nur dich. Und du kriegst mich auch so.«

Beste Sexerklärung der Welt!

»Und das sagst du mir hier, Honey?! Alles in mir will dich jetzt stundenlang durchvögeln.«

»Dann solltest du vielleicht langsam losfahren«, meint sie.

Recht hat die Frau. Ab sofort *meine* Frau.

Epilog

CATHERINE

»Du bist schon wieder viel zu gestresst, Honey«, sagt Ian per Skype und kneift verärgert die Lippen zusammen. »Mach Feierabend!«

»Was, wenn nicht?«, provoziere ich ihn. Ich kann nicht anders.

»Willst du das wirklich herausfinden?«, fragt er lächelnd.

Sofort halte ich inne und lasse die Arbeit Arbeit sein. *Diese* Stimme von Ian kenne ich mittlerweile. Ob er es nun zugeben will oder nicht, aber er hat dieses Dom-Ding ziemlich gut drauf. Und er riecht förmlich, was ich brauche, und zwingt mich mit Zuckerbrot und Peitsche bei seinen Spielchen mitzumachen.

Ich erschauere und frage mich, was er geplant hat.

»Ich warte, Catherine.«

»Nein, Sir«, sage ich.

»Das ist mein Mädchen. Bis gleich, Honey. Ich freu mich.«

Er beendet die Skype-Sitzung, und ich sehe meinen Berg Arbeit, verfluche Ian und bin gleichzeitig dankbar, dem Stress zu entkommen. *Wenn ich nur wüsste, was er heute Abend vorhat!*

»Isabel, mir ist was dazwischengekommen. Ich muss früher los«, sage ich um fünf zu meiner neuen Assistentin, die Nora abgelöst hat und mit der die Zusammenarbeit großartig klappt.

»Ian?«, fragt sie und grinst wissend.

»Ian«, gebe ich zu.

Sie weiß, dass er mein fester Freund ist, und ich bin mir ziemlich sicher, dass sie ahnt, was für sexy Spielchen zwischen uns laufen. Denn ab und zu ist er im Büro und schafft es innerhalb von einer halben Stunde aus mir, einer gereizten Chefin, ein ausgeglichenes Wesen zu machen – mit seinen Methoden. Zum Glück respektiert sie das.

»Was ist mit dem Termin morgen früh?«, fragt sie sofort, weil ich nach gewissen Nächten später starte.

»Den um neun bitte verschieben. Der um zehn kann bleiben.«

»Okay, wird erledigt. Hab einen schönen Abend!«

»Danke. Und mach du auch nicht mehr so lang.«

»Zu Befehl«, sagt sie scherzhaft salutierend.

***

Sobald ich zu Hause ankomme, stockt mir der Atem. Ian begrüßt mich mit einem Grinsen und in seinem besten Anzug und stoppt die Zeit auf seinem Handy.

»Dreiundzwanzig Minuten, Honey. Nicht schlecht.« Er nimmt mich in den Arm, küsst mich, und ich erzittere leicht unter seiner Berührung.

»Was wird das?«, frage ich aufgeregt, weil das hier neu ist.

»Jetzt, da du hier bist, kann ich es dir ja sagen. Ich hab uns das Rubinzimmer reserviert.«

Mein Mund wird trocken. Ein privater Raum im Tease & Please. Er plant eine Session. Eine richtige. Das ist genau das, was ich brauche, um von dem Stress bei Blue Sky wieder runterzukommen.

»Wie lange?«, frage ich.

»Die ganze Nacht.«

Erstickt hole ich Luft.

»Geht's?«, fragt er.

»Das ist perfekt, Sir.«

»Dann: bereit?«, fragt er, sein Startsignal, weil wir bisher auf Zeremonien und das Halsband verzichten.

»Bereit«, sage ich, obwohl meine Knie zittern.

»Sehr schön, die Badewanne wartet auf dich«, sagt Ian, kommt zu mir, hilft mir aus dem Blazer und fängt an, meine Bluse aufzuknöpfen.

Himmel!

Dass die Session mit einem Bad beginnt, ist nicht ungewöhnlich. Aber dass er sich so um mich kümmert, das macht er zum ersten Mal. Und es bringt meine Hormone sofort zum Durchdrehen.

Hat er noch mehr vor?

»Ich kann das allein«, sage ich und will übernehmen. Doch bei dem Versuch, seine Hände wegzuschlagen, fällt mein Blick auf seine dämlichen Manschettenknöpfe. Ein Keuchen entweicht mir.

So sexy!

»Ich glaub dir, dass du das normalerweise kannst. Aber ich fürchte, heute Abend brauchst du Hilfe, Honey. Und du hast Glück. Ich helfe nur zu gerne.«

Seelenruhig entkleidet mich Ian. Er öffnet die Knöpfe meiner Bluse, streift sie mir ab, zieht den Reißverschluss meines Rocks auf, bis der zu Boden fällt, hakt meinen BH auf, befreit mich von meinem längst nassen Slip – und berührt dabei mit seinen Händen und der rauen Manschette seines Hemdes immer wieder meine Haut. Bis ich nackt vor ihm stehe und er mich zufrieden anschaut.

»Und jetzt rein in die Wanne mit dir!«

»Was ist mit dir?«, frage ich ihn.

»Ich hab schon geduscht.«

Hat er, das rieche ich. Dennoch finde ich die Aussicht, nur das Wasser und nicht ihn auf meiner gereizten Haut zu spüren, ganz furchtbar.

»Sei brav, Catherine!«

»Was, wenn nicht?«, kann ich mir nicht verkneifen.

Seine Augen funkeln. »Willst du wirklich, dass ich dich mal bestrafe, ohne dass es dir gefällt?«

Scheiße, nein! Nicht nur, weil das unangenehm für mich wäre. Sondern vor allem, weil ich weiß, wie schwer ihm das fällt.

Ich setze mich in Bewegung, seufze, als ich in das warme Badewasser sinke, und schließe die Augen. *Herrlich!*

Nur um ihn etwas zu quälen – meine Art auszudrücken, wie gemein ich ihn heute finde –, recke ich mich sinnlich, fahre mir mit den Händen über Bauch und Busen und spiele mit dem Schaum – wasche mich dabei aber auch.

Bis er mir plötzlich in die Nippel kneift. Ich schreie überrascht auf – und spüre neue, heiße Lust in mir aufsteigen.

»Gott, Ian!«, rufe ich erstickt und reiße die Augen auf. Er sitzt auf dem Wannenrand – während seine Finger nun meine Brustwarzen umspielen. Zärtlich, sanft, folternd …

»Netter Versuch, Honey. Beherrsch dich etwas!« Er küsst mich liebevoll. »Sonst weiß ich nicht, wie du den Abend überstehen willst.«

Was zum Henker hat er nur vor? Es muss was ziemlich Krasses, ziemlich Schönes sein, wenn er mich so eindringlich warnt.

Oder ist das alles nur, weil er merkt, wie mich mein Job in den letzten Wochen auf Trab gehalten hat?

»Ich muss schon jetzt nicht mehr an die Arbeit denken«, informiere ich ihn. »Wenn du das erreichen wolltest: Glückwunsch! Du kannst das hier abbrechen und verdammt noch mal mit mir schlafen.«

»Sehr schön. Doch darum geht es heute nicht. Nicht nur.«

Worum dann?, frage ich mich, bohre aber nicht weiter nach, weil Ian sich einen Schwamm greift, ihn ins Wasser taucht und damit über meinen Hals reibt, über mein Dekolleté, meinen Busen. Sobald er mir bedeutet, mich vorzubeugen, beuge ich mich vor, und er wäscht meinen Rücken. Dann wieder will er, dass ich mich zurücklehne und ihm erst ein Bein entgegenstrecke, dann das andere, das er ebenfalls wäscht.

Bis er mich einmal von Kopf bis Fuß berührt hat.

Er steht auf, greift ein Badetuch und hält es mir hin. »Ich glaub, du bist langsam sauber genug. Komm, raus aus der Wanne!«

Ich will noch nicht aufstehen, hätte gerne eine zweite Runde mit dem Schwamm, aber mache, was er sagt.

»Ian!«, krächze ich, als er mich mit dem Handtuch in Empfang nimmt und jeden Quadratzentimeter meiner Haut abtrocknet.

»Ja?«, gibt er nur zurück und drückt mich, da er fertig ist, an sich.

»Ich will dich.«

»Und ich dich.«

»Wieso können wir dann nicht –?«

»Nein.« Er weicht mit einem Kuss zurück, holt Bodylotion und massiert die Creme gründlich in meine Haut, streicht über meine Schultern, knetet meine Brüste, gleitet über meinen Po und meine Schenkel – und trägt dabei nach wie vor diesen Anzug, der sagt: ›Ich habe hier das Sagen, Kleines. Du bist mir hilflos ausgeliefert.‹

Ein Stöhnen entschlüpft mir. Ich liebe es, wenn er sich so um mich kümmert. Und ich liebe seine Hände auf mir. Ich bin so bereit, dass sich ein Tropfen meiner Lust löst und mir den Innenschenkel hinunterläuft.

Mit dem Finger fängt Ian ihn auf, was mich nach Luft schnappen lässt – und die Hoffnung in mir entflammt, dass er mich an meiner Mitte berührt. Tut er aber nicht.

Er wartet, bis mein Blick seinen kreuzt, und leckt meine Feuchtigkeit von seiner Fingerkuppe.

»So erregt?«, fragt er überflüssigerweise. »Dann solltest du heute verdammt brav sein, Honey. Ansonsten wird das für dich extrem unangenehm, wenn du nach so viel Vorspiel unbefriedigt bleibst.«

Wütend mustere ich ihn. *Das würde er mir nicht antun, oder?* Nach wie vor ist es so, dass ich von alleine nicht komme. Ich brauche ihn, seine Berührungen, seine Anwesenheit. Und das weiß er.

»Schau mich nicht so an!«, sagt er warnend.

»Das ist schwer«, gebe ich zu.

»Du hältst dich gut.«

Sein Lob rauscht wie ein Aphrodisiakum durch meine Adern. »Danke, Sir«, hauche ich.

»Ich bin gespannt, ob du das später auch noch sagst.«

Was soll das denn heißen? Oh Mann!

Ian cremt mich zu Ende ein und verschließt die Lotion. »Deine Sachen liegen im Schlafzimmer«, sagt er. »Willst du mal nachschauen?«

Das ist ebenfalls neu, dass er alles so genau geplant hat. Und es ist heiß.

Ich ziehe die Luft ein, als ich sehe, was auf dem Bett liegt. Dessous, ein Buttplug und ein Kimono.

»So kann ich unmöglich zum Klub fahren!«, ist meine erste Reaktion.

»Warum nicht? Neunzig Prozent von dir sind bedeckt.«

Lust und Unmut vermischen sich in mir, und ich hole bereits Luft für einen ausufernden Protest.

»Na, na, na«, kommt mir Ian zuvor. »Überleg dir gut, was du gleich sagst, Honey.«

Wieder eine Warnung, wieder sehr liebevoll.

Ich atme schwer, schaue Ian an, in diesem sexy Anzug und mit der verräterischen Beule in seinem Schritt. Ich sehe, wie ihn das Spiel kickt, weil es mich kickt. Und weil er mehr Sadist ist, als er jemals zugeben würde.

»Meinetwegen!«, tue ich selbstbewusster, als ich mich fühle, und greife nach dem Höschen. »Du willst, dass ich das trage? Fein, dann trage ich es eben!«

»Ich denke, du solltest damit anfangen«, sagt er mit dem Plug in der Hand, setzt sich aufs Bett und klopft auf seine Schenkel. »Komm her!«

»Du wirst jetzt nicht …!« Ich sollte entsetzt sein, stattdessen bin ich erregt. Ohne Ende.

»Sofort, Honey. Erste und letzte Ermahnung.«

Ich könnte eine kalte Dusche gebrauchen, aber gebe nach. Aufgewühlt trete ich zu ihm, lege mich halb auf seinen Schoß und halb auf das Bett.

»Alles gut?«, fragt er und fährt mit seiner warmen, kräftigen Hand über meinen Hintern, knetet ihn, massiert ihn.

Weit entfernt von gut. Ich sterbe! Seine Berührungen reizen mich, obwohl sie noch vergleichsweise harmlos sind. Und allein die Aussicht, was er tun wird, lässt mich so feucht werden, dass ich unruhig auf seinen Beinen herumrutsche.

»Was ist los, Honey?«, fragt er, ohne aufzuhören, mich zu streicheln.

»Ich mach dich schmutzig«, sage ich leise und spüre, wie meine Lust zwischen meinen Beinen klebt, sodass es nur eine Frage der Zeit ist, bis ein Tropfen auf seiner Anzughose landet.

»Ich glaube, das ist heute ausnahmsweise in Ordnung. Halt still, Honey.«

Ehrlich?! Scheiße, Ian hat in den letzten Wochen viel dazugelernt. Denn die Tatsache, dass Flecken okay sind, mehr noch, anscheinend sogar gewollt, pusht mich weiter.

Ich halte still und atme schwer. Als Ian mit dem Plug über meine feuchte Spalte gleitet, kralle ich mich ins Laken, hin- und hergerissen zwischen den Empfindungen, die er jetzt schon in mir auslöst, und dem Wissen, was gleich noch passieren wird. Er bewegt den Plug vor und zurück und taucht ihn schließlich in meine Pussy, damit er überall feucht ist, zieht ihn zurück, taucht ihn wieder ein, zieht ihn zurück, taucht ihn erneut ein.

»Nicht kommen, Honey«, warnt er, während er sein Spiel fortführt.

Verdammt! Früher hatte ich mit dieser Ansage nie Probleme, aber nun ist das wirklich hart, eine echte Herausforderung.

Als er den von mir warmen Plug zu meinem Anus bewegt und dort Feuchtigkeit verteilt, beiße ich erwartungsvoll ins Laken.

Mach schon, denke ich. *Bring es zu Ende!*

Doch wieder gleitet er mit dem Spielzeug feucht über meinen Anus, mehr nicht.

»Weißt du, dass ich es gar nicht erwarten kann, dich nachher zu ficken, wenn du den Plug drin hast?«

Meine Pussy krampft. Die Aussicht ist unglaublich heiß.

Er lacht. »Da bin ich wohl nicht der Einzige hier.«

»Ian!«, fauche ich warnend.

»Sag bloß, ich soll aufhören?«, fragt er zurück, als hätte er keine Ahnung, was er mit mir anstellt.

»Ich hasse dich«, murmele ich.

»Oh, Honey!«, seufzt er gespielt bedauernd.

Fuck, was habe ich getan?

Ich rühre mich nicht, aber spüre, wie er sich bewegt, reckt, und plötzlich spüre ich einen etwas größeren Plug, mit dem er die gesamte Prozedur wiederholt.

»Gott!«, stöhne ich.

Er lacht. »Ich hab dich gewarnt.«

»Hast du«, keuche ich erstickt, als er die Spitze prüfend fester gegen meinen Anus drückt.

»Bereit?«

Ich nicke, obwohl ich mir nicht sicher bin. Dann merke ich, wie er den Plug vorsichtig tiefer schiebt, wie er mich dehnt, mit dem Spielzeug in mich dringt. Alles in mir will sich anspannen, aber ich weiß zugleich, dass ich mich entspannen muss, um das hier zu genießen.

Gerade als ich denke, ich hätte es geschafft, zieht er den Plug zurück, nur um das Spiel zu wiederholen. Und dann ist er ganz in mir. Fremd und hart und unglaublich geil.

»Sag Danke, Honey.«

»Danke, Honey«, echoe ich eine Spur sauer, weil er mich so lange gequält hat.

Dafür kassiere ich einen Schlag auf den Hintern. Fest, sexy, der erste von diesem Mann. Der allererste. Und mir stockt der Atem. »Ian!«

»Ja?«, fragt er lauernd, und mir wird klar, dass das alles so geplant war, Absicht ist.

Ich will was sagen, bringe aber kein Wort heraus.

»Danke, Sir«, krächze ich schließlich, komme fast wieder. So viel bedeutet mir das. Hätte ich gewusst, dass mich heute Abend das erwartet, ich wäre noch schneller nach Hause gefahren.

Ich liege über seinem Schoß, drehe den Kopf, sehe zu Ian und bin kurz überrascht, dass er mich so dunkel und intensiv anschaut. Und dann wieder nicht, denn es gefällt ihm, sehr. Das spüre ich an seiner drückenden Erektion.

»Warum heute?«, frage ich.

»Abwarten«, antwortet er geheimnisvoll und räuspert sich. »Kannst du aufstehen und dich weiter anziehen? Ich muss mal eben verschwinden.«

»Du wichst jetzt?«, frage ich neidisch, weil ich so nah bin und doch so fern, während er sich Erleichterung verschafft.

»Mir platzen gleich die Eier. Ja«, sagt er nur.

Ich überlege, erneut frech zu sein, aber verkneife es mir und stehe auf. Heute ist alles heftiger als sonst, und ich will es nicht übertreiben. Der Abend hat kaum begonnen, und wer weiß, was mir noch blüht.

Während ich mich anziehe, höre ich Ian stöhnen und schnell kommen. Wenig später rauscht Wasser. Er wäscht sich die Hände und ist wieder bei mir – in diesem Anzug, der nun Flecken von mir hat. Was irgendwie noch heißer ist.

»Hübsch!«, sagt er, als ich in Dessous und dem Kimono vor ihm posiere. »Können wir dann los?«

»Soll ich wirklich so auf die Straße?« *In einem Kimono. In quasi nichts?*

Zu meiner Erleichterung reicht er mir einen Mantel, hilft mir rein und schließt ihn. »Jetzt bereit?«

Kein bisschen.

»Bitte«, kommt mir einfach so über die Lippen, weil ich brenne und feucht bin und ihn so sehr will. *Wie habe ich diesen Zustand nur über Jahre ausgehalten?*

»Also bereit«, sagt er nur.

IAN

»Wir spielen mit dem Ampelsystem«, erkläre ich, sobald wir im Klub unter uns sind. Das sind die normalen Regeln, doch da wir beide sehr erregt sind, kann es nicht schaden, noch mal darauf hinzuweisen.

Catherine nickt. »Ja, Sir.«

Als Geste der Zufriedenheit streiche ich ihr durch die Haare.

Langsam löse ich die Kordel ihres Kimonos, packe sie wie ein Geschenk aus und streichele ihre glühende Haut.

Sie zittert, ist erregt von der Berührung.

Seelenruhig lasse ich den Kimono über ihre Schultern zu Boden fallen, hake ihren BH auf, streife ihn ab und ziehe ihr zuletzt den Slip aus.

Sobald sie nackt vor mir steht, gönne ich mir, sie einen Moment anzusehen und ihren hungrigen Blick aus diesen grünen, nun verdunkelten Augen zu spüren.

»Bleib so«, sage ich und gehe zu einer der Kommoden.

Ich hole etwas, das sie nicht sehen kann, stelle mich hinter sie, höre ihren aufgeregten Atem – und genieße, wie gefügig sie plötzlich ist.

»Heb deine Haare, Honey!«

Sofort gehorcht sie, und als Zeichen, dass mir das gefällt, beiße ich ihr sanft in den Nacken.

Gänsehaut überzieht ihren Rücken.

»Du weißt, dass ich dir nie wehtun würde, richtig?«, frage ich und merke, wie ich nun doch nervös werde.

Sie nickt. »Wirst du nicht.«

Ich küsse ihren Hals. »Ich liebe jeden Zentimeter von dir.«

»Und ich von dir«, haucht sie.

Langsam umfasse ich sie von hinten, ziehe sie an mich und lege meine Hand an ihren Schritt. Ich will, dass sie meine Erregung spürt und dass ich gleich ihre Reaktion hautnah miterlebe. »Paddle oder Rohrstock?«, hauche ich ihr ins Ohr.

Ich müsste selbstsicherer klingen, doch das scheint ihr egal zu sein, denn ihre Knie werden weich, ihre Nippel hart und ihre Pussy pocht heiß.

»R-R-Rohrstock«, stammelt sie, da sie den mehr mag, aber auch weiß, dass das für mich schwerer ist.

»Okay«, sage ich ruhig und küsse ihren Hals, versuche, mir nicht anmerken zu lassen, dass ich ebenfalls nervös bin. »Geh zum Bett, Honey, und leg dich drauf, die Hände neben deinem Kopf, die Beine hübsch gespreizt, den Hintern nach oben gestreckt.«

Ich erwarte, dass sie unverzüglich gehorcht. Doch nach dem ersten Schritt dreht sie sich noch mal um und fällt mir stürmisch um den Hals. »Danke, Ian … Sir. Danke, danke, danke.«

Verdammt, ich verstehe gar nicht, wie ich ihr das abschlagen konnte. Sie ist so glücklich, und das macht wiederum mich wahnsinnig glücklich. Da sind so viele Gefühle, und ich weiß, dass das hier zwischen uns richtig ist. Ich hoffe nur, ich kriege das gleich richtig gut hin.

»Auf das Bett, Catherine. Sofort!«, wiederhole ich finster, kann mir aber ein zufriedenes Grinsen nicht verkneifen.

Sie legt sich hin, mir absolut ergeben, und ich kann nicht anders, als es zu würdigen, indem ich über ihre Haut streichele – erst mit meinen Händen, dann mit der Spitze des Rohrstocks.

Catherine stöhnt, tief und lustvoll. Was mich erregt.

»Bitte!«, sagt sie, hält still, dabei will sie mehr.

»Sag es richtig!«

»Bitte, schlag mich, Sir!«

Das hier ist nicht wie mit Rita. Sondern dient der Lust, ihrer Lust. Die letzten Wochen habe ich mit Reece die Intensität und die Treffgenauigkeit von Schlägen geübt. An Knetmasse, auf der man jeden Abdruck erkennen kann. Aber das bei Catherine zu tun, ist noch mal was anderes.

Ich hole nur leicht aus, schlage zu. Sie zuckt zusammen. Und stöhnt.

»Mehr!«, sagt sie sofort. »Bitte, mehr.«

Ein Zittern geht durch mich. Weil das hier für mich heftig ist. Aber es erregt sie und damit auch mich. Ich sehe die Strieme auf ihrer Haut, für die ich verantwortlich bin. Doch sie verblasst schnell, da ich kaum Kraft aufgewendet habe. Ich hole wieder aus und treffe ihren Hintern – mit dem Plug.

»Ja! Weiter!«, seufzt sie.

Ich schlage sie noch mal, fester, aber längst nicht so fest, wie ich könnte.

Sie krallt sich ins Laken. »So gut!«

Ihre Lust stachelt mich an, gleichzeitig merke ich, dass ich das nicht so lange durchhalte, wie ich es geplant hatte. Zumindest nicht für den Anfang bei ihr. Sie zu schlagen ist weniger schlimm, wenn ich sehe, wie sehr sie das kickt, aber noch weit entfernt davon, sich okay anzufühlen.

»Noch drei, Sir. Bitte, nur noch drei.«

Sie schaut mich flehentlich an, und ich lese in ihren Augen, dass sie mehr will, viel mehr. Doch sie erkennt auch, wie anstrengend das für mich ist. Deshalb tut sie so, als hätte sie genug, als könnte sie nicht mehr als drei von meinen relativ soften Schlägen ertragen.

»Seit wann dürfen sich die Subs was wünschen?«, frage ich sie und muss grinsen, weil allein der Klang meiner Stimme und die unterschwellige Drohung für einen erneuten Schauer sorgen, der über ihren Rücken zieht. »Noch fünf, Honey. Und ich will jedes Mal hören, dass du dich artig bedankst. Verstanden?«

»Ja, Sir«, stöhnt sie überwältigt. »Danke.«

Ich hole wieder aus, schlage zu, warte, dass sie sich bedankt, mache weiter, zähle leise mit und sehe, wie es Catherine immer schwerer fällt, liegen zu bleiben. Weil sie so erregt ist.

»Fünf«, sage ich schließlich.

»Danke, Sir.« Sie schluckt. »Danke, Ian.«

Ich lege den Stock auf den Boden, setze mich zu ihr und streichele über die Haut, die ich malträtiert habe. Kurz drücke ich gegen den Plug und kann nicht anders, als zwischen ihre Beine zu fassen, ihre Nässe zu spüren und ihr noch einen Klaps zu geben, der sie zum Stöhnen bringt. Was mir gefällt, weil es eine eindeutig spielerische Geste ist – und ich womöglich nie der Dom werde, der gerne schlägt, aber auf jeden Fall einer, der gerne spielt.

»Wie mache ich mich?«, frage ich ruhig. Jetzt brauche ich das Feedback, brauche sie.

»Berühr mich noch mal so, und ich komme. So machst du dich.«

Also wahnsinnig gut? Ungläubig streife ich erneut ihre Klit, und stöhnend kommt sie an meiner Hand.

»Verdammt, Ian!« Sie will sich umdrehen, aber ich halte sie fest.

»Nein«, sage ich nur. »Bleib so!« Ich grinse. »Beziehungsweise spreiz deine hübschen Beine noch etwas, damit ich Platz habe.«

Sie erschauert, was mich dazu bringt, ihren Hintern zu küssen. Sie keucht heiser.

»So willig?«, frage ich.

»Ja, Sir.«

Ich ziehe mir Schuhe, Socken und Hose aus. So langsam, dass Catherine schließlich vor Ungeduld wimmert.

Wieder gebe ich ihr einen Klaps. Allmählich finde ich daran wirklich Gefallen. »Ruhig, Honey. Du hast doch gerade bekommen, was du wolltest.«

»Ich will mehr!«

»Ach was?« Noch ein Klaps folgt. »Du kriegst wohl nie genug?«

Catherine seufzt erneut, erregt. »Nein, von dir nie.«

»Zeig mir, wo du mich spüren willst!«

Einladend öffnet sie ihre Beine weiter.

»Was? Etwa hier?«, frage ich gespielt ahnungslos, als wüsste ich nicht, wo, und schiebe meine Finger in ihre feuchte Öffnung.

»Gott, ja! Mehr!«

Ich knöpfe mein Hemd auf, aber lasse es an, klettere hinter sie aufs Bett, stütze mich mit den Händen über ihr auf, damit sie diese verfluchten Manschettenknöpfe sieht, die sie so erregen, und reibe meinen harten Schwanz an ihrer Mitte.

»Wie viel mehr?«

»Alles!«

Ich greife unter ihren Bauch, hebe ihr Becken leicht an und küsse ihre Schulterblätter. »Sicher?«

»Sicher, Ian! Sicher! Bitte, mach schon!«

Diese Extraeinladung genügt mir. Mit nur einem Stoß vergrabe ich mich in ihr. Durch den Plug ist sie noch enger als sonst, doch ich bewege mich so kraftvoll, dass ich sofort in ihr bin.

»So?«, frage ich und lasse sie jeden Zentimeter von mir spüren.

Sie kommt mir entgegen. »Ja, so.«

Das Gefühl ist überwältigend. Ich umschlinge sie, hebe ihre Hüfte an, um sie besser von hinten nehmen zu können, und ramme mich in sie, benutze sie, genieße ihre Haut an meiner, ihren Duft, ihr Stöhnen bei jedem Stoß.

»Härter!«, verlangt sie. »Bitte, härter.«

Ich beuge mich tiefer, fasse unter sie und berühre ihre Klit. »Vorsichtig, was du dir wünschst, Honey. Du könntest es kriegen.«

Zitternd und ohne Gegenwehr kommt sie, krampft um meinen Schwanz. Ich halte mich zurück und nehme sie weiter, merke, wie das Tempo sie fertigmacht, gleichzeitig aber auch, dass sie mehr einfordert.

»Ian, oh Gott!«, ruft sie, erlebt einen weiteren Höhepunkt.

Dieses Mal gleite ich aus ihr heraus, drehe sie um und ihr von Lust benebelter Blick trifft mich. Bevor sie mich bitten kann, vergrabe ich mich erneut in ihr und bremse mich nun nicht mehr. Jede Faser von ihr gehört mir, und ich nehme mir alles, benutze sie. Bis ich mich nicht länger zurückhalten kann und komme – und sie mit mir reiße, denn sie kommt ebenfalls, länger und noch mal heftiger als zuvor. *Fuck!*

Ich küsse sie sanft, stemme mich nur leicht hoch, um sie nicht unter mir zu erdrücken, und streiche ihr das Haar aus dem Gesicht.

»Alles okay?«, frage ich, noch immer in ihr, am besten Ort der Welt.

Lächelnd zieht sie mich zu sich, obwohl ich ohne Ende verschwitzt bin, und küsst mich.

Das heißt wohl Ja.

Ich rolle mich auf den Rücken, ziehe sie mit mir und bewege vorsichtig den Plug. Eigentlich will ich ihn entfernen, aber die Enge und sie fühlen sich zu gut an, und ich massiere dadurch uns beide, sie und meinen Schwanz.

Catherine schnappt nach Luft. »Scheiße, das ist pervers!«, keucht sie.

»Seit wann stört dich das?«, frage ich und küsse die Stellen von ihr, die ich mit meinen Lippen erreichen kann, ohne dass ich das, was ich tue, aufgeben muss.

»Wer sagt, dass es mich stört?« Seufzend krallt sie sich in meine Haare. »Es gefällt mir, mir gefällt alles mit dir. Es ist nur –«

Ich weiß, was sie sagen will. Sie ist schon verdammt oft gekommen. Allmählich wird es ihr zu viel.

Vorsichtig entferne ich den Plug und streichele über ihren Hintern. Wir küssen uns gefühlvoll. Erst bewegt sie sich, dann bewege ich mich. Wir können gar nicht anders. Wieder schlafen wir miteinander, lieben uns. Diesmal allerdings langsam, sinnlich. Bis wir erneut gemeinsam kommen und als Knäuel aus Armen und Beinen liegen bleiben.

»Ich glaube, ich kann nicht mehr«, sagt sie leise.

»Ich auch nicht. Doch sobald ich wieder kann, sei dir sicher, dass wir noch einiges miteinander anstellen werden.«

»Danke, Sir …« Sie sieht schläfrig zu mir und fährt mir durch die Haare. »Ian.«

»Danke mir besser noch nicht.« Ich sehe sie warm an, aber in mir ist ein neuer Hunger, der gerade erst wächst.

»Aus dem Vertrag mit dem Tease & Please kommst du jetzt nie wieder raus.«

»Klingt ja, als wäre ich eine Gefangene«, murmelt sie.

»Bist du auch«, sage ich grinsend. »Meine.«

»Grün«, wispert sie und küsst mich.

Ich erwidere den Kuss.

Wie gut, dass sie einverstanden ist …

Ende

Über die Autorin

2012 veröffentlichte Philippa L. Andersson ihre erste Kurzgeschichte. 2013 folgte ihr erster Roman „In deinen Armen“. 2017 erschien ihr erstes Hörbuch zu ihrem Roman „Romance Love – Vollkommen dir ergeben“. Im gleichen Jahr war sie mit „You Can't Escape Love – Begehren . Vertrauen . Lieben“ erstmals in der BILD-Bestsellerliste.

Kontakt & Social Media:

philippa@philippalandersson.de
www.facebook.com/PhilippaLAndersson
www.instagram.com/philippal.andersson
www.philippalandersson.de (+Newsletter)

Tease & Please-Reihe

Spiel nicht mit dem Feuer!
Es sei denn, du möchtest dir die Finger verbrennen …

Februar 2018

Juli 2018

Herbst 2018